Andreas Kollender • Libertys Lächeln

Andreas Kollender

Libertys Lächeln

PENDRAGON

Für Heidi

1

Seiltänzer
New York City, Spätsommer 1901

Carl saß auf einer Bank im Battery Park, als er die beiden Männer unweit von ihm zögern sah. Er nahm den Strohhut ab. Der Hut war von einem breiten, schwarzen Band umzogen. Ein Strohhut sei, hatte Carl seinen Kindern oft gesagt, eine Art tragbarer Sonnenschirm. „Höchst praktisch und sehr kleidsam." Er wischte sich mit dem Handrücken Schweiß von der Stirn und setzte den Hut wieder auf. Die beiden Männer sahen gemeinsam über das Wasser, dann blickten sie ihn an, einer von ihnen wedelte mit dem Zeigefinger. Carl wandte sich ab. Rechts von ihm glitzerte die Glaskuppel des Aquariums. Was es dort alles an Fischen zu sehen gab, sagenhaft. Vor einigen Monaten, als es ihm noch besser ging, war er mit seiner Tochter Marianne durch die Säle des Aquariums spaziert. Marianne ulkte, es wundere sie, dass er sich für eingesperrte Meerestiere begeistern könne. „Frei sind die ja nun nicht", sagte sie. „Aber gut behütet", sagte Carl, „keine Fressfeinde, bestens versorgt und so hübsch". Er brauche dringend ein Unterwasserboot mit großen Fenstern.

Carl schloss für einen Moment die Augen, er spürte die Sonne durch die Lider und lauschte dem Schreien der Möwen. Personenfähren tuteten.

Als er die Augen wieder öffnete, zeigte einer der beiden

Männer mit seinem Gehstock auf ihn, das polierte Holz zuckte wie ein Blitz im Sonnenschein. Sie schienen miteinander zu reden, neigten die Köpfe einander zu und lachten. Lasst mich bloß in Ruhe, dachte Carl. Ich will einfach nur hier sitzen. Ganz gemach aufs Wasser schauen und die Wärme genießen. Er sah hinüber auf die Freiheitsstatue. Türkisfarben streckte sie vor dem polierten Himmelblau den Arm in die Luft. Früher war er von ihrer Strenge ganz ergriffen gewesen. Die ernsten Augenbrauen, die entschlossenen Lippen. Aber heute? Eine lachende Lady, das wäre es gewesen. Musste man sich mal vorstellen: Wer immer von South Manhattan übers Wasser sieht, wird von dieser Frau angelacht. Da würden bestimmt ganz viele Menschen auf der Uferpromenade zurücklachen.

Lady Libertys Kopf hatte wohl während der Weltausstellung in Paris in einem Park gestanden. Dann war sie über den Atlantik gekommen. 1880? 1886? Er wusste es gerade nicht. Er war 1852 hierhergekommen – mit Margarethe. An Bord der … der – er klopfte sich mit den Fingerspitzen aufs Bein. Wie hieß das Schiff? Wie? Nun wie auch immer. An Bord dieses Schiffes hatte Margarethe häufig mit weit offenem Mund gelacht. Als sie hier in der Nähe an Land gingen, hielt er ihre Hand und küsste ihre kühle Wange. „Das ist der erste Amerikakuss gewesen“, sagte er. „Mehr davon“, erwiderte Margarethe.

Die beiden Männer blieben vor ihm stehen. Sie trugen helle Sommermäntel über schwarzen Anzügen. Sie waren jung, einer der beiden sehr groß. Sie hatten lippenbeißende Schnurrbärte und steife, schneeweiße Hemdkragen.

„Sie sind doch Carl Schörts, oder?“, fragte der Große.

„Schurz. Was kann ich für Sie tun, meine Herren?“

„Sie?“ Der Kleine lachte. „Gar nichts. Wir wollten uns nur ein Relikt aus der Steinzeit ansehen.“

Lasst mich in Ruhe, dachte Carl. Herrgott, haut einfach ab.

„Ein Relikt aus der Steinzeit?“, fragte er. „Und das finden Sie wo?“

Der Große zeigte mit dem Stock auf ihn. Die Sonne fraß an ihren Konturen, die Männer waren für Carl unwirklich dünn, fast durchscheinend.

„Sie versperren mir den Blick auf Lady Liberty“, sagte er. Sein Hals wurde trocken. Er wusste um brutale Männer. Die Akte „Billy the Kid“ hatte auf seinem Schreibtisch gelegen, er kannte Räuberbanden und Skalpjäger genauso wie korrupte Regierungsbeamte oder deutsche Prinzen, die Kartätschenladungen auf Menschen abfeuern ließen. Springt doch einfach vom nächsten Hochhaus, dachte er. Auf ein paar Tote mehr kommt es in meinem Leben nicht an.

„Lady Liberty“, sagte der Kleine, „ist ganz die unsere, Mister Schörts. Man kann viel erreichen in diesem Land. Wir hier, mein Freund und ich, wir sind schon weit gekommen. Und wir wollen noch weiter. Immer weiter, verstehen Sie? Über die Grenzen hinaus.“

„Seien Sie sich meiner uneingeschränkten Bewunderung versichert.“ Der Kleine zog die Brauen zusammen. Überrumpelt von einer Formulierung, dachte Carl.

„Wäre es nach Ihnen gegangen“, sagte der Große, „hätte manch eine Eisenbahn nicht gebaut werden können, hm?

Wegen der armen Bäume." Er zeigte mit der Stockspitze in Carls Gesicht. Die Metallkuppe war nur Zentimeter von seinem Kinn entfernt. Carl drückte sie mit einer wischenden Bewegung fort.

„Und die Rothäute hätten dem Fortschritt auch nicht weichen sollen, alter Mann", sagte der Große. „Dabei ist es doch schön, wenn die im Reservat auf Wurzeln kauen und ihre Pfeife rauchen, nicht?"

„Tja, das hat alles nicht so richtig geklappt, Mister Schörts", sagte der Kleine.

Schnabel halten, dachte Carl.

„Und dann", der Große hob den Zeigefinger, „hat sich unser Moralapostel mit der Politik angelegt. Korruption. Mein Gott, Mann, das ist ein System. Und das funktioniert. Wie soll das alles denn sonst gehen?"

„Blödsinn", sagte Carl. Er hoffte, seine Stimme hatte klar und stark geklungen. Er wollte diesen Männern seine Angst nicht zeigen. Er hatte seine Angst oft nicht gezeigt, ganz gleich wie hart sie in seine Därme drückte.

„Ihre Zeit ist vorbei, Schörts", sagte der Große.

„Wie schön, dass mich Ihre Meinung lediglich rein peripher tangiert."

„Was?", fragte der Kleine. „Was hat der gesagt?"

„Einen schönen Tag noch", sagte Carl.

„Wie denn?", fragte der Große. „Wollen Sie jetzt keine Ihrer fabelhaften Reden halten? Freiheit, Demokratie, Gerechtigkeit? Nichts dergleichen?"

Warum waren die so? Carl sah den Gesichtszügen der Männer an, dass die Angriffslust in ihnen bitterer wurde.

Hatten die getrunken? Ein paar Gläser Whisky gekippt? War tatsächlich er der Grund dieser Aggression? Verschwindet, dachte er. Ich will das nicht.

„Sie stören, Schörts. Ihr ganzes anti-imperialistisches Gequatsche stört uns und unsere Geschäftspartner. Ihre moralsauren Zeitungsartikel. Amerika wird größer und größer. Stellen Sie sich uns nicht in den Weg. Nicht diesem Land“, sagte der Große.

„Gehen Sie zurück in Ihr miefiges Kaiserreich. Zu diesem – wie heißt der? – Wilhelm? Kaiser Wilhelm? Ihr Deutsche braucht solche Anführertypen.“

„Meinen Sie, ja?“

„Jaja, ich weiß, ihr hattet da mal eine Revolution. 1848 oder so. Aber die haben euch die Hucke vollgehauen. Und ihr habt euch dann hier verkrochen. Ihr Deutsche seid zu blöd, wählen zu gehen.“ Der Kleine stemmte die Hände in die Hüften. „Und jetzt los, Jake. Soll der Opa hier in der Sonne schmoren.“

„Oh, ich glaube unser deutscher Einwanderer will noch etwas sagen. Oder?“

„Ihnen nicht, nein.“ Carl stand auf, er wollte jetzt hier weg. Die Stockspitze landete auf seiner Schulter.

„Sitzen bleiben“, sagte der Große. Er erhöhte den Druck des Stockes. Wenn ich jünger wäre, dachte Carl. Er musste ein Zittern unterdrücken. Er wischte erneut die Stockspitze weg. „Nanana“, sagte der Große. Andere Passanten auf der Promenade – meist Paare – hatten nach Carl und den beiden Männern geguckt, sich etwas zugemurmelt und waren weitergegangen. Eine Frau mit weißem Hut hatte ihn mitleidig angesehen, offensichtlich empört, ebenso offensichtlich nicht gewillt, etwas zu tun. Helft mir doch, dachte Carl.

„Sie sind Feiglinge, meine Herren.“ Das hätte er besser nicht sagen sollen. Aber es musste raus. Wie so oft.

„Wie bitte?“, fragte der Große.

„Na komm, Jake, lassen wir ihn“, sagte der Kleine.

„Nein, nein, Augenblick. Wie haben Sie uns gerade genannt?“

Die Stockspitze vibrierte Zentimeter vor Carls Stirn, ein angriffslustiges Metallinsekt. Der Kleine legte seinem Freund eine Hand auf die Schulter. „Zeitverschwendung“, sagte er.

Hinter den beiden blieben eine Frau und ein Mann stehen. Der Mann schlitzte die Augen, als versuche er Carl genau zu betrachten. Die Frau hatte tintenschwarzes Haar. So etwas fiel Carl immer auf, selbst jetzt.

Der Große fuchtelte mit dem Stock vor Carls Gesicht herum, Carl beugte sich zurück und spürte die Bretter der Bank gegen seine Wirbelsäule drücken. Ich komm hier nicht raus, dachte er. In diesem Moment fuhren die Hände des Fremden von hinten auf die Schultern des Großen und rissen ihn herum. Ohne abzulassen, schubste der Angreifer den Großen fort. Der Große wedelte mit den Armen, versuchte sich mit Ausfallschritten zu fangen, wurde aber von dem Angreifer immer wieder ins Taumeln gestoßen. Er war ein Seiltänzer im Kampf mit dem Gleichgewicht. Der Kleine sah seinem Freund mit offenem Mund hinterher. Die schwarzhaarige Frau beugte sich zu ihm und sagte etwas. Sie zeigte nach links, nach rechts, nach unten und dann mit ausgestrecktem Arm und wedelndem Zeigefinger die Promenade hinab wie eine Mutter, die ein unerzogenes Kind aus dem Zimmer schickte. Einige Passanten waren stehengeblieben. Der Himmel war hellblau und Carl konnte Lady Liberty in der Ferne den Arm wieder in die Luft strecken sehen.

Der kleine Mann ging in die andere Richtung die Promenade hinab. Carl zog ein Tuch aus dem Jackett und wischte sich den Schweiß von der Stirn. Die Frau trat an ihn heran.

„Alles in Ordnung?"

Carl hätte aufstehen müssen, so gehörte sich das. Aber er konnte nicht.

„Es geht schon, danke. Haben Sie vielen Dank."

„Was waren denn das für Leute? Kennen Sie die?"

„Noch nie gesehen. Muss auch nicht nochmal sein."

Der Mann kam zurück. Er stellte sich neben die Frau und lachte. Er war mittelgroß und kräftig, Hemd und Binder waren verrutscht.

„Als er weit genug weg war, hat er mir mit seinem albernen Stock gedroht. Aus sicherer Entfernung könnte man meinen", sagte der Mann.

„Ich danke Ihnen", sagte Carl.

„Es war mir eine Ehre, Sir."

Carl konnte seinen Blick nicht von der Frau abwenden.

„Meine Frau hatte solches Haar wie Sie."

Die Frau setzte ihren Hut ab. Strähnen lösten sich. „So?", fragte sie.

„Ja", sagte Carl. „Genau so."

„Margarethe, richtig?", fragte der Mann. „Sie haben ihren Namen mir gegenüber einmal erwähnt."

Carl legte sich eine Hand auf die Brust. Sein Herz trommelte.

„Nach der Schlacht bei Gettysburg, Sir."

Gettysburg. Die schreienden Augen des kleinen Trommlers. Margarethe. Was war denn hier los?

„Ohne Sie, Mister Schurz, würde ich nicht hier stehen", sagte der Mann. „Und ich hätte nie diese Frau geheiratet. Ich bin hier, weil Sie hier sind, Sir."

„Gettysburg ist fast 40 Jahre her", sagte Carl.

„1863, Sir. Drei Tage lang."

„Das weiß ich auch", sagte Carl. Er klang als wäre er gebissen worden, der Ton war zu scharf geraten. „Es tut mir leid. Aber so auf Anhieb erinnere ich mich nicht an Sie. Bei allem Respekt."

Carl lächelte die Frau an. „Setzen Sie sich doch."

„Ja, mach das Mary. Dann sitzt du neben einem großen Mann."

„Um Himmels Willen", sagte Carl. „Hören Sie bloß auf damit."

Die Frau setzte sich neben Carl und legte einen Arm auf die Rückenlehne.

„Glauben Sie Ihrem Gatten kein Wort, gnädige Frau. Große Männer? Jede Menge Blut und Leichen. Und Gerede. Lügen. Blablabla. Bla."

Carl wusste, es gab Sätze, die beendeten ein Gespräch fallbeilartig. Das wollte er nicht. Seine Allergie gegen bestimmte Ausdrücke hatte ihn überrannt. Er schnallte seine lederne Aktenmappe auf.

„Was haben wir denn da? Zwei Manuskripte, damit können wir jetzt nicht so viel anfangen. Aber, oho, ein Flachmann mit Whisky. Und ein Kistchen Zigarren. Würde Ihnen etwas davon gefallen?"

Der Mann wies aufmunternd auf seine Frau. Carl verstand die Euphorie nicht, dennoch waren ihm diese beiden Menschen sympathisch. Sie wirkten so frisch und zufrieden. Sie hatten ihn gerettet.

„Eine Zigarre sicherlich nicht", sagte Mary. „Aber nach dem Schreck könnte ich einen Schluck nehmen, auch wenn sich das nicht ziemt."

Carl schraubte den Flachmann auf und reichte der Frau die Metallflasche.

„Also, guter Mann, wer sind Sie denn nun?"

„Es ist ein wenig peinlich, Sir."

„Nun kommen Sie schon. Was soll ich denn sagen? Bei dem, was hier gerade passiert ist." Die Frau hüstelte, nachdem sie einen Schluck aus dem Flachmann genommen hatte. „Oder weiß Ihre bezaubernde Gattin nicht davon?"

„Sie weiß alles von mir, Sir. Auch …" Der Mann atmete tief ein und sah die Promenade in beide Richtungen entlang.

„Auch, dass ich bei Gettysburg getürmt bin. Desertiert. Dass ich hingerichtet werden sollte. Und, dass es einen deutschen General gab, der das verhindert hat."

„Nein." Carl sah den Mann an. Kanonen stürzten aus dem Himmel seiner Erinnerungen, sie donnerten, Musketen knallten. Soldaten hatten qualmgraue Gesichter und ihre Münder sahen aus wie entzündet, vom Aufbeißen der Patronenpäckchen. Der Boden war rot. Carl kniff die Bilder von Angst und Schreien weg und blinzelte seinen Retter gegen das Sonnenlicht an. Etwas weiches Schwarzes schien ihm über die Augen zu streichen.

„Sie sind das?"

„Ich bin es, Sir."

Wahrscheinlich erwartete dieser Mann, dass Carl seinen Namen kannte. Aber so tief er auch grub, da fand sich nichts.

„William Burton, Sir."

„Ich weiß, ich weiß. Denken Sie, ich hätte Ihren Namen vergessen? Wie geht es Ihnen, William Burton?"

„Gut, Sir, danke. Ich habe Mary. Und ich baue Brücken. Hier in New York."

„Sehr schön", sagte Carl. Er versteckte die Augen hinter der Hutkrempe. Da rettete er in einem Krieg, der Hunderttausenden das Leben weggefetzt hatte, einen einzelnen Mann und traf ihn Jahrzehnte später am Südzipfel New Yorks wieder. Ein Bote aus der Vergangenheit, ein Engel mitten aus dem Lärm des größten Gemetzels auf amerikanischem Boden. Und er hatte ihn vergessen.

„Auch einen Schluck, William Burton? Aber nur wenn Sie aufhören, mich Sir zu nennen."

„Wie soll ich Sie anreden, Sir?"

„Sie sagen, ich habe Sie damals gerettet?"

„Das wissen Sie doch, Sir."

Carl war froh, dass Burton nicht nachhakte. Er schien

ein diskreter Mann zu sein, er musste merken, dass irgendetwas Löcher in Carls Erinnerungen stanzte.

„Ich würde meinen", sagte Carl, „in diesem Fall ist der Vorname angebracht. Was halten Sie davon?"

„Ich glaube, das kann ich nicht."

„Carl", sagte Mary. „Ist ganz einfach, William. Carl. C.A.R.L."

„Sehen Sie. Die Frauen", sagte Carl. Mary schien sein altes Gesicht zu studieren und nachzudenken. Carl hätte gerne ihr Margarethehaar berührt.

William Burton gab den Flachmann an Carl weiter. Das Himmelblau spiegelte sich im Metall und rutschte dann weg. Carl nahm einen kleinen Schluck und spürte die Schärfe auf den Lippen und im Mund. Das Whiskytrinken tat ihm in letzter Zeit besonders gut. Er gönnte es sich.

William setzte sich, Carl war jetzt in ihrer Mitte und fühlte sich aufgehoben wie lange nicht mehr. Sein Herz schlug wieder den langsamen Alterstakt.

„Wie haben Sie mich erkannt?"

„In unserer Wohnung hängt ein Bild von Ihnen", sagte Mary. „Aus einer Zeitung."

„Und als ich sah, was hier los war", sagte William Burton, „tja, ich hätte Ihr Gesicht auch ohne Zeitung nie vergessen."

„Hatte ich damals den Vollbart schon?"

„Schnurrbart, Sir."

„New York ist zu groß für zufällige Begegnungen", sagte Mary. „Und jetzt das. Es ist schön, Sie einmal kennenzulernen, Mister Schörts."

„Schurz."

„Hm?"

„Schon gut." Carl sah zwischen den beiden hin und her. „Das Wohlgefühl, nachdem eine solche Sache ausgestanden ist. Das Herz ist dann so verliebt. Sie wirken so jugendlich. Dabei müssen Sie doch auch schon …"

„Über 50", sagte William.

„Ich nicht. Bitte, ja", sagte Mary. „Dennoch habe ich letztlich ein graues Haar in meiner Mähne gefunden. Komplett grau. Von der Wurzel bis zur Spitze."

„Ein paar graue Strähnen werden Sie gut kleiden", sagte Carl.

„Abwarten", sagte Mary. Sie streckte die Hand nach dem Flachmann aus und spitzte die Lippen, als sie die Flasche ansetzte.

Carl sah über das Wasser auf Lady Liberty. Das Schiff seiner Gedanken kreuzte über das Meer und dann wurden immer mehr Schiffe daraus und er bekam sie nicht eingefangen. So viele Männer waren getötet worden, weil er Befehle gegeben hatte. Er hätte Namen aufzählen können, jetzt, hier. Aber William Burton, der Zentimeter von ihm entfernt auf der grünen Bank saß, der war verschwunden. Carl sah ihm kurz ins Gesicht, dann wieder in die Steinmiene der großen Lady.

„Was haben Sie diesem kleinen Mann eigentlich gesagt, Mary? Der schien ziemlich beeindruckt."

„Das möchte ich lieber nicht wiederholen."

Carl schmunzelte. Er nahm Marys Hand, er nahm Williams Hand und drückte sie. So etwas tat er normalerweise nie, aber jetzt musste das sein. Und die beiden ließen es sich nicht nur gefallen, sie erwiderten den Druck seiner Hände.

„Spektakulärer Mittag", sagte Mary.

„Oh ja", sagte Carl. „Wenn Sie wüssten."

Auf dem Wasser schwamm ein breiter Streifen Sonnenlicht, ab und an wehte jetzt ein leichter Wind und Carl hörte die quäkenden Signale der Personenfähren und das Rauschen des Wassers. Lady Liberty hielt Ausschau.

Als Mary und William sich verabschiedeten, drückte William Carl fest und lange die Hand.

„Wissen Sie noch, was Sie mir damals gesagt haben, Sir? In all dem Schlamassel bei Gettysburg?"

„Natürlich, William."

„Ich habe mich darangehalten, Sir, äh Carl. Mein Leben lang. Immer. Es ist, ich weiß auch nicht, es ist, als habe immer Ihre Hand über mir und Mary geschwebt."

Was hatte er nach Gettysburg zu diesem Jungen gesagt? Was, was, was? Carl stolperte durch das Gedränge auf dem Broadway. Der Weg zu seiner Wohnung am Central Park war weit, aber er musste jetzt laufen, musste seinen Körper der Wärme und der Anstrengung aussetzen. Auf Höhe des Madison Square bog er ab und irrte durch schmale Seitenstraßen. Stände, an denen Obst und Gemüse verkauft wurden, Zeitungen oder Hüte reihten sich aneinander, lackiert glänzende Kutschen bahnten sich ihren Weg. Er hörte einen disharmonischen Chor von Stimmen, Französisch, Chinesisch, Italienisch, Deutsch und Englisch und die Kanten der Hochhäuser schwirrten über ihm. Sein Strohhut war nass von Schweiß. Irgendwo wurde auf offener Straße gekocht, er roch Gemüse und dieser Duft löste etwas in ihm aus, einen fernen Hauch, ein sinnliches Detail. Doch von überallher wurde er bedrängt. Blut, aufgedunsenes Fleisch, ein Kind in seinen Händen, Soldaten, Attentäter, Küsse, Margarethes Stimme, von ihm betrogene Indianer, ein Segelschiff in wogender See und wieder schlug ihm etwas Schwarzes sanft vor die Augen.

2

Wenn sie jetzt hier wäre
Deutschland, 1849

Die Frau stand am Wegesrand. So erinnerte er sich in seinem duftgetränkten Taumel durch die große Stadt New York. Sie hielt einen Korb mit Kohlköpfen in den Armen. Ihr Kleid war blau, die Schürze von der Farbe nassen Sandes. Von der Spitze seiner Revolutionärstruppe aus sah Carl sie an. Die Frau war ein Stück zur Seite getreten, als sie die Männer hatte kommen sehen. Sie wirkte einsam vor der Ackerfläche und den entfernten grünen Wellen des Waldrands. Die Schritte der Männer klangen dumpf, Säbel schlugen gegen menschliche Flanken, Dreschflegel klockten. Einer der Männer trug eine Mistgabel, an die er kleine Glöckchen gebunden hatte. „Schöne Frau", hatte einer der Männer gesagt, ein anderer „Hoho" und der nächste hatte gefragt, ob sie wohl noch da sei, wenn er später zurückkomme. Carl empfand das als unverschämt, konnte es aber kaum verbieten. Mit einem Wink ließ er die Männer weitermarschieren und ging zu der Frau zurück. Sie hatte krauses Haar und die Augenbrauen in die Stirn gehoben als sei sie belustigt oder irritiert über diesen Haufen schlecht bewaffneter Freiheitskämpfer.

„Guten Tag, gnädige Frau."

„Mein Herr." Sie machte einen Knicks und sah ihm in die Augen.

„Schönes Gemüse“, sagte er.

Die Frau lachte. „Finden Sie, ja? Sind Sie gekommen, um mir das zu sagen?“ Carl fluchte leise. Hatte er sich vor Minuten noch über die Bemerkungen seiner Männer geärgert, kam er jetzt mit Ästhetikbekundungen zu Gemüse daher.

„Nun“, sagte er, „wie soll ich es ausrücken?“ Er zog sich die schwarz-rot-goldene Schärpe zurecht. „Ich bin vielleicht bald nicht mehr.“

„Deswegen?“ Die Frau zeigte den Männern hinterher.

„Wir ziehen ins nächste Dorf. Da sollen einige Konterrevolutionäre unter Leitung eines Pfarrers stecken. Leute, die gegen unsere Unternehmungen sind.“ Er klopfte auf die Pistole, die er unter den Ledergürtel gesteckt hatte.

„Ungeheure Schurkerei“, sagte die Frau. Die nahm ihn nicht ernst. Stand da am Wegesrand, lächelte und schien fest aufgehoben in ihrem Leben.

Er musste es jetzt machen, er musste sie fragen. Er war so jung. Er wollte noch so viel. Komm schon, dachte er, tue es. Vielleicht hast du in einer Stunde eine Kugel im Kopf. Oder Schlimmeres passiert.

„Ich habe noch nie eine Frau geküsst.“

Jetzt war es raus. Eine so lebensumgreifende Aussage.

„Das ist ja dumm.“

Das war alles, was diese vitale Erscheinung am Rande des Ackers dazu zu sagen hatte.

„Vielleicht wird mein Leichnam heute noch irgendwo verscharrt“, sagte Carl.

„Wird ein Mordsloch. Sie sind ja doch recht groß geraten. Was kann ich für Sie tun, junger Mann?“

Die Aussage über die Größe seines Grabes minderte Carls Aufregung nicht. Er musste sich konzentrieren.

„Ich wollte Sie fragen, mit allem Respekt, ob ich …"

Verschwinde einfach, dachte er. Geh zu deinen Männern und tu, was du zu tun hast.

„Ob Sie was?", fragte die Frau.

„Ob ich … ob ich einmal Ihre Wange küssen darf?"

Die Frau lachte. „Was?"

„Einmal. Ich …"

„Dürfen Sie nicht."

„Nur Ihre schöne Wange?"

„Nein, mein Herr."

Carl ließ den Kopf hängen.

„Sie kämpfen für irgendeine komische Freiheit, richtig? Ich habe die Freiheit, Ihnen einen Kuss zu verwehren."

„Ich wollte Ihnen nicht zu nahetreten."

„Zieht in den Krieg und hat noch nie geküsst. Oh je. Ich hoffe, Sie finden die Frau, die unbedingt von Ihnen geküsst werden will. Bevor es zu spät ist. Gehen Sie besser nicht weiter in diese Richtung." Die Frau wies mit dem Kinn auf die Männer.

„Die Märzforderungen aus dem letzten Jahr. Demokratie. Pressefreiheit. Keine alleinherrschenden Fürsten mehr. Ein vereintes Deutschland. Ein Parlament. Nicht mehr Knecht sein, sondern wahlberechtigter Bürger. Versammlungsfreiheit. Gleichheit vor dem Gesetz." Carls Gedanken rasten. „Weg mit den Monarchen von Gottes Gnaden. Sind Sie denn nicht auf unserer Seite?"

Sie hob den Korb mit dem Gemüse an.

„Schnuppern Sie mal.“ Carl beugte sich vor. Die Kohlköpfe rochen erdig, sauer und frisch. Sein Scheitel war den Brüsten der Frau ganz nah.

„Ihre Revolution ist zum Scheitern verurteilt. Sie werden verlieren“, sagte die Frau. „Sie haben schon verloren.“

„Wir haben Niederlagen eingesteckt. Aber Baden und die Pfalz ... warten Sie es ab. Wir schaffen das. Für die Amerikaner sah es anfangs auch schlecht aus. Aber die haben das große Britannien besiegt. In Amerika herrscht Demokratie. Freie Wahlen. Die haben dort einen Präsidenten. Vom Volk gewählt.“

„Amerika? Großer Gott.“

„Da ist nur ein bisschen Wasser zwischen uns und Amerika.“

Die Frau lachte wieder. Fältchen sichelten in ihre Wangen, die Lippen spannten sich. „Ich wünsche Ihnen Glück“, sagte sie. Carl sah nach seiner Truppe. Die Männer waren etwa 30 Meter weiter stehen geblieben, einige saßen am Wegesrand, viele tranken Bier aus Feldflaschen. Alle beobachteten ihn.

„Ihre schöne glatte Wange?“

„Nein.“ Wie freundlich sie das sagte. Da war keinerlei Aggression oder Widerwille. Die ganze Zeit nicht.

„Passen Sie auf sich auf, junger Mann.“

„Ist nicht mein größtes Talent. Leben Sie wohl. Es war schön, Sie gesehen zu haben.“

Er ging, drehte sich wieder um und kratzte sich den Schnurrbart.

„Habe ich Sie belästigt? War das sehr ungehörig?“

„Sie haben eine Frage gestellt. Ausgesucht höflich, muss ich sagen. Andere Männer fragen nicht. Sie, junger Mann, müssen mit der Antwort leben. Wie heißen Sie?“

„Schurz, Carl Schurz.“

„Margot Werner. Ich werde unser Treffen nicht vergessen, Carl Schurz.“ Die Frau neigte den Kopf ein wenig, um an ihm vorbei auf die Männer zu schauen.

„Nicht gerade eine Elitetruppe“, sagte sie.

„Aber vom richtigen Gedanken beseelt.“

„Na dann. Auf Wiedersehen, Carl Schurz. Gehen Sie sterben.“

Das klang so freundlich und lieb. Wie machte diese Frau das? Welche Gefühle schwangen durch diese Seele, dass sie so liebevoll sagte, er solle sterben gehen?

„Ich gehe leben“, sagte er.

Die Frau zwinkerte und ging.

„Das Blau Ihres Kleides passt gut hier in die Natur“, rief Carl. Ohne sich umzudrehen hob die Frau eine Hand. Der Saum ihres Kleides streifte über den Feldweg. Carl zog den Gürtel hoch, die Pistole wog schwer und der Gürtel wollte ständig rutschen.

Andere Männer machen einfach, das hatte sie gesagt. Carl ahnte, er würde diese Formulierung so schnell nicht vergessen können. Hatte diese Frau ihm sagen wollen, andere Männer seien mehr Kerl als er? Könnten sich besser durchsetzen? Von Fragen und Zweifeln durchzuckt trat er in einen Kuhfladen, halbtrocken. Er hob den rechten Fuß, stand da auf einem Bein und versuchte durch Tretbewegungen, die von Heu durchzogene Kacke vom Stiefel zu bekommen. Er hörte einige der Männer lachen. Als er wieder bei ihnen war, erhoben sie sich.

„Was war denn das mit dieser Frau, Schurz? Hast du sie nach dem Weg gefragt?"

„Ich kenne den Weg, Habermas. Weiter jetzt."

Befehle zu erteilen war schwer für Carl. Aber er gewöhnte sich daran und aus Unsicherheit erwuchs langsam Gefallen. Meist wurden seine Befehle befolgt, nicht immer. Die Revolutionsarmee war schlecht ausgebildet und in großen Teilen miserabel bewaffnet. Für die Pistole, die er im Gürtel trug, hatte er keine Munition. Aber es sah gut aus, sie quer vor dem Körper zu tragen.

Von der Spitze der Truppe sah er sich noch einmal um. Die Frau war verschwunden. Ich wünsche dir Glück, Margot Werner. Sie schien nicht böse auf ihn gewesen zu sein. Welch souveräne Frau. Welch eine Frohnatur. Und welch ein schönes Wort: Frohnatur.

Lass es hinter dir, dachte er. Schau nach vorne. Wir müssen siegen. Es sind schon viele gestorben für die Sache. Komm, Junge, mach.

Sie würde ihr Treffen nicht vergessen, auch das hatte sie gesagt. Wenn er also in einer Stunde blutend am Boden läge, würden nicht nur Mutter und Vater und seine Freunde um ihn trauern, sondern auch Margot Werner, erführe sie überhaupt von seinem Tod. Was sehr unwahrscheinlich war. Aber vielleicht würde sie gelegentlich an ihn denken und sich fragen, was aus dem Mann geworden sein mochte, der sie einst während der Revolutionswirren fragte, ob er ihre Wange küssen dürfe.

„Weiter, Männer. Wir erledigen das jetzt."

„Wissen die, dass wir kommen?", fragte einer. Carl schämte sich, seinen Namen nicht zu kennen.

„Kann ich mir nicht vorstellen."

„Du gehst voran, Schurz", sagte der rothaarige Habermas.

„Ja", sagte Carl. „Ja, ich gehe voran." Er griff nach Pistole und Säbel, suchte Halt und spürte das Schlagen seines Herzens.

Wie gerne Carl Mutter und Vater oder einen seiner Freunde an der Seite gehabt hätte, einen Vertrauten für vielleicht letzte Worte. Was hätte er gesagt? Dass er es bereue? Nein. Dass er nie eine Frau im Arm gehalten hatte? Das hätte er nicht zugegeben. Was also? Dass die Sonne schien? Ja, dachte er, das konnte sein.

Mit jedem Schritt kam er dem Dorf der Konterrevolutionäre näher. Hatten die eine Verteidigungsstellung bezogen? Besaßen die Musketen? Nicht weichen, dachte er. Bloß nicht weichen. Immer einen Fuß vor den anderen. Sie marschierten in den Schatten eines Waldes.

Nahe Siegburg-Mülldorf war einer Truppe, der er sich angeschlossen hatte, nachts befohlen worden, sich in die Büsche zu schlagen und abzuhauen – und das nur, weil das Getrampel der Pferdehufe nahender Dragoner zu hören gewesen war. Er erinnerte sich genau an das Rauschen des Siegflusses, an den Geruch nachtfeuchter Gräser und daran, wie er sich mit der Säbelklinge in die Handfläche tippte und drauf und dran war, den Offizier anzuschreien.

„Lassen Sie uns diese Dragoner aufhalten", flüsterte Carl dem Hauptmann zu. „Was da angeritten kommt, das ist die Staatsmacht. Das sind die, gegen die wir kämpfen. Fürstendiener."

„Was da angeritten kommt, sind Menschen", sagte ein Mann aus der Dunkelheit.

„Halt die Schnauze", sagte Carl.

„Halten Sie die Schnauze, Schurz", sagte der Hauptmann. „Verstecken Sie sich. Wir haben gegen diese Männer keine Chance. Die Sache hier ist gelaufen. Wer weiter Revolutionär spielen will, soll nach Baden oder in die Pfalz gehen."

„Das ist doch nicht Ihr Ernst, verdammt noch mal."

„Hören Sie mal zu, Grünschnabel. Ich habe hier das Kommando. Und Sie tun, was ich Ihnen sage."

Das schwere Schlagen der Hufe kam immer näher, die Erde bebte, und Carl versteckte sich hinter einem Baum. Er sah das weiße Mondlicht auf den Brustpanzern der Reiter, auf ihren Säbelscheiden und Helmen durch die Dunkelheit schnellen. Er fluchte. So ging das nicht. Also war er gewandert, bis er zu den Truppen in Siegburg stieß und dort auch seinen früheren Professor Kinkel wiedertraf. Kinkel war es gewesen, der ihm heute den Auftrag gegeben hatte, den Pfarrer zu verhaften.

Hinter der nächsten Biegung erblickte Carl das Dorf. Vom Wald aus führte kein weiterer Weg in den Ort. Er sah kaum Menschen vor den niedrigen Häusern, nur rechts auf den Ackerflächen erkannte er gebückte Figuren und einen Mann, der Pfeife rauchte. Carl ließ seine Männer am Wegesrand pausieren. Er winkte Habermas und zwei andere zu sich.

„Hört zu, der Pfarrer dieses Dorfes hält mit größter Eloquenz …“

„Was?“, fragte Habermas.

„Der Pfarrer“, sagte Carl, „verbietet den Leuten, in unsere Volkswehr einzutreten. Für unsere Sache zu kämpfen. Wir werden ihn festsetzen. Ihr drei marschiert jetzt gemütlich in das Dorf und findet heraus, wo das Pfarrhaus steht. Lasst eure Waffen hier.“

„Wenn wir angesprochen werden“, sagte Habermas, „behaupten wir, wir sind auf der Suche nach dem Wirtshaus. Glaubt jeder.“

Carl setzte sich und lehnte sich an einen Tannenstamm. Er nahm die Pistole aus dem Gürtel, zog den Hahn nach hinten, bis es klickte und drückte ab. Klack. Keine einzige Kugel. Den Truppen der Obrigkeit fehlte es nicht an Munition. Dafür war immer Geld da. Er spürte den Waldboden am Hintern, den Tannenstamm hart im Rücken und das Gewicht der nutzlosen Pistole. Margot Werner hatte gesagt, sie hätten verloren. Es sah ganz so aus. Dabei waren sie schon so weit gekommen. Die Paulskirche, die Zugeständnisse des Königs und dann die Barrikadenmassaker in Berlin und das völlige Umschwenken der Reaktionäre gegen das Volk. Blut auf den Pflastersteinen, Hinrichtungen, die chaotische provisorische Regierung in Baden und der Pfalz. Die militärische Unfähigkeit vieler Offiziere. Carl hatte seit Ausbruch der Unruhen alles gelesen, was er an Militärhistorie in die Finger bekommen hatte. Und die freie Regierung? Hatte einen altgedienten General aus Polen geholt, der ständig fragte: „Was gibt es zu essen?"

Carl sah die Männer an, die am Wegesrand hockten. Einige hatten sich hingelegt und dösten. Nur ein einziger trug eine Uniform, jeder aber irgendwo an den Kleidern ein schwarz-rot-goldenes Emblem. So unentschlossen sie auch wirken mochten, sie waren dabei. Sie riskierten ihr Leben.

„Schön hier in Deckung bleiben", sagte er. Er trat über Geäst einige Meter in den Wald hinein, schob Unterholz am Fuße einer Tanne zur Seite und lehnte sich an den Stamm. Er roch Sommer und Boden und Harz und dachte daran, wie schön ein Wald aussah, wenn hinter ihm die Sonne versank und die Baumstämme immer dünner zu werden schienen. Ein Wald war stets ein großes Versprechen.

Habermas und seine Begleiter kamen zurück.

„Straße rein, drittes Haus links", sagte Habermas. „Gutes Ackerland. Kräftige Kühe. Keine Waffen zu sehen."

„Die Männer mit Musketen nach vorne zu mir", sagte Carl. Er spannte die Beinmuskeln an, um ein Zittern der Knie zu verhindern.

Carl hatte das Pfarrhaus umstellen lassen. Der Großteil seiner Truppe stand in Reih und Glied in der Sonne auf dem Dorfweg. Frauen, Kinder, Männer waren aus den Häusern getreten und schauten. Einige lachten. „Geh spielen, Jungchen", sagte ein älterer Mann. Carl zog den Säbel. Er schlug mit dem Griff hart gegen die Holztür. Die Tür schwieg. Carl drückte sie auf.

„Herr Pfarrer?"
„Kommen Sie rein. Kommen Sie nur. Keine Bange."
„Ich habe keine Bange."
Aus der Stube kam ihm ein kräftiger Mann entgegen. Es war dunkel im Haus, die Vorhänge gegen die Mittagssonne zugezogen. Ein Geruch von Dung hing schwer in der Luft.
„Herr Pfarrer, im Namen der provisorischen Regierung verhafte ich Sie."
„Schluck Wein?"
„Wie bitte?"
„Ich habe eine schöne Flasche offen. Kommen Sie. Setzen Sie sich." Carl ließ den Säbel in die Scheide gleiten. Er folgte dem Mann in die Stube. Grobe Holzmöbel standen auf den Dielen, vor einem Fenster bewegte sich ein roter Vorhang. Der Pfarrer griff die Weinflasche hoch oben am Hals.
„Sie sehen nicht aus, als würden Sie mich verhaften."
Das konnte doch nicht wahr sein. Erst lachte einer über ihn, dann nannte ihn jemand Jungchen und jetzt das. Dabei hatte er die ganze Zeit über ernst und entschlossen dreingeschaut.
Der Pfarrer stieß mit ihm an.
„Sie haben ihre Leute daran gehindert, in die Volkswehr …" begann Carl.
„Guter Wein, oder?"
Carl kostete. Erstaunlich kühl war der Wein, fruchtig und leicht.
„Kennt er sich aus mit Wein?", fragte der Pfarrer.
„Mein Vater handelt damit. Nebenbei."
„Nehmen Sie sich ein Beispiel an dem guten Mann, statt

hier solch ein Theater zu machen. Klar, habe ich meinen Schäfchen gesagt, sie sollen diesen Blödsinn lassen. Die Preußen, die Ihnen und Ihrem Haufen entgegenrücken, das sind ausgebildete, befehlshörige Kämpfer. Die bringen Sie alle um, ohne mit der Wimper zu zucken. Ihre Revolution ist längst vorbei. Denken Sie, ich lasse Leute für diesen Unsinn sterben?“

„Das ist die größte Erhebung, die es in Deutschland je gegeben hat. Ich darf ja wohl sehr bitten.“

„Es gibt schon genug Tote. Das lohnt nie.“

„Doch. Doch, verdammt nochmal.“

„Ach, und Sie entscheiden darüber, junger Mann? Wie heißen Sie?“

„Carl Schurz.“

„Also, die Preußen rücken Ihnen auf die Pelle. Dann sind Sie es, Herr Schurz, der den Männern da draußen sagt, sie sollen sich denen entgegenstellen? Sie sollen sich durchlöchern lassen? Stellen Sie sich selbst auch in den Kugelhagel?“

„Ja.“

Carl neigte das Glas und kippte den Rest auf den Holzboden.

„Arroganter Pinsel. Tja, Carl Schurz, spitzen Sie mal die Ohren.“

Die Kirchenglocken schlugen. Carl schaute auf die Standuhr. Keine Zeit, eine Glocke läuten zu lassen. Der Pfarrer grinste und trank von seinem Wein. Carl eilte den Flur entlang. Als er die Tür aufzog war es als betrete er den Tag durch eine Pforte. Die Sonne schien ihm ins Gesicht. Von überall her näherten sich Dorfbewohner. Sie waren mit Mistgabeln und Sensen bewaffnet, manche mit Knüppeln. Metall blitzte auf.

„Alle Männer hier ans Haus", befahl er. Seine Leute wichen zurück und stellten sich im Halbkreis vor das Pfarrhaus. Sie hielten ihre Waffen schräg vor dem Körper, einer der wenigen Musketenträger pflanzte ein Bajonett auf. Carl hörte den Pfarrer hinter ihm im Flur kichern.

„Was jetzt, Junge?"

Margot Werner, dachte Carl. Was würde ich tun, wenn Margot Werner jetzt hier stünde, ihren Gemüsekorb hielte und zwischen diesem Pfaffen und mir hin und her sehen würde? Was?

Er drehte sich zum Pfarrer um. Der stand mit der Schulter an die Wand gelehnt und grinste. Nicht mit mir, dachte Carl. Er spürte seine Hände feucht werden. Er zog die Pistole aus dem Gürtel, spannte den Hahn und richtete den Lauf auf den dicken Bauch des Gottesmannes. Der Pfarrer wich zurück und starrte die Pistole an. Sein Blick rätselte.

„Sie sagen Ihren Leuten jetzt, dass sie gehen sollen. Sie sagen ihnen, dass ich Sie sicher in die Stadt bringe, wo Sie eine Aussage zu machen haben. Sie sagen, dass keiner auf die blöde Idee kommen soll, uns zu folgen."

„Sie schießen nicht auf mich."

„Machen Sie, was ich Ihnen befehle. Sofort. Reden hier rum von wegen all der Toten und hetzen uns dann Ihre Sensenträger auf den Hals."

„Die hätten nichts getan."

„Los jetzt."

Der Pfarrer ging an ihm vorbei zur Tür. Carl sah auf die Pistole in seiner Hand hinab. Abgegriffenes Holz, ein silberner Lauf, der Hahn gespannt, das Ladestöckchen in einer Führung unter dem Lauf. Er legte sich die Pistole an die Wange, das Metall war warm, das Holz glatt. „Danke", flüsterte er. Er hörte den Pfarrer reden, verstand ihn aber nicht.

Hätte er die Pistole auch auf diesen Mann gerichtet, wäre sie geladen gewesen? Carl sah in den Pistolenlauf, ein rundes schwarzes Loch, unendlich tief, ein Tunnelblick ins Weltall.

Er ging mit dem Pfarrer an der Spitze seiner Truppe. Jeder von ihnen hatte eine Flasche Wein in der Hand. Carl hatte heute kaum etwas gegessen und er spürte den Wein in den Gliedern und als lustige Welle in seinen Gedanken und lästige Weichheit der Knie.

Der Pfarrer lallte, ob Carl wirklich auf ihn geschossen hätte, ganz ehrlich. Carl zog die Pistole und ließ Wein in seinen Hals glucksen.

„Nich ne einzige Kugel für dies Ding", sagte er.

Er ließ seine Weinflasche gegen die des Pfarrers klocken. „Prost."

„Is alle", sagte der Pfarrer und schmiss die leere Flasche auf die Wiese. Sie funkelte zwischen den gelblichen Halmen.

„Das sollte man auch nich tun", sagte Carl. „So was einfach in die Gegend schmeißen."

Der Pfarrer blieb stehen und sah Carl ins Gesicht. Die

Männer gingen an ihnen vorbei. Carl gab seine Flasche an Habermas weiter.

„Du fühls dich wohl, nach der Sache, die du dir gerade geleistet has. Richig?“, fragte der Pfarrer. Er wurde von einem Mann mit Mistgabel angerempelt.

„Gott ist auf der Seite der Freiheitskämpfer“, sagte der.

Carl zeigte auf die Flasche im Gras.

„Ich hol die Pulle“, sagte der Pfarrer.

3

Von der Schippe gesprungen
Pfalz/Baden, 1849

Carl saß mit Habermas vor seinem Zelt im Feldlager der Revolutionstruppen nahe Kaiserslautern. Sein ehemaliger Professor Kinkel hatte sich zu ihnen gesellt. Er hatte sich ein Kissen mitgebracht und rauchte eine Pfeife. Aus einem Wirtshaus in der Stadt hatte Carl nachts heimlich einen dreibeinigen Hocker mitgenommen, dessen Füße jetzt ins Gras stachen.

Carl las abwechselnd in Schillers „Räubern" und Clausewitz „Vom Kriege." Er tunkte seinen Becher in einen Eimer mit dünnem Rotwein. Ein vertrockneter Grashalm schwamm im Wein.

„Wie fein", sagte Habermas, „dass die Bevölkerung dieser hübschen kleinen Stadt uns so wohlgesonnen ist."

Carl sah von seinen Büchern auf. „Bringen uns Wein, ja. Sind die auch bereit zu kämpfen? Wir müssen gewinnen."

Habermas zuckte die Achseln. Kinkel sah Carl über den Rand seiner Brille an, sagte aber nichts.

„Hier geht es nicht mehr um Politik und Ideen", sagte Carl. „Hier geht es um Krieg."

Er stand auf und drückte sich die Hände in den Rücken. Im Eilverfahren hatte ein alter Rittmeister ihm auf Anraten Kinkels in den letzten Tagen das Reiten beigebracht. Carls Lendenwirbel schmerzten.

„Ich fühle mich, als sei ich ein paar Zentimeter kleiner geworden", sagte er.

Das Lager tastete sich leinwandfleckig bis an die Stadtgrenze heran, einzelne Feuer brannten und die Zeltbahnen hingen schlaff im Sonnenlicht. Wie eine riesige Segelschiffflotte bei Flaute, dachte Carl. In der Wärme und Windstille hielt sich der Geruch von Pferdemist und ungewaschenen Menschen. Er sah einer Gruppe bärtiger Männer beim Putzen ihrer Kugelbüchsen zu. Sie trugen Hüte mit Federschmuck, Schärpen und manch einer mehrere Dolche im Gürtel. Jeder trug irgendwo am Körper ein Zeichen in schwarz-rot-gold.

„Wie aus Schillers Räubern", sagte Carl.

„Das hier", Habermas klopfte auf die niedergedrückte Wiese, „ist kein Drama."

„Es wird schwierig", sagte Kinkel. „Die Informationslage ist undurchsichtig."

Carl setzte sich wieder und hob seinen Clausewitz-Band an. „Angreifen", sagte er. „Offensiv sein."

„Überlass das unseren Offizieren, Carl." Habermas wies auf den Professor, der deutete einen militärischen Gruß an.

„Es reicht alles nicht", sagte Carl.

Er spürte eine solche Unruhe in sich. Er wollte so gerne einen Überblick haben, wie ein Adler von oben auf die deutschen Lande sehen können, um zu wissen, was vor sich ging. Seit Tagen wurde gemunkelt, eine starke preußische Armeegruppe sei im Anmarsch.

Manchmal blitzte vor seinen Augen auch das Meer auf, der weite, tiefblaue Ozean mit einer sonnengoldenen Horizontklinge. Und das, obwohl Carl nie am Meer gewesen war.

„Ich habe überall in der Stadt nach Margot Werner gesucht", sagte er. „Die Frau vom Wegesrand, weißt du noch, Habermas? Vor ein paar Tagen. Kein Glück gehabt."

„Angst zu sterben, ohne geschossen zu haben, Schurz?"

Carl sah auf Habermas hinab, der auf den Ellenbogen gestützt im Gras lag und auf einem Halm kaute.

„Ihr jungen Leute", sagte Kinkel. „Was machen Sie, Herr Habermas, wenn Sie nicht gerade damit beschäftigt sind, gegen die Monarchie zu kämpfen?"

„Meine Eltern haben einen Bauernhof, den möchte ich gerne weiterführen, wenn die beiden das nicht mehr können."

„Als Mann in einem freien, demokratischen Land?", fragte Kinkel.

„Sollen wir darauf noch einen Wein nehmen?", fragte Habermas.

„Für mich nicht, danke", sagte der Professor und klopfte die Pfeife am Stiefelschaft aus. „Carl, gehen Sie noch ein Stück mit mir?"

Sie gingen durch das Kriegslager und redeten über Shakespeare. Ihr Händedruck zum Abschied war fest.

„Wie konnte es soweit kommen, Carl? Das ist alles …" Der Professor redete nicht weiter. An der Universität hatte Carl nie erlebt, dass Kinkel einen Satz nicht beendete. Aber jetzt, da aus dem politischen Aufstand ein Bürgerkrieg geworden war und Leichen am Wegesrand lagen, war die Zeit der unvollendeten Sätze gekommen.

„Ich habe geschrieben und geredet“, sagte Kinkel. „Sie haben ausgezeichnete, leidenschaftliche Reden gehalten. Wir hatten Frankfurt. Und jetzt?“

„Es ist noch nicht vorbei, Herr Professor.“

„Uns droht Gefängnis oder Todesstrafe. Unsere Namen stehen ganz oben auf der Liste der Monarchen.“

Carl dachte an Margot Werner.

Am frühen Abend ritt Oberstleutnant Anneke mit anderen Offizieren durchs Lager. Er war der Mann, der vor Monaten befohlen hatte, den Dragonern auszuweichen und zu fliehen. Die Sonne stand tief und Pferd und Reiter formten den Schatten eines Urtieres.

„Es gab ein wenig Durcheinander, Schurz“, sagte Anneke aus dem Sattel. Seine Augenbrauen waren hoch in die Stirn gezogen, Carl hatte ihn nie anders gesehen. Es wirkte, als sei Annekes Leben eine einzige große Frage. „Wir rücken heute Nacht ab. Die Preußen kommen. Kümmern Sie sich um die Artillerie.“

„Schon wieder Rückzug?“

„Machen Sie, was man Ihnen befiehlt.“ Der Oberstleutnant zog die Zügel zur Seite, sein Pferd neigte den Kopf und drehte tänzelnd einen kleinen Kreis. „Brr“, sagte Anneke, „Moment noch.“ Er griff in die Satteltasche und reichte Carl einen Beutel hinunter.

„Munition für Ihre Pistole, Schurz. Pulver, Kugeln, alles was man braucht. Der Pfarrer hat mir von Ihrem Mangel an Kugeln erzählt.“

„Was ist aus ihm geworden?“

„Ist verhört worden. Ein bisschen bedroht vielleicht. Blieb die Nacht über in der Stadt. Einige sagen, er war im Freudenhaus. Ich glaub's. Am Morgen ist er zurück. Und jetzt kümmern Sie sich, Schurz. Ich reite zurück. Meine Frau wartet auf mich."

Anneke ritt zwischen den Zelten und den Gruppen von Männern zur Stadt zurück. Habermas klopfte Carl auf die Schulter. „Nicht so einfach mit den Frauen", sagte er.

Carl ließ den Kopf hängen. Im Revolutionsheer gab es Männer, die von ihren Frauen begleitet wurden. Carl hatte Frauen gesehen, die Musketen trugen oder Säbel. Er grüßte sie immer, einige grüßten zurück, anderen sahen ihn irritiert an. Ein Haufen von Freischärlern, dachte er, wie damals in Amerika unter George Washington und all den anderen im Kampf gegen das britische Imperium. Aber dieser Anneke befahl ständig den Rückzug.

„Ich kann es nicht leiden", sagte Carl „wenn man mir sagt, was ich tun und lassen soll. Ich kann's einfach nicht."

„Daran gewöhnt man sich", sagte Habermas.

„Wir stehen auf der richtigen Seite", sagte Carl. „Na komm, hilf mir beim Abbau und mit den Kanonen."

„Manchmal", sagte Habermas und zog einen Zelthering aus dem Boden, „weiß ich gar nicht mehr, was wir hier tun. Was man sieht und spürt, das ist der eigene Fuß am Boden. Oder Wein eben."

„Aber", sagte Carl, „fühlt es sich auch richtig an."

Er knetete den Munitionsbeutel, wog ihn, spürte die Kugeln.

„Es ist richtig", sagte er.

Wenn sie einen nachtschwarzen Wald verließen und einige Kilometer über einen Feldweg zogen, spiegelte sich Mondlicht auf Lederzeug und Metall und in den Augen der Pferde. Die Männer unterhielten sich leise, hier und da summte einer eine Melodie. Die meisten schwiegen.

Während des Nachtmarsches schloss Carl auf seinem Pferd einmal zu Oberstleutnant Anneke auf. Er hatte nicht vergessen, in welchem Ton der mit ihm geredet hatte. Anneke ritt neben seiner Frau. Carl grüßte und sah der Frau ins Gesicht. Sie sah aus wie mit wenigen weißlichen Linien gemalt, sie trug eine Muskete quer auf dem Rücken. Carl ließ sich an hunderten von Männern und Wagen und aufgeprotzten Kanonen vorbei wieder zurückfallen, bis er neben Habermas abstieg.

„Annekes Frau sieht schön aus", sagte er. „Ich glaube ich ändere meine Meinung über den Herrn Offizier."

Habermas lachte. „Geht ein bisschen schnell bei dir."

„Kann sein", sagte Carl. „Weißt du, was ich dir noch gar nicht erzählt habe? Bevor das alles richtig losging, bevor wir aus Frankreich hörten, dass die Franzosen ihren blöden König verscheucht haben – ich habe geschrieben. Richtig geschrieben. Ein Theaterstück. Irgendwann schreibe ich das alles hier auf, Habermas."

„Komm ich dann darin vor?"

„Sei ein Held."

„Herrgott, Schurz. Mal ein bisschen kleiner?"

Als die Truppen sich Karlsruhe näherten – Carl schätzte sie auf 5- bis 6000 Mann – zeichnete er ihren Weg in seine

Landkarte. Kaiserslautern, Frankenstein, dann Neustadt an der Haardt, wo es, wie Habermas sagte und dabei auf die Karte pochte, „wieder Wein gegeben habe“ und dann bei Knielingen über den Rhein. Von den Preußen berichteten die Kundschafter, dass sie zwar nachsetzten, sich aber dabei nicht beeilten.

„Das ist ein schlechtes Zeichen“, sagte Anneke während einer Besprechung im gedämpften Licht des Kommandeurszelts. „Die wiegen sich in Sicherheit.“

Anders als in Kaiserslautern war der Großteil der Bewohner von Karlsruhe nicht beeindruckt von dem Haufen von Freischärlern. Als Carl mit Habermas und einigen anderen abends Bier in einem Wirtshaus trinken wollte, versperrte der Wirt ihnen den Zugang. Nur ordentlich uniformierte Leute lasse er herein.

„Wir tragen die deutschen Farben“, sagte Carl.

„Trag die woanders, Jungchen.“

„Hier ist der Spaß vorbei“, sagte Habermas.

„Wir stellen uns bei Ubstadt dem preußischen Vormarsch“, hatte der General gesagt. Carl bewunderte immer wieder die Ruhe, in der hohe Offiziere solch weitreichende Aussagen machten. Bei dem grauhaarigen General mit dem wuchernden Backenbart war ihm allerdings aufgefallen, dass der die ganze Zeit auf die Landkarte starrte und niemandem in die Augen sah. Der General biss sich auf die Lippen, als er seine Adjutanten die Einzelheiten besprechen ließ.

An der Flanke seiner Artilleriestellung richtete Carl sich in den Steigbügeln auf. Der Himmel schien zu flackern. Im Osten hörte er das unablässige Krachen von Kanonen, braungrauer Rauch zerfächerte in der Luft. Das Feld vor ihm war trocken und gelb und endete an einem niedrigen Waldrand, nicht mehr als ein grauer Streifen. Manchmal meinte Carl Bewegungen in dem Wald zu sehen, Metall, aber er war sich nicht sicher. Nichts in ihm war mehr sicher. Am Rande des Waldes blitzte es hundertfach, ein Grollen ertönte, sein Pferd tänzelte. Preußische Ulanen mit blinkenden Lanzen galoppierten über das Feld. Direkt auf ihn zu. Die erste Reihe der Infanteristen neben ihm ging in die Hocke, die dahinter legte im Stehen auf die Reiter an.

Die Gesichter der Ulanen schienen zu vibrieren, waren mal hier, mal da. Carl konnte sie nicht richtig sehen. Die Reiter schossen aus Pistolen. Kleine Qualmwolken stoben in die Luft, Schüsse knallten.

Haben die in meine Richtung geschossen? Schießen die auf mich?

Die Ulanen riefen sich etwas zu und galoppierten wieder davon. Einem spritzte etwas aus der Schulter und er beugte sich weit vor auf den Hals seines Pferdes.

„Plänkler“, sagte Anneke neben Carl. „Die wollen nur wissen, wie wir hier aufgestellt sind.“

„Genau“, sagte Carl. Anneke sah ihn an, sagte aber nichts. Im Wald am anderen Ende des Feldes sah Carl jetzt Bewegungen. Blaue Bewegungen. Preußische Infanterieuniformen.

„Wenn hier was passiert, melden Sie sich bei mir, Schurz“,

sagte Anneke. „Und lassen Sie die Artillerie feuern, sobald der Feind nah genug steht."

„M-hm."

„Wie bitte?"

„Jawohl, Herr Oberstleutnant."

Anneke wendete sein Pferd und ritt mit einer Gruppe anderer Offiziere nach Norden davon. Jetzt waren von überall her Schüsse zu hören. Carl sah nach Habermas. Der stand neben einer Kanone und biss sich auf den Daumennagel.

Hatte Carl die Kanonen schon laden lassen? Er winkte Habermas zu sich und beugte sich hinab.

„Sind die geladen?", flüsterte er. Habermas nickte.

„Ich wollte nur sichergehen."

„Ist schon gut, Carl. Ist gut."

Habermas sah zu ihm hinauf und versuchte zu lächeln.

„Du gehst voran, Schurz?"

Carl ballte die Faust.

Das Bataillon links von ihm rückte vor. Die meisten Männer gingen leicht geduckt, die Musketen mit aufgepflanzten Bajonetten schräg vor dem Körper. Die Preußen auf der anderen Seite hatten in beachtlichem Tempo Kanonen abgeprotzt und ausgerichtet. Jedes einzelne von hier aus winzige Rohr zeigte genau in Carls Gesicht. Er stieg vom Pferd. Dann standen plötzlich große Rauchfahnen über der preußischen Stellung. Irgendetwas dort zuckte, es krachte und dann hörte Carl das Rauschen und Zischen von Kanonenkugeln. Er spürte die Luftwirbel. Die Kugeln gingen über ihn hinweg. Er duckte sich trotzdem.

„Feuer!“

Die Kanoniere legten Glut an die Zünder, es krachte reihenweise, die Kanonen sprangen zurück und wurden sofort wieder ausgerichtet und geladen. Carl sah hinter den preußischen Soldaten Baumwipfel tanzen und Äste in den Himmel wirbeln. Zu hoch, viel zu hoch.

Etwa 20 Meter vor ihm bohrte sich eine Kugel in den Boden, spritzte Dreck und Steine in schräger Fontäne auf, sprang ein paar Mal und rollte auf ihn zu. Schwarz und rillig war sie. Sie sah alt aus. Sie starrte ihn an.

Ich bin allein, dachte er. Ich bin ganz allein hier. Niemand ist bei mir.

Er hörte Leute Befehle brüllen, das Gewehrfeuer nahm zu und die verdammten Monarchendiener da drüben luden ihre Kanonen unglaublich schnell. Das Bataillon, das links von ihm abgerückt war, verschwand in Pulverdampf und Lärm.

Weiter im Süden meinte er das Aufblitzen von Brustpanzern zu sehen, schnellen Brustpanzern. Dragoner? Ein Flankenangriff? Mit weichen Knien stieg er auf sein Pferd. Er wollte gerade zu Anneke reiten, als ein erdverkrusteter Meldereiter ihn zurückhielt.

„Ich mach das. Achten Sie auf Ihre linke Flanke. Die versuchen uns in der Seite zu packen.“ Und schon war er weg. Einige Sekunden lang wusste Carl nicht, ob er sich diesen Mann nur eingebildet hatte. Das Weiß seiner Augen hatte ungeheuer geleuchtet im verdreckten Gesicht.

Die Luft roch jetzt bitter nach Schwarzpulver. Die Gesichter der Kanoniere erschienen Carl ganz grau. Selbst

Habermas rotes Haar hatte die Farbe verloren. Irgendwie schaffte Carl es, immer wieder Feuerbefehl zu geben. Dann hörte er Schreie und Stöhnen aus dem Rauch links von ihm. Gestalten taumelten ins Licht, einige hinkten, andere rannten als würden sie von Ungeheuern verfolgt. Carl ritt zur verlassenen Stellung des Bataillons hinab.

„Aufstellen“, schrie er. „Wieder aufstellen.“

Und dann trugen vier Männer etwas an ihm vorbei.

Er hatte so etwas noch nie gesehen. Er wusste nicht, was das war. Ein großer erdfarbener Sack mit vier Griffen und über und über mit roter nasser Farbe bedeckt. Undicht war er, unten tropfte es raus. Der Sack röchelte, er hatte ein Auge. Eins nur. Ein Offizier schrie Befehle, Männer wandten sich um und luden ihre Gewehre, die Ladestöcke wie dünne Äste. Jemand schlug Carl auf die Schulter und redete schnell auf ihn ein. Carl verstand ihn nicht. Die Kanonen krachten wieder, Gewehrfeuer klackerte. Der Sack war weg. Männer mit Löchern im Körper liefen an ihm vorbei. Der, der ihm auf die Schulter geschlagen hatte, rüttelte ihn jetzt.

„Aufprotzen, Schurz. Bringen Sie unsere Artillerie hier weg. Wir können uns nicht halten. Haben Sie mich verstanden?“

Er hörte etwas pfeifen. Fetzen flogen. Hüte. Jacken. Ungeheure Teile, viele nass. Eine Kanonenkugel war mitten durch die Männer geflogen.

„Schöne Freiheit“, sagte der Bataillonskommandeur.

Carl ritt zurück. Er war ganz leer, in seinem Schädel lag ein Steinbrocken. Mit rauer Stimme gab er nacheinander exakte Befehle zum Aufprotzen der Kanonen, Absichern der Stellung und zum Rückzug. Alles auswendig gelernt. Ein Mann saß an ein Kanonenrad gelehnt und als die Kanone weggezogen wurde, die Speichen langsam anfingen sich zu drehen, war es als zöge jemand an den Kleidern des Mannes. Dann fiel er zur Seite um. Seine Augen standen offen.

Carl wandte sich noch einmal zur preußischen Linie. Er wusste nicht, ob die gegnerischen Infanteristen überhaupt noch dort vor dem Waldrand standen oder längst einem ausgeklügelten Manöver ihrer Offiziere folgten. Er zog die Pistole aus der Seitentasche an der Flanke des Pferdes, spannte den Hahn und legte auf den graubraunen Pulverschleier am anderen Ende des Feldes an.

Er drückte ab. Die Pistole krachte, der Rückstoß riss den Lauf nach oben, Pulverqualm biss.

„Die ist von mir."

Carl wusste nicht, ob er geschrien hatte.

4

Eingeschlossen
Rastatt, 1849

Carl saß allein in seinem Zimmer und starrte die maserige Tischplatte an. Sie hatten sich auf die Feste Rastatt mit den mächtigen Kasematten zurückgezogen und die Preußen zogen die Schlinge zu. Carl trommelte mit den Fingern auf das Holz. Er legte die Pistole auf den Tisch, er drückte sich die Faust vor die Stirn. Eingeschlossen. Gefangen.

Das kleine Fenster war nachtschwarz und in der Glätte spiegelten sich die Kerzenflammen.

Er schlug mit der Faust auf den Tisch. Die Pistole hüpfte, der Kerzenhalter schwankte, Licht und Schatten huschten. Die speckigen Wände seiner Kammer rückten auf ihn zu.

Jemand klopfte. Seine Wirtin steckte den Kopf zur Tür hinein, der Flur hinter ihr war gelblich beleuchtet.

„Ist denn alles in Ordnung, Herr Schurz? Mein Mann und ich hörten gerade so einen Krach."

„Es ist alles in Ordnung."

„Ich habe noch etwas frisches Brot und Butter für Sie. Und einen Krug Wein, wenn Sie möchten."

Er nahm der alten Frau den Brotkorb und die Weinflasche ab. „Sie sind wirklich ausgesprochen gastfreundlich."

„Was wird denn aus uns, Herr Schurz? Ich meine, die Belagerung hört ja nicht auf. Was wird denn aus uns?"

„Man wird Ihnen nichts tun. Haben Sie keine Sorge."

„Und aus Ihnen, junger Mann? Ein Offizier der Revolutionsarmee?"

Carl stellte den Korb und die Flasche auf den Tisch, setzte sich daneben und ließ die Beine baumeln.

„Ich weiß es nicht", sagte er.

Welch ein Satz. Er spürte die Fesseln an den Handgelenken. Kein Tuch, dachte er, ich werde mir kein Tuch vor die Augen binden lassen. Würde er weinen? Schreien vor Wut? Würde es schmerzen?

„Ach, ach", sagte die alte Frau. Sie legte sich die Hände an die Wangen. „Und wofür das alles, Herr Schurz?"

„Niemand wird vergessen, was hier in Deutschland geschehen ist. Und in Frankreich und Österreich. Freiheit, gute, liebe Frau, Freiheit."

Er sah den Mann an dem Kanonenrad. Er sah den tropfenden Sack mit dem einen Auge. Etwas wollte aus ihm herausplatzen.

„Lassen Sie uns morgen weiterreden", sagte er.

„Werden die wieder schießen? Mit ihren Kanonen?"

„Sonst würden die sich ja langweilen. Aber lassen wir uns einschüchtern? Sie? Eine gestandene Frau wie Sie? Nicht doch, oder?"

„Heute hat es wieder gebrannt. Hach je. Wollen Sie denn noch jemandem schreiben? Ich sorge dafür, dass der Brief ankommt."

Herrgott Frau, dachte Carl. Verschwinde und lass mich.

„Ihre armen Eltern. Sie sind ja noch jung, Herr Schurz."

„Meinen Dank für Brot und Wein. Ich muss jetzt schlafen. Morgen ruft die Pflicht."

„Wir sind nur dem Herrn verpflichtet."

Verflucht, jetzt geh doch endlich. Er zog er sich die Stiefel aus. Er wollte sie in die Ecke werfen, unterließ das aber der alten Frau wegen.

„Gute Nacht", sagte er. „Schlafen Sie gut. Es wird Ihnen nichts passieren."

Die Tür schloss sich ohne ein Geräusch zu machen und die alte Frau verschwand im Flur, als habe sie Rollen unter den Füßen.

Carl zog den Korken aus der Weinflasche, goss sein Glas randvoll, riss ein Stück von dem Brotlaib ab und verteilte mit seinem Dolch Butter darauf. Er biss ab, kaute und trank. Jetzt hatte er alles zusammen im Mund.

Es war ganz einfach.

Machte er nichts, würde er mit hunderten anderen in einem modrigen Gefängnis landen, auf Jahre hinaus. Ein Gefängnis würde er nicht aushalten, niemals. Er wurde ja hier schon fast wahnsinnig und musste mit aller Gewalt Wutanfälle schlimmsten Ausmaßes unterdrücken. Oder aber fünf, sechs, sieben preußische Befehlsbefolger würden ihm in die Brust schießen und sein Herz in Stücke fetzen. Er hatte nichts zu verlieren. Er musste irgendwie versuchen, früh genug hier rauszukommen.

Es war ganz einfach.

Bitte. Bitte. Ich muss hier rauskommen. Die Dunkelheit seiner Kammer verhöhnte die fingerspitzengroßen Kerzenflammen. Er biss wieder zu, er trank mehr Wein.

Ich will nicht sterben. Ich will nicht. Ich will nicht. Ich will nicht.

In dem ganzen Durcheinander wusste er nicht, wo Habermas abgeblieben war, Professor Kinkel war mit einer anderen Einheit von Karlsruhe aus abgerückt. Gesellschaft wäre schön gewesen, ein paar vertraute Augen, eine bekannte Stimme. Jetzt aber in eines der Wirtshäuser ziehen – nein. Obwohl, wer wusste schon, was dort jetzt los war? Wilde Feste? Versteckte Orgien gegen den nahenden Tod? Er schaffte es nicht aus dem Zimmer. Die Dunkelheit und das Alleinsein hatten von ihm Besitz ergriffen. Die Sommernacht war warm und er spürte Schweiß auf der Haut.

Sie hatten sich aufgelehnt. Sie hatten die Monarchie herausgefordert, den König, seine Prinzen, den Adel, die Staatsmacht. Das badische Heer war zu ihnen übergelaufen in diesem kurzen Sommer der Revolution. Die Rache würde fürchterlich sein.

Die kannten seinen Namen. Carl war Sprecher der Revolutionäre gewesen, er hatte Reden gehalten und war bejubelt worden. Sein Name hatte sich herumgesprochen. Kinkel hatte ihm außergewöhnliches rhetorisches Talent attestiert. Carl war auf einer Wolke geschwebt, ganz besoffen vom Klatschen und Schulterklopfen und von den weinseligen Anfängen des Aufstandes. 20 Jahre alt war er. Und das war es jetzt. Keine Frau, nie eine Frau. Keine Kinder. Keine Karriere. Er hatte an etwas Großem teilgehabt, das ja. Aber wer würde je davon erfahren, wenn seine Leiche vor den Kasematten von Rastatt verscharrt worden war?

Er stellte sich ans Fenster. Er sah in den tintenschwarzen Himmel und die weißen Nadelstiche der Sterne.

Ihr habt mich auf dem Schlachtfeld nicht getroffen, dachte er. Andere ja, mich nicht. Gut so.

Er hielt die Weinflasche oben am Hals und wischte sich mit dem Unterarm den Schweiß von der Stirn. Er kicherte. Wie war das doch gleich bei Schiller? Don Carlos?

‚Geben Sie Gedankenfreiheit, Sire', rezitierte er.

Die Gedanken sind frei.

Ihr kriegt mich nicht.

Er ließ sich zu Boden sinken und presste die Arme um die angewinkelten Knie. Er war allein. Er weinte. Ihr kriegt mich nicht. Er zwang sich immer wieder, diese vier Wörter zu denken.

„Da ist genug zu essen und trinken drin", sagte der Wirt. Er schob den Korb weiter auf den Zwischenboden des Pferdestalls. „Geht sparsam damit um. Und keinen Mucks. Wenn die euch erwischen, seid ihr dran. Und ich auch. Weil ich euch hier verstecke. Ich weiß eh nicht genau, warum ich das tue. Also, Maul halten. Und wenn ihr gescheiterten Freischärler hier rauskommt, falls ihr es schafft – dann beweist mir, dass es sich gelohnt hat."

Carl und Habermas bedankten sich und krochen in den hintersten Winkel des Zwischenbodens. Holz und Stroh hatten sich vollgesogen mit Sommerhitze, von unten roch es nach Pferdemist.

„Ist das Wein in der Flasche?", flüsterte Habermas. Carl zog den Pfropfen und roch.

„Wasser", sagte er.

„Großartig", sagte Habermas.

Rastatt war übergeben worden. „Ich werde die Zivilbevölkerung nicht weiter dem Bombardement aussetzen", hatte der General gesagt. „Ich übergebe Rastatt."

„Man wird Sie erschießen lassen, Herr General", sagte einer der Stabsoffiziere.

„Ich übergebe Rastatt."

Carl hatte das Gespräch vom Rande des Rathaussaals verfolgt, er saß auf einem Haufen Mauertrümmer und zählte die Kanonenkugeln, die durch Fenster und Mauern geschlagen waren. Er sah dem steinernen Gesicht des Generals keine Regung an. Der Mann bewahrte Haltung. Ob das gut war oder nicht, ob richtig oder falsch, es beeindruckte Carl.

Während ihrer Flucht durch die Gassen wären Carl und Habermas beinahe von einer Patrouille entdeckt worden. Sie schlitterten in ein Wirtshaus, entschlossen sich sofort ehrlich zu den Gastleuten zu sein und waren dann nachts vom Wirt auf den wippenden Zwischenboden des Pferdestalls gebracht worden. In der Stadt wimmelte es von preußischen Soldaten. Viele von ihnen lachten. Noch am Abend der Kapitulation hatte Carl vom Haupttor her Schüsse gehört. Exekutionen wahrscheinlich.

„Wie lange sollen wir denn jetzt hier ausharren?", fragte Habermas.

„Der Wirt informiert uns, wenn es etwas ruhiger wird. Und dann nichts wie weg hier."

„Und wie, du Schlauberger?"

„Ich habe die Pläne der Festung und Stadt studiert. Ich

habe mich umgesehen, die ganze Sache erkundet. Es gibt Abwasserkanäle. Die führen nach draußen."

„Abwasserkanäle? Das wird immer besser."

Sie grinsten sich an, lehnten die Hinterköpfe ans splittrige Holz und sahen durch die Spalten im Dach das Gleißen des Sonnenlichts.

Millionen von Staubteilchen bewegten sich in den gelben Fächern und ab und zu schnaubte ein Pferd.

Erschöpft vom Zwang zum Nichtstun schlief Habermas am frühen Abend ein. Jedes Mal, wenn er zu schnarchen begann, schlug Carl ihm die Faust vor die Schulter.

Carl staunte über die ungeheure Freiheit der Zeit. Er strengte sich an, nicht zu oft auf seine Taschenuhr zu sehen, aber wann immer er es machte und davon ausging, es sei mindestens eine Stunde vergangen, vielleicht gar anderthalb, klatschte das Ziffernblatt ihm eine Ohrfeige ins Gesicht und sagte „20 Minuten", wenn er Glück hatte „30".

Er hörte Stimmen, Leute lachten. Das mussten mehrere Männer und Frauen sein. Er ließ sich langsam zur Seite gleiten, drehte sich vorsichtig auf den Bauch und robbte auf den Rand des Zwischenbodens zu. Hoffentlich war der Boden dicht genug, dass weder Staub noch Strohfäden durch die Ritzen rieselten.

Jetzt konnte er die Stimmen verstehen.

„Die Damen. Wir sind Ihre Befreier. Das Gesindel ist festgesetzt. Und, wenn Sie gestatten, wir hier, wir sind Offiziere. Preußische wohlbemerkt."

„Und Schaumwein haben wir", sagte der andere Mann.

Warum waren die mit den Frauen in den Pferdestall gegangen? Und warum hatten die Frauen sie begleitet?

Am Rande des Zwischenbodens angekommen, hob er den Kopf und schaute hinab. Die Offiziere hatten leinenbespannte Klappstühle mitgebracht und einen Korb voller Brot, Wurst, Käse und Äpfeln. Sogar Gläser hatten diese Preußenschufte dabei. Durch eine flotte Drehung aus dem Handgelenk sprang der Korken aus dem Flaschenhals und flog in den Schatten. Eine der Frauen war blond, die andere dunkelhaarig und beide hatten die Kragen geöffnet. Carl sah Abendlicht auf Haut, er sah Haare und Nasenspitzen von oben und den Faltenwurf langer Kleider und Glanz auf den Stiefelschäften der Offiziere.

„Nun, meine Damen, auf Ihr Wohl und auf die wiedergewonnene Freiheit." Die Vier stießen an, einer der Männer lachte rau.

Habermas röchelte im Schlaf. Carl zuckte zusammen. Er sah noch, wie einer der Offiziere hinaufblickte. Er presste den Kopf hart aufs Holz.

„Sorgen Sie für Unterhaltung, meine Herren Offiziere", sagte eine der Frauen.

Carl schob sich Zentimeter um Zentimeter zurück. Habermas bewegte den Kopf hin und her, sein Mund stand offen.

Ruhig. Ruhig, ruhig.

Die Offiziere unten sangen ein deutsches Volkslied, Gläser klickten aneinander.

Als Carl neben Habermas lag, drückte er ihm sachte eine Hand auf den Mund. Habermas versuchte, den Kopf zu schütteln, Carl hielt ihn. Er öffnete die Augen, blinzelte. Carl legte sich einen Zeigefinger über die Lippen.

Unten wurde gelacht.

„Musik!", rief einer der Offiziere. „Musik bräuchten wir."

„Ach was, tanzen können wir auch so", sagte der andere.

„Du bleibst hier", flüsterte Carl.

„Ich will auch sehen, was da passiert."

„Das ist ein Befehl, Habermas. Du bleibst. Klar?"

Carl kroch zurück. Er brauchte lange. Als er wieder über den Rand sah, waren eine der Frauen und einer der Offiziere verschwunden. Der andere hielt die Dunkelhaarige im Arm und küsste sie hart auf den Mund. Er hörte gar nicht auf. Die Frau drückte die Hände gegen die Schultern des Mannes. Er presste eine Hand auf ihre Brust in dem dunkelblauen Kleid. Die Frau versuchte, ihm ins Gesicht zu schlagen.

„Lassen Sie mich", schrie sie.

„Gefragt wird nicht", sagte der Offizier. Er klatschte ihr mit seiner Pranke ins Gesicht.

Doch, dachte Carl, es wird gefragt. Er zog seinen Dolch aus dem Gürtel. Er zitterte. Er sah die Frau über einen Strohballen gebeugt werden, er sah ihren nackten, gespannten Hintern, ihre Schenkel. Sie zappelte, aber die Hände des Offiziers pressten sie nieder und die Schreie wurden vom Stroh erstickt. Carl wollte mit dem Dolch in der Hand vom Zwischenboden auf den breiten Rücken des Mannes springen und ihm das Metall von hinten ins Herz bohren. Er hörte ihn stöhnen. Er sah die aufgezwungenen Bewegungen der Frau. Er schob sich ein Stück zurück und hielt sich die Hände auf die Ohren. Er spürte einen Druck auf der Schulter. Habermas mit Stroh im Haar.

„Wir müssen der helfen“, flüsterte Habermas.

„Wir müssen hier rauskommen. Lebend.“

„Carl.“

„Sei ruhig, Habermas. Still. Kein Wort mehr.“

„Na, ich trink dann mal noch einen guten Schluck“, sagte der Offizier. „Du auch, Mädel?“

Er goss Wein auf das nackte Gesäß der Frau. Die Frau hatte sich die Hände vor das Gesicht gepresst, ihre Schenkel zitterten. Carl hörte sie krampfhaft weinen.

„Fang bloß nicht an zu schreien. Ich trete dir den Schädel ein“, sagte der Offizier. Die Frau schlug mit beiden Händen ins Stroh.

„Komm, Mädchen, du hattest Spaß mit einem Befreier.“

„Wirklich erstklassig“, sagte Habermas. „Erst sitze ich mit dir drei geschlagene Tage in diesem blöden Stall, und jetzt? Jetzt sind wir hier in einem Abwasserkanal gefangen. Hier stinkts, Carl, hier stinkt es nach Tonnen von Kacke.“

„Wir müssen warten, bis die Wachen draußen an der Außenmauer weniger werden. Dann sind wir frei. Dann haben wir es geschafft.“

„Sagt der mit den Stiefeln.“

Hitze und modrige Winde wechselten sich im Tunnel ab. Durch ein Gitter über ihnen schien gerastertes Sonnenlicht auf die Brühe, die etwa einen halben Meter hoch im Kanal stand und ab und an schwappte. Da, wo die Sonne sie traf, war die Brühe schwefelgelb. Sie vermieden hinzusehen, wollten gar nicht wissen, was da alles schwamm und gluckste. Sie hatten nichts mehr zu essen und trinken und saßen auf einem Brett, dass sie quer in die Außenwände gestemmt hatten.

„Irgendwann schreibe ich das alles auf“, sagte Carl. Habermas hob seine braun verschmierten Füße an.

„Lass mich da raus“, sagte er.

„Du bist dabei.“

„Manchmal will man gar nicht bei den Sachen dabei sein, bei denen man dabei ist.“ Habermas starrte die glitschige Wand an. „Wir hätten der Frau helfen müssen“, flüsterte er.

„Dann wären wir jetzt tot“, sagte Carl.

„Du bist doch bereit für die Sache zu sterben.“

„Wir machen es wieder gut.“

„Musst mir mal verraten, wie das gehen soll.“

„Ist gut jetzt“, sagte Carl. „Hör auf.“ Er ballte die Fäuste und zog den Atem tief ein, damit der Gestank ihn vom Gedanken an diese Frau befreite.

5

Was zählt?
New York City, 1901

„Was machst du denn da, Carl?“, fragte Twain.

Carl schob die Notizzettel auf seinem Schreibtisch zusammen und klopfte die Kanten auf die Platte, bis die einzelnen Blätter des Stapels exakt übereinanderlagen.

„Ich schreibe mir ein paar Dinge auf. Sag du mir lieber, warum du in einem schneeweißen Anzug rumläufst und das in deinem Alter?“

Twain griff sich ans Revers. „Kleidet mich. Fällt auf. Ich bin berühmt. Die Leute erkennen mich auf der Straße. Selbst hier in New York.“

„Ich bin heute auch erkannt worden. Unten im Battery, von vier Leuten gleich. Und das ohne weißen Anzug.“

Twain beugte sich ihm über die Tischplatte entgegen und runzelte die Stirn. Sein dünnes, abstehendes Haar war fast so weiß wie der Anzug.

„Wir kennen uns jetzt so lange, Carl. Was ist denn?“

Carl sah die Hände William Burtons auf die Schultern des großen Mannes schlagen, er sah, wie Mary ihren Hut abnahm.

„Mir entfallen in letzter Zeit manchmal ein paar Dinge, Mark. Ich … ich vergesse. Dafür fallen mir andere Ereignisse in einer wahnsinnigen Deutlichkeit wieder ein.“

„Mach keinen Unsinn, Carl.“

„Herrgott, Mark."

„Wie geht es denn deiner famosen Fanny? Hm, sag mal."

Carl sah an Twain vorbei zur offenstehenden Tür seines Arbeitszimmers.

„Ich habe Sehnsucht nach ihr. Aber erwähne den Namen bloß nicht, wenn meine Tochter in der Nähe ist. Agathe meine ich. Bei den anderen macht das nichts."

„Was hat die gute Aga eigentlich gegen deine Liebste?"

„Ach, Mark. Die Kinder. Was auch immer die tun, wie auch immer sie sind, ich liebe alle sehr. Manchmal glaube ich sogar, das wird immer mehr. Agathe? Tja, Agathe. Sie hat nie einen Mann geküsst. Meine älteste Tochter, eine ungeküsste Frau."

„Verrückt."

„Ein anderer Ton bitte, Mark."

Twain hob den Zeigefinger, er bekam ihn nicht mehr ganz gerade. „Wir können sehr sensibel sein. Und den Abzug drücken. Wegen dieser Kombination haben wir eine Schnitte bei den Frauen. Immer gehabt." Twain lehnte sich zurück. „So ist das. All die Spießbürger da draußen, vergiss es. Eingezwängt bis zum Hals. Die Kerle ebenso wie die Frauen. Was soll das alles?"

Carl ließ die Zettel über den Daumen laufen, schnelle Wortanfänge, schnelle Ereignisse, sein Leben, seine Liebe. Er bekam es nicht zusammen. Er schaute in Twains zerfurchtes Gesicht. Irgendwie sah der Kerl mit seinem bauschigen Schnurrbart und den unbändigen Haaren immer lustig aus. Seit wann kannte Carl ihn? Seit wann kannte er Mark Twain? Es war zum Verrücktwerden. Vielleicht sollte er Ludwig Meyer anschreiben. Den hatte er zu Beginn der Revolution 1848 kennengelernt. Ein angehender Psychiater. Carl kratzte sich am Scheitel. Brauchte er einen Psychiater? Gehörte er in eine Anstalt? Von wegen, dachte er. Meyer hatte damals ganz gute Reden gehalten, war aber ein ziemlich wirrer Kopf gewesen. Carl hatte ihn gemocht. Meyer war 1849 eingesperrt worden, hatte dann aber eine glänzende Karriere in Deutschland gemacht – hauptsächlich in Hamburg, woher auch Carls Margarethe gekommen war. Ab und zu schrieben sie sich Briefe. Aber ach, jetzt fiel es ihm ein, Meyer war letztes Jahr gestorben, genau wie Carls Sohn Herbert. Er legte die Zettel auf den Tisch und drückte die Hände darauf.

„Lass uns was trinken gehen, Carl."

„Ich gehe heute nicht mehr raus."

„Sperr dich nicht ein."

Carl schlug auf den Tisch. „Sag niemals, ich sei eingesperrt."

Twain lehnte sich zurück und sah aus dem Fenster.

„Tut mir leid", sagte Carl. „Entschuldige. Hast du meine Autobiografie Korrektur gelesen?"

„Durchgeblättert. Alles so gesittet? Der gute Carl immer so mutig und moralisch. Das ist doch Murks. Warum schlägst du da nicht mal auf den Tisch?"

Carl spürte wie ihm Hitze unter den Bart und in die Achseln schoss.

„Ich habe heute einen Mann getroffen. Dem habe ich bei Gettysburg das Leben gerettet. Ich habe seit Ewigkeiten nicht an ihn gedacht. Zum letzten Mal eben, als ich die

Autobiografie geschrieben habe. Aber da auch nur beiläufig. Sonst nie. Und an seinen Namen konnte ich mich sowieso nicht erinnern. An die Toten habe ich öfter gedacht."

Carl holte eine Karaffe und zwei Gläser und setzte sich wieder an den Schreibtisch. Er goss ein und der Whisky sah aus wie dünnflüssiger Honig und war Frohlockung, Genuss und Trost.

Twain stieß mit ihm an. „Wer liest noch Korrektur?", fragte er.

„Die Kinder. Und Carnegie."

„Unser Andrew Carnegie? Dieser maximalkapitalistische Ausbeuter? Mit wem du dich so abgibst."

Carl stand auf und öffnete die schwere Schublade einer Kommode.

„Hier", sagte er, „Federschmuck der Ponca- und Ute-Indianer. Für mich. Eine indianische Lederhose. Sitzt wie angegossen. Hat mir Häuptling … wie auch immer der hieß geschenkt. Es gibt eine Menge süße kleine Indianerjungs, die Carl heißen. Nach mir." Er hielt inne. Er sah sich in einem leeren Konferenzzimmer im Kapitol in Washington drei Ponca-Indianern gegenübersitzen. Er schwitzte während des Gesprächs mit den Männern. Er hatte zuvor etwas getrunken.

Mit beiden Händen wollte er die Lade wieder zuschieben. Sie verkantete sich. Der bunte Perlenschmuck, die gigantischen Federn und die Hose weigerten sich. Carl rüttelte an der Schublade, die Perlen klapperten leise.

„Geh schon zu, verdammt."

Twain kam zu ihm und schloss die Schublade.

„Was ist denn, Carl?"

„Was soll denn sein? Ist eben ein alter Schrank."

Carl setzte sich an den Schreibtisch und verschob Papiere.

„Hier, Mark, Auszeichnungen unserer Anti-Imperialismus-Liga. Und und und. Weißt du, wie die Indianer mich genannt haben? Vierauge. Wegen der Brille. Sag du mir nicht, ich würde mich mit den falschen Leuten abgeben. Carnegie hat mir diese Wohnung hier besorgt."

„Wenn der noch eine übrig hat, sag Bescheid."

Jetzt musste Carl doch grinsen. Twain beugte sich vor und bewegte die Finger auf Carls Notizzettel zu. Carl legte die Hand auf die Papiere. Seine Finger waren aneinandergepresst, die von Twain gespreizt. Carl spürte die polierte Glätte der Schreibtischplatte. Twain forderte ihn. Auf Carls alter Hand waren viel mehr Adern zu sehen als auf Twains, wie ein Flussdelta. Als die Kinder klein waren, hatten sie oft mit dünnen Fingern auf die Adern gedrückt. Wenn er denn einmal bei ihnen war.

Carl zog die Hand weg und sah aus dem Fenster in den blauen Nachmittag.

„Was zählt, Mark? Was zählt?"

Jetzt ließ Twain die Zettel über den Daumen laufen. Er sah nicht hin, schaute auf die Bücherwand hinter Carl und zog einen Zettel.

„Du liebes Bisschen. ‚Mondschein auf See'?"

„Kur in Montreux", sagte Carl. „Wir haben auf der Treppe gesessen und auf den See geschaut. Margarethe und ich. Es war vollkommen."

„Habt ihr anschließend gevögelt?“
„Weiß ich nicht.“
„Carl?“
„Ja. Jaja, haben wir.“
„Na also.“
„Sag mal Twain, du weißt schon, dass ich einen Revolver im Schreibtisch habe?“
Twain hob die Hände.

Zum Abendessen waren seine Kinder da: Agathe, Marianne und Carl Lincoln. Die Lücke, die Herbert hinterließ, zog etwas aus Carl heraus. Agathe hatte den Stuhl, auf dem Herbert immer gesessen hatte, im Ofen verbrannt. Carl hatte sie nachts in der Küche auf dem Boden sitzend gefunden und sich neben sie gehockt. Schauspieler hatte der Junge werden wollen, in London. Und dann war einfach so die Todesnachricht gekommen. Einfach so. Margarethe hatte diesen Schlag nicht mehr ertragen müssen. Für ihn war es das zweite Kind gewesen, das er verloren hatte. Emma Savannah war kaum drei Jahre alt geworden. Ihr Sarg war so klein gewesen, dass es Carl heute noch die Tränen in die Augen drückte.

Agathe hatte Kaninchen geschmort mit verschiedenem Gemüse und alles in Schüsseln und auf Porzellanplatten angerichtet. Für Carl hatte sie eine Flasche Rotwein dekantiert, das Zimmer duftete nach Braten und Kräutern und Wein. Jedes der Kinder hatte einen Druck seiner Autobiografie bekommen, die Papiere lagen als schwere Stapel neben den Tellern. Durch seine Arbeit bei der Zeitung war es für ihn kein Problem gewesen, ein paar Drucke anfertigen zu lassen. „Aber kein Wort zu niemandem", hatte er dem Mann an der Presse gesagt.

„Habt ihr gelesen, Kinder?"

„Großartig", sagte Agathe. Mit dieser Reaktion hatte Carl gerechnet. Agathe hatte ihr Leben ganz dem seinen gewidmet, führte ihm den Haushalt, achtete auf ihn und schimpfte, wenn er zur Whiskykaraffe griff, eine Zigarre an der nächsten anzündete oder eine Nacht durchlas. In letzter Zeit ließ er sich das hin und wieder gefallen, nur um zu tun was er tun wollte, sobald sie ihm den Rücken zukehrte.

„Bin noch nicht ganz durch", sagte Carl Lincoln. „Nimm's nicht persönlich, Dad."

„Schon gut, Junge. Texte laufen nicht weg. Und du, Marianne?"

„Mama kommt viel zu selten vor", sagte Marianne. „Viel, viel zu selten, Daddy." Sie stand auf, ihr Stuhl schrappte über die Dielen. „Wie kannst du das tun? Wie nur?" Sie verließ das Esszimmer. Von hinten sah sie aus wie Margarethe, dieses asiatisch schwarze Haar, so dick, dass es kaum zu bändigen war.

„Der Einwand war jetzt nicht so schlecht", sagte Carl Lincoln.

„Papa weiß, was er tut", sagte Agathe.

Carl setzte die Brille ab und polierte die Gläser mit der Serviette.

„Danke für das köstliche Mahl", sagte er. „Das war sehr gut, Agathe." Er trank sein Weinglas aus und ging in den Salon. Marianne saß auf dem geblümten Sofa, sie hatte die

Schuhe ausgezogen und die Beine angezogen und stützte den Kopf in die Hand. Ihre Tintenaugen waren feucht. Carl setzte sich zu ihr.

„Sie ist jetzt ein Vierteljahrhundert tot", sagte er. „Ich vermisse sie immer noch." Marianne sah ihn an, die Tränen machten ihren Blick zu einem schwarzen See.

„Lincoln war ganz versessen auf sie, wusstest du das, Marianne?"

„Der Präsident?"

„Der hätte Marge vom Fleck weg geheiratet, wäre er nicht schon verheiratet gewesen. Außerdem war sie meine Frau und ich hätte sie nicht hergegeben."

„Mama als Präsidentenfrau."

„Nanana, meine Liebe." Er nahm ihre Hand und spürte den Druck ihrer Finger.

„Ich hatte nie eine Chance, Präsident zu werden. Als nichtgebürtiger Amerikaner darf man das nicht. Blödes Gesetz."

„Wolltest du etwa?"

„Ach wo." Carl starrte seine Schuhe an. Mister President Carl Schörts.

„Es ist ja nur eine Erstfassung, nicht wahr?" fragte Marianne. „Du wirst das bestimmt noch ausbauen, stimmt's?"

„Vielleicht gibt es Dinge, über die ich nicht schreiben kann", sagte Carl.

Er griff nach der Zigarrenkiste auf dem Schränkchen neben dem Sofa. Er öffnete sie und sog den Duft des brasilianischen Tabaks ein.

„Ich auch", sagte Marianne.

„Es lebe die Frauenbewegung“, sagte Carl. Er reichte ihr die Kiste und entzündete ein Streichholz. Sie bliesen Rauch zur Decke.

„Du sollst nicht so viel rauchen“, rief Agathe aus dem Esszimmer. Marianne und Carl grinsten sich an.

„Wir wurden von der Geheimpolizei beobachtet“, sagte er. „Deine Mutter und ich, in … äh in …“

„In London. “

„Genau, in London. Klar.“

6

Grüne Tropfen
London, 1852

Zu viele Leute hier, dachte Carl. Zu eng, zu heiß.

Während der Abendgesellschaft im Hause Ronge kam es zu manch ungewolltem Körperkontakt. Aus unerklärlichen Gründen hatte ein Bediensteter ein Kaminfeuer entfacht und ab und an, wenn er sich unbeobachtet wähnte, kratzte Carl sich die schweißnassen Achseln. Glut spiegelte sich in Glas und poliertem Holz. Es wurde vorwiegend Deutsch gesprochen. Viele Exilanten waren zu Gast, Leute, die Deutschland nach der gescheiterten Revolution hatten verlassen müssen. Ronge war ein suspendierter Pfarrer, der nach seiner Teilnahme am Aufstand nach England emigriert war. Jetzt sammle er hier die Revolutionsschäfchen, sagte er.

„Der soll mich bloß nicht Schäfchen nennen", flüsterte Carl Professor Kinkel ins Ohr.

„Und der dort", Kinkel wies auf die bärtige, gedrungene Gestalt von Karl Marx, „der redet wie ein Wasserfall."

Marx hielt Monologe über die Zusammenhänge von Sklaverei und Kapital und wer immer eine Frage stellte oder etwas einwandte, wurde mit unwirschem Handwackeln bedacht. „Nein, nein", sagte Marx, „Sie haben unrecht. Sie müssen mir genau zuhören." Oder er sagte: „Das ist Unsinn, was Sie da erzählen. Haben Sie meine Schriften nicht gelesen?"

Professor Kinkel, den Carl als redegewandten und freundlich zurückhaltenden Mann kannte, verdrehte die Augen. Carl stellte sich zu ihm ans Fenster und sah auf die Kopfsteinpflaster hinaus.

„Es war alles umsonst, Carl", sagte Kinkel. „Es hat keinen Zweck mehr. All unsere Bemühungen, aus dem Ausland heraus die Sache erneut in Gang zu bringen, sind vergebens."

„Es war nicht umsonst, Herr Professor."

Kinkel legte Carl eine Hand auf die Schulter.

„Es ist vorbei. Die Demokratie hat in Deutschland verloren, junger Freund. Ich werde niemals dorthin zurückkehren."

„Ich will eines Tages denen in die Augen sehen, die uns aufgehalten haben", sagte Carl.

„Darauf noch einen Sekt", sagte Kinkel. „Ich trinke eh zu viel seit ich im Gefängnis war."

Sie tranken den warmen Sekt und hörten Marx sagen, der Südseeinsulaner sei frei, der Industriemensch und Kapitalist stets ein Gefangener.

„Mit der Südsee könnte er recht haben", sagte Carl. „Die Wälder auf einigen der Inseln dort müssen wahnsinnig schön sein. Absolut undurchdringlich."

„Ich werde immer in Ihrer Schuld stehen", sagte Kinkel. „Was Sie für mich getan haben, Carl, mein Gott. Sie sind durch meine Befreiung richtig berühmt geworden. Das Gefängnis, um Himmels Willen, Junge, ich darf gar nicht daran zurückdenken."

„Ich bin in Rastatt schon fast verrückt geworden."

„Wie soll es jetzt weitergehen mit Ihnen? Sie wollen doch nicht Ihr Leben lang in London Sprachkurse geben?"

„Ich gehe ins Land der Freiheit."

„Wo bitte ist das?", fragte Kinkel.

„Amerika."

Kinkel runzelte die Stirn. „Carl Schurz, immer mit großen Plänen. Seien Sie vorsichtig mit Idealisierungen."

„Ich denke schon lange darüber nach. Ich werde in die Staaten gehen. Das Kapitol. Die Verfassung. Die Spuren, die George Washington hinterlassen hat. Die riesigen Wälder. Dort hat der freie Mensch so unendlich viele Möglichkeiten. Die Amerikaner haben damals nicht verloren."

„Was wollen Sie denn dort tun?"

„Anwalt werden. Reden und Vorträge halten. Schreiben. Ich schaue mal, ob es noch kalten Champagner gibt. Verrücktes Kaminfeuer."

Im Speisezimmer saßen zwei Männer am Tisch und rauchten Zigarre, ein Hausmädchen räumte Geschirr ab. In einem beschlagenen Sektkühler fand Carl eine halbe Flasche Champagner, polierte zwei Gläser, goss ein und wollte zu Kinkel zurück.

In der Tür traf er eine Frau.

Er fühlte sich augenblicklich dumm, wie er dastand, in jeder Hand ein Glas und jeglicher Möglichkeit einer galanten Begrüßung beraubt. Die Frau hatte tintenschwarzes Haar und die dunklen Augen des Südens. Sie trug ein wiesengrünes Kleid und lächelte ihn an. Grübchen drückten in den vollen Wangen. Carl ließ sie passieren und schaute ihr hinterher. Sie durchquerte das Speisezimmer und trat in den Flur zum Treppenhaus hinaus, umfangen vom Licht des großen Leuchters.

„Margarethe Meyer“, sagte einer der Zigarrenraucher. „Kommt aus Hamburg. Ist hier um ihre kranke Schwester zu pflegen. Welche ihrerseits momentan im Hause Ronge lebt.“

„Ihr Blick spricht Bände“, sagte der andere Raucher. Grauhaarige alte Männer, aus deren Lachen Lebenserfahrung klang. Carl mochte das, er hatte sich nie wirklich jung gefühlt. Er ging zurück in den überhitzten Salon, wo sich einige Leute von Ronge verabschiedeten. Er drückte Kinkel beide Gläser in die Hände und räusperte sich in eine kurze Unterhaltung mit dem Hausherrn.

„Aber sicher, guter Herr Schurz“, sagte Ronge. Er ging in den Flur und rief: „Margarethe, hier ist jemand, der mit Ihnen spazieren gehen möchte.“

Carl schoss noch mehr Hitze ins Gesicht. Alle Blicke im Salon waren auf ihn gerichtet, selbst Marx hatte aufgehört zu reden.

Ronge kam zurück. „Sie kommt gleich“, sagte er. Er sah sich um, Amüsement im Gesicht. „Es scheint, Sie stehen ziemlich im Mittelpunkt, junger Mann. Aber nun, das ist ja nichts Neues für Sie.“

Kinkel hielt die beiden Champagnergläser in die Höhe.

„Können Sie brauchen vor Ihrem Spaziergang, lieber Carl.“

Er wartete am Treppenabsatz auf sie. Sein Herz pulsierte wie in dem Moment, als er den Pfarrer mit ungeladener

Pistole bedroht oder bei Ubstadt die Menschenfetzen hatte fliegen sehen. Er hörte das Klacken von Absätzen. Margarethe blieb oben an der Treppe stehen, eine Hand auf dem Geländer, sie sah auf ihn hinab. Ungeheuer selbstbewusst erschien sie ihm aus dieser Perspektive. Sie hatte ihr Haar in fast seildicken geflochtenen Zöpfen um den Kopf gelegt, ihre Brauen waren schwarze Bögen. Sie hielt einen grünen Hut in der Hand.

„Sie möchten mich also ein Stück ausführen?"

„Es wäre mir eine Ehre, gnädige Frau."

„Der berühmte Carl Schurz. Befreier des Professor Kinkel."

„Ich werde steckbrieflich gesucht."

Margarethe hob die Brauen. „Nicht angeben", sagte sie.

Er hatte es nie jemandem gesagt, aber dass in Deutschland Kopfgeld auf ihn ausgesetzt war, brachte sein Herz zu hämischem Lachen.

„Sie möchten Eindruck machen?"

„Sie, gnädige Frau, machen Eindruck, wie Sie dort oben stehen."

„Dann komme ich mal zu Ihnen, in der Hoffnung, dass der Eindruck nicht schwindet."

Sie kam die Treppe hinab, ihr Kleid raschelte, je näher sie kam, desto deutlicher konnte Carl ihr süßes Parfum riechen. Er küsste ihr die Hand, als sie noch über ihm stand.

„Der Eindruck wächst", sagte er.

„Danke sehr", sagte Margarethe. Als sie unten war, blickte sie zu ihm hinauf.

„Groß sind Sie, Herr Schurz."

„Ich fühle mich ganz klein in Ihrer Anwesenheit", sagte Carl.

„Oh je. Dann rasch hinaus in den warmen Londoner Sommerabend. Das wird Sie regulieren."

Sie traten in den blauen Abend hinaus. Carl bot Margarethe den Arm an und sie hakte sich ein. Ihr Körper war ganz dicht an seinem.

„Und nun erzählen Sie mir diese Räuberpistole, wie Sie Professor Kinkel aus dem Gefängnis in Spandau befreit haben."

„Das ist eine lange Geschichte."

„Wir haben Zeit, Herr Schurz. Der Abend gehört uns. Was meinen Sie?"

„Sehr gerne." Dann begann er von der Befreiungsaktion zu berichten. Es war kaum zu glauben, dass er das geschafft hatte.

Sie waren bis zur stämmigen, breiten Westminster Bridge gegangen, warme Sommernachtsluft auf den Gesichtern. Carl erzählte, wie der gute Professor sich an einem Strick aus seinem Zellenfester abseilen musste und wie sie von Rostock aus über das Meer nach Schottland geflüchtet waren.

Aus manchen dunklen Gassen roch es nach Abwässern und Carl sah sich dann mit Habermas auf dem Brett im Kanal in Rastatt hocken, hungern, dursten und schweigen über die geschändete Frau.

Auf der Mitte der Brücke blieben sie stehen und sahen auf die Themse hinab. Das Wasser rauschte dunkel um die Pfeiler und an den Ufern ließ es Laternenlichter schwappen.

Sie waren von Beginn ihres Weges an verfolgt worden. Carl hatte es bemerkt. Der Mann trug Mantel und Hut und hatte sich nicht viel Mühe gegeben, seine Anwesenheit zu verbergen. Ein preußischer Spitzel wahrscheinlich, oder Geheimpolizist. Die Exilanten in London wussten, dass sie beobachtet wurden. Der Mann war etwa 20 Meter hinter ihnen auf der anderen Seite der Brücke stehen geblieben.

„Und Sie kommen also aus Hamburg, Margarethe?"

„Eine wunderbare Stadt. Ich musste meinen Bruder fragen, ob ich nach London reisen darf. Unser Familienoberhaupt. Das muss man sich mal vorstellen. Ich weiß gar nicht, warum ich das getan habe. 48 und 49 da ging es auch um die Rechte der Frauen."

„Ich habe einige getroffen. Bewaffnete Frauen."

„Wäre ich doch dabei gewesen."

„Sie wären eine arg junge Kämpferin gewesen", sagte Carl.

Ein plötzlich kühler Wind wehte über den Fluss, über den dunkelblauen Sommerabendhimmel zogen schwarze Tücher.

„Der Mann übrigens auf der anderen Straßenseite", sagte Carl mit den wichtig geschlitzten Augen des Durchschauenden, „das ist ein Polizeispitzel. Der verfolgt uns schon die ganze Zeit."

„Meinen Sie, Carl? Wirklich? Das gibt es ja wohl nicht." Margarethe legte ihm kurz eine Hand an den Oberarm und überquerte dann die Straße. Carl wollte sie noch zurückhalten, aber ihre Berührung hatte ihn gelähmt und entzückt und sein Arm war plötzlich ein ganz anderer.

„Sie? Ja, Sie, hören Sie mal zu“, rief Margarethe. Der Mann wich einen Schritt zurück.

„Was wollen Sie von mir? Bitteschön?“ Margarethes Stimme war kräftig.

Der Mann drehte sich um und eilte die Brücke Richtung Parlament hinab.

„Bleiben Sie gefälligst stehen, wenn eine Dame mit Ihnen redet.“

Carl sah Margarethe die Hände in die Hüften stemmen. Sie kam zu ihm zurück.

„So was“, sagte sie. Carl sah ihr ins Gesicht. Ihre Augen waren in der Nacht noch schwärzer.

„Respekt“, sagte er. Dann fielen die ersten Regentropfen, er spürte sie auf der Haut. Er hätte gerne zugeschaut, wie sie Margarethes Gesicht nässten, aber sie trug diesen wiesengrünen Hut mit der Schleife. Innerhalb von Sekunden wurde aus den Tropfen ein heftiges Trommeln und die sommerwarmen Steine ließen durch den Regen einen Geruch von Mehl in die Luft steigen.

„Jetzt aber hurtig“, sagte Margarethe.

Als sie im Laternenschein vor dem Haus Ronge standen und der Leuchter ein Stück Nacht zum schummrigen Tag machte, tropfte es von Margarethes Hut. Die Tropfen schimmerten grün.

7

Ozean
Atlantik, 1852

Carl hatte Margarethe noch nie so laut lachen hören. Wenn eine graugrüne Welle auf das Schiff zurollte, an die Bordwand toste und die Menschen an der Reling durchnässte, lachte Margarethe mit weit offenem Mund. Ihr Lachen klang wild und es kam tief aus ihr heraus. Es war fast, als würde sie eins mit dem Wind und ihr Lachen war das des Windes. Es war so schön.

Die Segel der „City of London" standen hart, die Luft war kalt und manchmal drückte die Sonne für Sekunden Wärme in Carls Gesicht. Er hatte gesagt, sie sollten unbedingt ein Segelschiff nehmen, keinen Dampfer. Vom Wind getrieben wolle er mit ihr nach Amerika.

„Ist das nicht herrlich", sagte Margarethe. Sie hielt sich an der Reling fest, den anderen Arm hatte sie um seinen Hals geschlungen. Seine Frau, Margarethe Meyer-Schurz, geheiratet im Marylebone Bezirksamt in London. Professor Kinkel war sein Trauzeuge gewesen.

Die Familie Meyer aus Hamburg war mit Margarethes Wahl nicht zufrieden gewesen. Ein Abenteurer und Wirrkopf sei dieser Herr. Carl hatte zwei Briefe an ihren Bruder geschrieben. „Dieser Blödmann aus Hamburg", hatte er dabei vor sich hingemurmelt. Es war ganz einfach gewesen: Schrieb man über sich selbst, musste man ordentlich dick auftragen, sich dabei aber gewählt ausdrücken. Was er denn vorhabe, was er in Amerika wolle, ob ihm klar wäre, welcher Last er Margarethe damit aussetze?

Er wolle Karriere als Journalist und Anwalt machen. Er sei ehrgeizig, fleißig und spreche mittlerweile fließend Englisch und überhaupt sei er jemand, der sich durchzusetzen wisse. Er wisse, solche Talente seien in Amerika gefragt.

Carls Scham über die Angeberei in den Briefen hielt sich in Grenzen. Was hätte er Margarethes Bruder, der sich seit dem Tod der Eltern als Familienoberhaupt aufspielte, anderes schreiben sollen?

Nach dem Abend der grünen Tropfen in London hatte er Margarethe täglich besucht. Ihre Augen und Atemzüge waren ihm immer vertrauter geworden. Er lernte ihr Schmunzeln auswendig und flüsterte Sätze nach, die sie voller Freude über die Schönheit Londons, ein gutes Buch oder Musik formuliert hatte. Er wollte hinein in das Herz, das in ihrer Brust schlug.

Und sehen wollte er ihre Brust.

Nach einigen Wochen und einer Reise Margarethes nach Hamburg war das Einverständnis gekommen und eine gehörige Summe Geld aus dem Hause Meyer.

„Du willst mich wirklich heiraten?“ hatte er gefragt. Und dann kam eine dieser Margarethe-Antworten, weder erhaben oder ernsthaft oder tragend. Sie sagte: „Ja sicher.“

Er stellte sich hinter Margarethe und legte die Arme um sie. Der Wind blies in ihre Gesichter und manchmal, wenn die Sonne durch eine Wolkenlücke schien, war das Wasser flaschengrün und durchscheinend, nur um Sekunden später grau oder fast schwarz zu sein. Unaufhörlich rollten die Wellen und krachten gegen die Bordwand.

„Ich komme aus der Nähe von Köln", sagte Carl. „Ich habe mich immer irgendwie nach dem Meer gesehnt. Meine erste Schiffsreise war die mit Kinkel nach Schottland. Der gute Professor hat sich ziemlich oft … na, du weißt schon."

Margarethe lachte in seinen Armen. „Hoffentlich nicht gegen den Wind", sagte sie.

„Na komm, es ist Mittagszeit. Lass uns essen gehen."

Im schwankenden Speisesaal saßen Margarethe und Carl mit einem Geschäftsmann aus Berlin und einem aus Hamburg am Tisch. Carl hätte gerne einen Platz für sich und Margarethe allein gehabt, aber die Tische waren alle besetzt. Gesellschaft sei doch gut, sagte Margarethe. Sie redete über die Zustände der Auswanderer in der 3. Klasse, ganz unten im Schiffsleib.

„So ist das, wenn man auswandert", sagte der Berliner. „Sie beide hier in der 1. Klasse, na ja, ob man das auswandern nennen kann? Außerdem sind Sie doch gezwungen, oder, Herr Carl Schurz? Ex-Revolutionär. Gesuchter Verbrecher."

„Wir sind ganz freiwillig unterwegs, meine Frau und ich", sagte Carl.

„Und ich bringe jetzt Wasser hinab zu diesen armen Menschen", sagte Margarethe.

Die Männer sahen ihr hinterher.

„Beeindruckende Frau, Herr Schurz", sagte der Hamburger.

„Nun ja“, sagte der Mann aus Berlin, „Erlaubt sich ziemlich viel für eine Frau.“

„Hat halt mehr Mumm in den Knochen als Sie“, sagte Carl.

„Ach, Herr Schurz, glauben Sie Ihre Verbalkanonade beeindruckt hier irgendwen? Sie gehen nach Amerika. Woher kommt der relative wirtschaftliche Wohlstand der Vereinigten Staaten? Aus der Sklaverei, Sie Freiheitsheld.“

„Ich helfe jetzt meiner Frau.“

„Um Ihr Gewissen zu beruhigen, weil Sie 1. Klasse reisen?“

„Um Margarethe zu helfen und den Menschen unten im Schiff.“

„Machen Sie das“, sagte der Hamburger.

„Ich trinke derweil noch ein Glas Champagner“, sagte der Berliner. „Die da unten, Herr Schurz, die sind übrigens aus freien Stücken an Bord dieses Schiffes.“

„Das sind sie nicht.“

Margarethe schlief. Ihr Haar lag wie ein schwarzer Fächer auf den Kissen und Carl hörte sie leise und regelmäßig atmen. Er saß im Schein einer Lampe an dem kleinen Tisch in ihrer Kabine und las über amerikanische Geschichte und die Briefe einiger Auswanderer. Nach der Revolution waren hunderttausende fort aus Europa, die meisten von ihnen waren nach Amerika gegangen. Die Chancen standen gut, dort Leute wiederzutreffen, die er während der Revolution kennengelernt hatte. Es wäre schön gewesen, ein bekanntes Gesicht zu sehen. Er hatte keine Ahnung, was auf Margarethe und ihn zukam. Aber gut würde es werden. Er setzte sich auf die Bettkante und legte eine Hand an Margarethes Wange. Sie hätte die Frau in der Scheune in Rastatt gewesen sein können. Wer war wann wo? Und was mochte aus Habermas geworden sein, von dem Carl sich am Ufer des Rheins verabschiedet hatte?

Denk nicht daran. Sieh dir deine Frau an.

Margarethe war hellhäutig, dazu dieses schwarze Haar und die schwarzen Brauen und das schwarze Schamhaar. Die Hochzeitsnacht. Mein Gott, welch eine Aufregung. Welch eine Erfüllung. Welch ein Rausch. Sie sagte, es habe nicht allzu weh getan. Er habe ihr gar nicht wehtun wollen, sagte er. Nun, das sei halt so beim ersten Mal. Es stellte alles in den Schatten. Margarethes Brüste waren fast weiß, die Brustwarzen groß und dunkel. Trotz hatte sie in den Augen. Immer ein wenig Trotz. Sie hatte ihm eine Daguerreotypie gezeigt, auf der sie etwa zehn oder elf Jahre alt war. Schon da lauerte ein kleines „Lasst mich bloß in Ruhe“ in ihren Augen. Das gefalle ihm sehr, hatte Carl gesagt.

Sie öffnete die Augen.

„Was machst du da, mein Lieber?“

Er hatte die Decke zurückgeschoben und begonnen, ihr Nachthemd aufzuschnüren.

„Da war ein dunkler Flusen auf deinem schönen weißen Nachthemd.“

„Und deshalb löst du die Bänder? Da war kein Flusen.“ Er beugte sich zu ihr und küsste ihre Lippen.

„Du wolltest dir etwas ansehen“, murmelte sie in seinen Kuss hinein.

Margarethe sah im Liegen auf ihre Brüste hinab, sie bekam ein kleines Doppelkinn.

„Du darfst“, sagte sie.

Am nächsten Morgen wurden zwei an Cholera gestorbene Passagiere aus der 3. Klasse in Säcke eingehüllt über Bord geworfen. Margarethe zuckte, als die Leichen ins Wasser schlugen und sofort verschlungen wurden. Die Zeremonie war kurz. Der Champagnertrinker aus dem Speisesaal warf einen qualmenden Zigarrenstummel hinterher.

„Das war es mit Amerika“, sagte er.

8

Ein frisches Nachthemd
New York City, Spätsommer 1852

New York City war ein pulsierendes Lebewesen unter blauem Himmel, zusammengesetzt aus der Farbe von Sandstein und grauem Stein und tausenden spiegelnden Fenstern und Schiffsmasten. Als die „City of London“ nach vierwöchiger Fahrt auf die Stadt zufuhr, erschien es Carl, als komme die Stadt auf ihn und Margarethe zu und verleibte sich ihn und alle anderen ein.

„Gottverdammt, Margarethe, das ist ein Anblick.“

„Das kannst du wohl sagen.“

Als Margarethe und er das Schiff verließen, wippte das Fallreep unter ihren und den Schritten hunderter anderer. „Nicht gerade fester Boden“, sagte Margarethe. Sie griffen nacheinander und Schweiß bildete sich zwischen ihren Händen. Die Häuser, Fuhrwerke, Fähren, Menschen und der Lärm, alles schlug über ihnen zusammen. Es war warm und es roch nach Hafenwasser und Garküchen. Viele der Leute, die mit ihnen von Bord gingen, drückten kleine Kinder an die Brust und schauten überwältigt und hilflos. Sie waren völlig orientierungslos. Als Carl Stein unter den Füßen spürte, küsste er Margarethes windkühle Wange. „Das war der erste Amerikakuss“, sagte er.

„Mehr davon“, sagte Margarethe. „Hast du eine Ahnung, wie es jetzt weitergehen soll?“

„Nein. Ist das nicht phantastisch?“ Er breitete die Arme aus. Margarethe schwieg, sie war bleich. Carl konnte den Ausdruck in ihren dunklen Augen nicht deuten.

„Lass uns eine Kutsche nehmen“, sagte sie.

Carl hätte gerne gewusst, wie die Straße heißen mochte, die er unter den Füßen spürte oder einige der hohen Häuser, die kantige Scherenschnitte aus dem Himmel nahmen. Er wusste, einzelne der Hochhäuser in New York trugen Namen.

Eine Gruppe Männer in groben Kleidern stand unweit des Fallreeps. Ein uniformierter Polizist wedelte vor ihnen mit seinem Schlagstock. Carl hörte die Männer rufen.

„Haut ab hier. Wir wollen euch hier nicht. Einwandererpack.“

„Das ist ja unfreundlich“, sagte Margarethe.

„Na, ein paar Fehlgeleitete gibt es überall“, sagte Carl.

Er winkte eine Kutsche heran und ließ ihr Gepäck verladen.

„Sag dem Fahrer er soll zum Broadway“, sagte Margarethe. „Da liegt das Hotel Astor.“

„Das ist doch viel zu teuer“, sagte Carl.

„Ich bezahle.“ Margarethe stieg ein.

„Das wird sich ändern“, sagte Carl.

Die Kutsche bahnte sich ihren Weg über die mit Menschen und Gefährten vollgestopften Straßen. So viele Läden und Bars und Restaurants nebeneinander hatte Carl noch nie gesehen. Margarethe krallte beide Hände in die abgenutzten Polster. Einmal steckte sie den Kopf aus dem Fenster und blickte Carl dann mit hoch erhobenen Brauen an.

„Ich habe einen Indianer gesehen“, sagte sie. „Mit Federschmuck. Und Lederhose. Meine Güte, ein echter Indianer.“

Das Astor war ausgebucht. Der Kutscher sagte, er kenne ein einfaches aber nettes Hotel auf der Achten.

„Dann los“, sagte Carl.

Das Hotel war ausgebucht.

„Dann die Vierzehnte“, sagte der Kutscher und lähmend langsam rollte das Gefährt durch Massen von Menschen.

Noch am Abend des Tages, an dem Carl in seinem Sehnsuchtsland angekommen war, erbrach Margarethe sich. Carl schickte nach Tee und trockenem Brot und riss das Fenster zur Straße und dem grollenden Summen der Stadt auf. Er tupfte seiner kreideweißen Frau die Stirn mit kühlen Tüchern ab. Der Hoteldirektor schlug vor, einen Arzt kommen zu lassen.

„Es deutet alles darauf hin, dass Ihre Gattin eine leichte Form von Cholera hat. Sie waren auf einem Auswandererschiff?“, fragte der Arzt.

„Da sind einige gestorben.“

„Langsam, langsam, junger Freund. Keine Sorge. Wir haben es früh erkannt. Ich lasse Ihnen Medizin hier und komme morgen wieder vorbei.“

„Das hält mich nur auf“, sagte Carl. „Uns. Das hält uns nur auf.“

„Sie werden sich gedulden müssen, Mister Schörts.“

„Schurz.“

„Wie auch immer. So geht das halt manchmal, wenn man anderen hilft. Aber dazu gibt es ja nun kaum eine Alternative."

Carl sah die Frau in der Scheune vor sich, wie der Offizier Wein auf ihre geschändete Nacktheit goss.

„Hat sie das wirklich getan?", fragte der Arzt. „Aus der 1. Klasse ins Unterdeck und den Leuten zur Seite gestanden? Beeindruckend." Er sah auf Margarethe hinab. Sie war eingeschlafen.

Der Arzt packte seine Tasche.

„Besorgen Sie sich eine Waffe. Ist besser so, glauben Sie mir."

„Eine Waffe?"

„Sie sind jetzt in Amerika." Der Arzt rieb sich den grauen Bart. „Sie haben ja keine Ahnung", sagte er.

Viele Gäste kamen vorbei, brachten Bananen oder Kekse mit und erkundigten sich nach dem Zustand der netten jungen Frau aus Deutschland.

Er saß an Margarethes Bett, streichelte ihr Gesicht, fütterte sie, plauderte mit ihr, wenn sie wach war und er las und verbesserte sein Englisch. If-Sätze, Tempus. Die wichtigsten Vokabeln: Liberty, freedom, justice, I, peace, will und would, love und making love. Unregelmäßige Verben.

To take, took, taken. To put, put, put.

Manchmal rollte er auf dem Boden seine Amerika Landkarte aus. Mein Gott war das groß. Und unerschlossen. Ein riesiges Versprechen. Musst dich noch ein wenig gedulden, Amerika, dachte er, ich komme bald.

Nach einigen Tagen sagte Margarethe, er könne ruhig einmal abends ausgehen, sie fühle sich besser.

„Bist du sicher, Marge?"

„Marge?" Sie setzte sich im Bett auf und legte sich ein Kissen in den Rücken. „Ja", sagte sie, „Marge ist sich sicher." Sie lächelte ihn an. Ihre Augen wurden asiatisch. „Charly."

In einer deutschen Bar nahe der Metropolitan Oper namens B – B „Bayern Bier" traf er sich mit anderen Auswanderern, die immer noch Geld für eine neue Revolution in Deutschland sammelten. Er wurde lauthals begrüßt, der berühmt berüchtigte Carl Schurz. „Übertreiben Sie nicht", sagte er. An den Flaschenregalen hinter dem Tresen hingen schwarz-rot-goldene Wimpel. Einige der Männer sagten, dass sie unbedingt zurückwollten, auch wenn die Rache der Monarchen hart gewesen sei. Aber hier könne man es nicht aushalten. Die Weite, die Wilden, die Grobheit vieler Menschen. „Das ist alles so groß und so unbestimmt und so ohne Regeln. Das bringt einen um", sagte einer. Andere spekulierten darauf, bald ein Stück Land zu bekommen und als Farmer zu leben, und wieder andere sagten, sie wollten an der Expansion in den unbekannten Westen teilnehmen und dort ihr Glück suchen. „Notfalls mit Gewalt, Herr Schurz", sagte ein Mann aus Leipzig.

„Sie haben hier einen Namen für uns, Herr Schurz. Die Amerikaner nennen uns die 48er", sagte ein Mann aus Hamburg.

„Wir haben verloren", sagte Carl. „Wir haben gottverdammt nochmal verloren."

„Mein Bruder ist bei Ubstadt gefallen“, sagte der Mann aus Leipzig. „Was hätte der denn noch tun sollen? Mehr als sterben für die Sache geht nicht.“ Der Mann hielt sein Glas in beiden Händen, ließ den Kopf hängen und erzählte vom Schmerz seiner Eltern.

Die Kanonenkugel schlug durch die Leiber, der Mann am Wagenrad fiel um. Carl vermochte nicht, dem Bericht des Erzählers zuzuhören.

Als dann alle über Deutschland redeten, die Rheinauen, Hamburg, Berlin, Frankfurt, Köln und die Weinberge in Baden, schweifte sein Blick ab. Durch die dicke, alles verzerrende Scheibe sah er die Menschen auf der Straße, die Kutschen, die sich durchbiegenden Lastkarren und Männer auf Pferden. Er war jetzt hier und fühlte sich wohl in der Ungewissheit. Das schien ein Talent von ihm zu sein.

„Und, Schurz, was haben Sie vor?“, fragte der Mann aus Hamburg.

„Viel“, sagte Carl.

Als er zu Margarethe zurückkehrte, roch das Hotelzimmer wie eine Wäscherei.

„Der Hoteldirektor persönlich“, sagte Margarethe, „der hat all meine Kleider gewaschen, das Bettzeug und die Tischdecke, alles eben.“

Carl umarmte sie.

„Hat der Direktor dich etwa nackt gesehen?“

„Er hat mir ein Nachthemd seiner Frau gebracht. Auch frisch gewaschen natürlich, sogar ein wenig parfümiert. Und nein, er hat mich natürlich nicht unbekleidet gesehen. Du …“ sie zupfte an seinem Schnurrbart, „du könntest heute wohl wieder an meiner Seite schlafen. Der Arzt meint, das gehe schon.“

„Hat er dir auch zu einer Waffe geraten?“

„Hat er.“

„Gehen wir also bewaffnet ins Bett.“

Margarethe lachte ihn an. Zum ersten Mal seit fast anderthalb Wochen lachte sie wieder. Es war schön. Sie waren in Amerika. Morgen würde er mit Margarethe durch New York spazieren. Mit dieser Frau. Mit seiner Frau. Er würde König sein. Er würde Diener sein.

9

Im Arm halten
Watertown, 1853

Seine Tochter Agathe war so klein, dass Carl ständig Angst hatte, er könne ihr wehtun. Er hatte ihr eine weiße Kappe auf den Kopf gebunden und trug sie vor dem Haus über die sommergelbe Wiese. Carl ging barfuß, sein Hemd war schweißnass. Er hielt das Kind in beiden Armen.

„Das ist unser schönes Haus, Agathe", sagte er. „Deine Frau Mama hat das sehr gemütlich eingerichtet. Wir können Musik machen. Das ist immer gut. Und Bücher gibt es auch genug. Ohne Bücher und Musik, meine Liebe, geht gar nichts. Und du, kleine Frau", er stupste ihr auf die Nasenspitze und es trieb ihm Tränen in die Augen als er sah, wie sich Agathes winzige Mundwinkel zu einem Lächeln hoben, „du wächst im wohl freiesten Land der Welt auf. Und dein Papa wird berühmt. Ich bemühe mich jedenfalls. Und deine Mama, mein Kleines, hat auch Pläne."

Das Haus war zweistöckig und wurde von einer Veranda umrundet, auf der sie jederzeit dem Schatten folgen und kühle Drinks nehmen konnten. Fensterrahmen und Balkongeländer waren weiß gestrichen, Margarethe hatte gesagt, das müsse so sein. Carl setzte sich auf die Wiese und Agathe auf seinen Schoß.

„Oma und Opa Schurz sind jetzt auch in Amerika und Papas Schwestern. Ich habe so viele Briefe an alle geschrieben, bis sie gar nicht mehr anders konnten. Deutschland ist in der Monarchie verloren, weißt du. Da hätte dein Papa sich fast totschießen lassen."

Er ließ sich ins Gras sinken, den Kopf von der Sonne abgewandt. Wenn er jetzt in den Himmel sah, weitete er sich hellblau und wurde immer gelber, je mehr Carl den Blick nach oben richtete. Er legte die Hände um Agathes kleinen Oberkörper und hob sie in die Luft. Ihre Beine wirkten winzig wie sie da aus der dicken Windel hervorkamen.

„Papa ist Anwalt und Notar und hält Reden und Vorträge. Papa liebt dich über alles."

Er legte Agathe auf seine Brust und hielt sie fest. Sie vergrub eine Hand in seinem Bart. Es zupfte.

„Das Geld ist rar", sagte er. „Na, wie auch immer. Wir müssen noch etwas tun hier in Amerika. Weißt du, was Sklaven sind, Agathe?" Er blickte in das rundwangige Gesicht hinab. „Sklaven sind Menschen, die anderen Menschen gehören. Die kommen aus Afrika und haben ganz dunkle Haut. Die werden verkauft wie Vieh. Und die werden furchtbar schlecht behandelt von ihren Eigentümern. Das musst du dir mal vorstellen."

Agathe gab Laute des Unwohlseins von sich, ein kleines Weinen schien sich anzukündigen.

„Bekommt da jemand Hunger?" Er hob sie wieder hoch in die Luft, streckte die Arme ganz aus und lachte seine Tochter an.

„Na, dann komm. Schauen wir mal, wo die Mama ist."

Er stand auf und ging durch die Hitze und das ferne Muhen einiger Rinder auf das Haus zu.

„Es wird Krieg geben“, sagte er. Er ging die Stufen hinauf und drückte mit dem Ellenbogen die Tür auf.

„Marge? Marge? Hier hat jemand Hunger.“

Margarethes Brüste waren jetzt noch für andere wichtige Ereignisse da. Nicht mehr nur dafür, dass er sie streichelte, den Kopf an sie legte oder sie so lange küsste, bis Margarethe ihn fest umarmte. Jetzt waren sie dicker und die Brustwarzen standen und die kleine Agathe fand mit völliger Selbstverständlichkeit diese Quelle. Margarethe saß beim Stillen meist im Schaukelstuhl. Carl sah den beiden zu, die auf solch natürliche Weise miteinander verbunden waren. Manchmal seufze Agathe vor Glück.

„Hast du mit ihr wieder über Politik geredet?“, fragte Margarethe.

„Ein wenig.“

Seit er Vater war, verstand er die eigenen Eltern und deren Sorgen und Mahnungen besser als zuvor. Kurz nach Agathes Geburt hatte er daran denken müssen, wie er seinen Eltern einen Abschiedsbrief aus Rastatt geschrieben hatte. Wie lange er nach Worten gesucht hatte. Die besten Formulierungen waren ihm erst eingefallen, als die Stadt wieder beschossen worden war und eine Kanonenkugel den Dachstuhl des Hauses gegenüber zertrümmert hatte. Er hatte den Brief nicht abgeschickt.

„Ich muss an meiner Rede weiterschreiben, Marge. Die Demokraten hier sind schlapp. Die Republikaner hingegen voll und ganz in Aufbruchstimmung. Ich muss was tun.“

„Mach das nur. Ich sitze hier ein wenig mit Agathe und bin ganz zufrieden."

Er konnte die Zweifel in den Tiefen ihrer Augen lesen. Immer wieder wurde seine Frau von schwerer Melancholie befallen. Wie eingekettet. Er preschte vor, er machte, er holte die Familie nach und entschied über den Wohnsitz und wollte immer nur das Allerbeste für seine Familie, bis Margarethe ihm während der Schwangerschaft einmal sagte, er würde ein bisschen wenig fragen und sie nicht wirklich genug einbeziehen. Das hatte ihn schwer getroffen. Ihm war dieser Gedanke nie gekommen.

„Mir geht es gut, Carl", sagte Margarethe. „Mach dir keine Sorgen."

Er hatte Ludwig Meyer in Deutschland angeschrieben, jenen Psychiater, den er während der Revolution kennengelernt hatte. Meyer hatte ihm geantwortet, psychische Störungen könnten eine Art Gefängnis sein, aus dem es kaum ein Entkommen gebe. Er hatte Meyers Brief zerknüllt und weggeschmissen.

Er küsste Margarethe die Stirn.

„Ich lese nachher Korrektur", sagte sie.

Carl ging in sein Arbeitszimmer. Er holte einige Bücher aus dem Regal, legte seine Papiere zurecht und zündete sich eine Zigarre an.

„Was sehen wir in diesem wunderbaren Land?", schrieb er. „Wir sehen individuelle Freiheit, das ist gut. Wir sehen allerdings auch religiösen Fanatismus in einigen Bevölkerungsteilen, der sich wie eine Fessel um das legt, was man Entfaltungsmöglichkeit nennen sollte. Wir sehen die Emanzipation der Arbeiter und rücksichtsloses Spekulantentum. Wir sehen, wie viel im Privaten entstehen kann, ohne dass eine allmächtige Regierung eingreift. Wir sehen die Schwächen, die durch Freiheit erst zutage treten. Packen wir es an. Aber was uns alle am meisten ärgern und zur Verzweiflung treiben muss – das ist die Sklaverei. Wir brauchen eine Partei, die sich klar gegen diesen Schandfleck positioniert. Wir Einwanderer, wir 48er wissen, was es heißt, tatsächlich Sklave zu sein. Amerika muss auf den Landkarten der Welt leuchten. Amerika hat alles, um genau das tun zu können."

Es klopfte. Es war Margarethe. Sie sagte, er solle bitte daran denken, dass seine Eltern am Abend zum Essen eingeladen seien und er noch zur Jagd gehen wolle.

Er holte seine Flinte und Munition aus dem Schrank und hob das Gewehr hoch in die Luft, als er durch den Flur auf die sonnenglänzende Haustür zuging. Es würde ihm guttun, zu schießen.

Und was dann Federn verspritzend vom Himmel gefallen war, lag abends goldbraun gebraten in Prozellanschalen. Die ganze Familie saß bei Kerzenschein um den Tisch herum. Seine Schwestern waren gekommen und redeten über ihr Modegeschäft. Seine Mutter wollte Agathe nicht wieder hergeben. Sie redeten und lachten und Carl erzählte, er mache sich als Farmer gar nicht so schlecht.

„Ihr müsstet ihn mal hinter dem Pflug sehen", sagte Margarethe. „Elegant ist was anderes."

„Und, liebe Schwiegertochter", sagte Carls Mutter, „was ist mit deinen Plänen? Du erwähntest mal etwas von wegen Kindern oder so."

„Fröbels Theorien“, sagte Margarethe. „Kindererziehung, soziales Einbinden über alle finanziellen Unterschiede hinweg. Nun, die Sache ist schlichtweg die: Ich eröffne einen Kindergarten. Hier im verschlafenen Watertown, dessen größte Sensation die Sägemühle unten am Fluss ist.“

„Es wird der erste Kindergarten in Amerika sein“, sagte Carl.

Am nächsten Mittag saß er auf der Veranda und übersetzte Zeitungsartikel hin und wieder zurück, um seine Sprachkenntnisse zu perfektionieren. Margarethe kam zu ihm.

„Da ist ein Herr Sumner. Der möchte dich gerne sprechen, Carl.“

Sumner schüttelte Carl die Hand. Er hatte einen bauschigen Backenbart und seine Mundwinkel zeigten nach unten, dennoch wirkte er wohlwollend.

„Herr Schurz, so spricht man das doch aus, oder?“

„Deutsche Klänge, Mister Sumner.“

„Ich habe viel von Ihnen gehört. Und auch gelesen. Die Revolution in Deutschland, die Befreiung dieses Professors. Und jetzt tummeln Sie sich hier als Farmer und versuchen ins Advokatengeschäft einzusteigen. Und ab und zu halten Sie eine Rede, ohne jedoch in eine Partei eingebunden zu sein. Herr Schurz, es gibt da noch ein weiteres Feld, auf dem wir, die Partei und ich, Sie gut brauchen könnten.“

Carl spannte die Schultern. Dieser Sumner brachte ihm etwas. Da war jemand gekommen, auf den Carl gewartet hatte.

„Ich bin ganz Ohr“, sagte Carl.

Sumner lächelte. Er schien ein sanfter Mann zu sein.
„Nun, Herr Schurz, was halten Sie von Politik? Professionell, meine ich.“
„Wie ist es in Washington?“, fragte Carl.

10

Schlaflos
New York City, Sommer 1901

Irgendwann in den späten Achtzigern hatte ihm ein greiser, wurzelgesichtiger Indianerhäuptling etwas gesagt, dem Carl damals nicht allzu viel Beachtung beigemessen hatte.

„Alte Männer, Vierauge, brauchen keinen Schlaf. Ihr Leben wird kurz, ihre Erinnerungen lang. Etwas wartet auf sie."

Tja, dachte Carl. Er saß im Nachthemd auf der Kante seines Bettes. „Da hilft nur Feuerwasser." Er goss sich im Kerzenschein einen Whisky ein.

Er erinnerte den Namen des Häuptlings nicht mehr. So sehr er sich auch konzentrierte, er war weg, verschwunden irgendwo im wachsenden Dämmer seines Lebens. Von den Ute oder Poncas musste er gewesen sein, oder von den Sioux. Carl wollte jetzt nicht daran denken, was er den Indianern hatte antun müssen. Es kratzte von innen an ihm ebenso wie das Gefühl, etwas Schwarzes würde ihm immer wieder vor die Augen schlagen.

Seine Notizzettel hatte er jetzt immer bei sich. Bevor er ins Bett ging, legte er sie auf die Kommode. Dort konnte er sie jederzeit ertasten. Manchmal griff er in völliger Dunkelheit nach ihnen, spürte das Papier an den Fingern und fragte sich, welche Episode seines Lebens er gerade erwischt haben mochte und ob dazu überhaupt etwas kommen würde, ein Bild, ein Geruch, die Stimme eines Menschen.

Er trat ans Fenster und sah über die Straße auf den nachtschwarzen Central Park. Die paar gelben Laternen im Park kamen ihm so wenig erhellend vor wie seine Lebenserinnerungen. Die Laternen legten einen Schimmer auf die Wege, tauchten kleine Teile von Baumkronen in unsicheres, gelbgrünes Licht und um sie herum verschwand alles in Dunkelheit.

Werde bloß nicht sentimental auf deine alten Tage, dachte er.

Er wusste, dass Fanny in der Stadt war. „New York unsicher machen", nannte sie das. Fanny mit den himmelblauen Augen. Stundenlang hätte er in diese Augen sehen können. Aber jetzt noch bis zu ihrem Hotel laufen? Seine Beine würden klagen. Und eine Kutsche war um diese Zeit schwer zu finden. Außerdem wusste er nicht, ob Fanny nicht wieder massenhaft Besuch in ihrem Zimmer haben würde. Ihm gefiel es gut, dass sie sich nur selten sahen und sich ihre Liebe bekundeten und miteinander schliefen. Das klappte noch. Meistens, nicht immer. Wenn sein Penis nach wenigen Sekunden des Aufgerichtetseins wieder weich wurde, sagte Fanny „Oh je" und er sagte „Ja, so ist das" und sie sagte: „Eben. Ich liebe diesen Satz. ‚So ist das.' Du bist gut im Entdramatisieren, Carl Schurz. Gläschen Sekt? Was meinst du?" Fanny war deutlich jünger als er, aber weiß Gott alt genug, um zu wissen was sie tat. Er glaubte an ihre Liebe. Die Ehe war ja doch ein Gefängnis gewesen. Das schönste Gefängnis von allen, aber eine

Einschränkung. Ein Geschenk, aber auch Druck. Er hatte nie jemandem gesagt, dass er irgendwann begonnen hatte, so zu empfinden. Mit Margarethe hatte das nichts zu tun gehabt. Er hatte so dermaßen viel Freude an dieser Frau gehabt. So ein guter Mensch. Und immer wieder so gepeinigt von diesen grausamen Schüben völliger Niedergeschlagenheit. Carl hatte es gehasst. „Da unten bin ich nie melancholisch", hatte sie gesagt, wenn sie im Bett lagen. „Ist das nicht komisch?" „Es ist schön, Marge, es ist schön."

Ja, dachte er, es war schön. Wie gerne er sie jetzt umarmt hätte. Seine Marge. Einfach in den Arm nehmen und festhalten, ihren Körper spüren und ihren Atem und ihr Haar. Margarethe – Fanny. Fanny – Margarethe. War er je wirklich frei geworden von Marge? Falls nicht, war das schlimm?

Warum dachte er so wenig an Politik? So wenig an seine gefeierten Reden? Wie genau er sich an das Gespräch mit seiner Zimmerwirtin in Rastatt erinnert hatte. Warum? Weil er zu dieser Zeit so wütend gewesen war und so viel Angst hatte, sterben zu müssen? Für seine Reden war er berühmt gewesen. Er hatte die Zuhörer mitgerissen, zum Lachen gebracht, überzeugt und seine Gegner manchmal niedergeschmettert. Einer war weggelaufen von der Veranstaltung, ins Hotel geeilt, hatte seine Sachen gepackt und war auf Nimmerwiedersehen verschwunden – wegen einer Rede von Carl Schurz. War das ein Spaß gewesen. Wer war das noch mal? Wann? Vor lauter Aufregung hatte der Kerl seine Hemden im Hotel vergessen. Das wusste Carl noch. Die Geschichte machte am nächsten Tag die Runde in der ganzen Stadt, welche das nun auch gewesen sein mochte.

Er dachte an Hemden, weiße Hemden, zurückgelassen von einem Fliehenden, aber den Inhalt seiner Rede bekam er nicht mehr zusammen.

„So ist das“, sagte er zu seinem Spiegelbild im Fenster. Er trank seinen Scotch aus und griff nach den Notizzetteln. Wahllos fischte er einen hervor. Billy the Kid. So ein Revolverheld, der nichts, aber auch gar nichts im Kopf hatte und gerne mal ein paar Leute umlegte. Und so jemand wurde dann berühmt, Legenden rankten sich, Helden wurden geboren aus absurden Geschichten, die sich auf den seltsamsten Wegen verbreiteten und immer größer und spektakulärer wurden. Der Kerl, der Billy the Kid erschoss, hieß Pat Garret, das wusste Carl noch. Anschließend war der dann seinerseits erschossen worden. Erschießen war ziemlich in Mode gewesen. Du Idiot, dachte er, ärgerst dich hier über die Berühmtheit solcher Nichtsnutze, hast aber tatsächlich irgendwann in den letzten Tagen diesen Namen notiert. Warum? Das war eine interessante Frage. Warum? Weil mit solchen Typen immer und unweigerlich das Wort Freiheit verbunden wurde? Weil sie Outlaws waren? Gut, er war auch Outlaw gewesen, in Baden und in der Pfalz. Von ihm hatte es ebenfalls Steckbriefe gegeben. Aber er hatte sich mit abertausenden Anderen gegen Unterdrückung aufgelehnt und abscheuliche Gesetze bekämpft. Als wenn das so einfach wäre mit der Freiheit. Ich mache, was ich will – das war der Satz eines Menschen, der nun wirklich überhaupt nichts begriffen hatte. Diese amerikanischen Möchtegern Outlaws töteten für Geld, für sonst nichts. Manche vielleicht, weil es ihnen Freude bereitete. Er war in einem

Saloon einmal mit solchen Leuten aneinandergeraten und hatte klein beigegeben, weil er sonst seinen Scotch nicht hätte schlürfen können. Skalpjäger – manche Männer bezeichneten das als ihren Beruf. Das musste man sich mal vorstellen. Und wegen all der Waffen an ihren Gürteln und über den Schultern hatten die ein so dermaßen aufpoliertes Selbstbewusstsein, dagegen kam man kaum an.

So viel Gewalt. Freiheit und Gewalt. Freiheit durch Gewalt.

Er setzte sich an den Schreibtisch. Er legte seinen alten Revolver zu den Zetteln, eine Fotografie von Margarethe, eine von Fanny und eine mit seinen Kindern.

Seine Papiere hoben jedwede Chronologie auf. Sie machten Zeit neu, schufen Zusammenhänge, die nie dagewesen waren.

Er zog einen Zettel. Harriet Beecher Stowe. Das war die Frau, die „Onkel Toms Hütte" geschrieben hatte. Ein Bestseller wie er Carl nie gelungen wäre. Lincoln hatte gesagt, diese Frau habe mit dem Roman einen großen Krieg ausgelöst. Keine schlechte Formulierung, dachte Carl. Wohlgesprochen, Abe, wohl gesprochen.

Lincoln, dachte er. Lincoln.

11

Die Begegnung
Illinois, 1858

Carl löste die Metallhaken oben am Wagonfenster und drückte die Scheibe hinab. Das erinnerte er jetzt am Nachtschreibtisch, als sei es gestern gewesen. Sofort umschlang ihn heißer Wind und das Rattern des Zuges wurde noch lauter. Er sah die Rauchwolke über der Lok, die quer über das flache Land getrieben wurde. Er drehte sich mit dem Rücken zum Fenster und rieb sich die Pobacken in der Hoffnung, dass es niemandem auffiel. Er war viel unterwegs für die Partei: Philadelphia, New York, Chicago.

Er war gebeten worden, mit seinen besonders auf die zahlreichen Deutschen ausgerichteten Reden einem Kandidaten namens Abraham Lincoln im Wahlkampf gegen den Demokraten und Sklavereibefürworter Douglas zur Seite zu stehen. Natürlich hatte er sofort zugestimmt. Er hielt seine Reden jetzt stets auf Englisch und auf Deutsch. Einfach mussten sie sein. Und das Einfache war schwer. Eine komplizierte Rede halten, einen komplizierten Text schreiben, das konnte jeder. Aber komplexe Angelegenheiten anschaulich, am besten sogar sinnlich in die Köpfe der Zuhörer zu bringen, erforderte eine Menge Arbeit.

„Mein Verbrauch an Stiften steigt immens", hatte er Margarethe gesagt.

Der Redner war stets in einer exponierten Lage. Er stand

oben, die Leute sahen zu ihm hinauf, viele Leute. Er war aktiv, die anderen lauschten. Das lud zu Arroganz und Überheblichkeit ein. Er hatte viele Redner erlebt, die nach einigen Minuten ganz berauscht von sich selbst schienen und mehr und mehr dem eigenen Ego dienten als der Sache. Zu Beginn der Revolution in Deutschland war ihm das ganz genauso ergangen, das gestand er sich mittlerweile ein.

„Bist du sicher, dass das heute bei dir anders ist?", hatte Margarethe gefragt. „Du wirst schon oft sehr euphorisch, wenn du vor Publikum redest. Man könnte glauben, du fühlst dich dann da oben auf deinem Podest ziemlich wohl."

Seine Anti-Sklaverei-Rede war in der New York Tribune abgedruckt und in Stückzahl von einer Million in den Staaten verteilt worden.

„Eine Million, Marge", hatte er gesagt. „Eine Million."

Er setzte sich wieder auf die ungepolsterte Holzbank und legte die Hände auf seine Papiere. Der Sitz neben ihm war glücklicherweise frei geblieben. Ihm gegenüber saß eine Frau im hoch geschlossenen schwarzen Kleid und helmartiger Kappe auf dem Kopf und ein etwa zwölfjähriger Junge in einer viel zu dicken Jacke und zwängendem Hemdkragen. Diese Kleidung musste mit Religion zu tun haben oder mit Furcht vor Freiheit.

Carl zog den Flachmann aus der Innentasche und nahm einen Schluck Scotch.

„Muss das sein, wenn der Junge dabei ist?" Die Lippen der Frau bewegten sich kaum, wenn sie sprach.

„Haben Sie das ganz und vollständig freiwillig angezogen?", fragte Carl.

„Unerhört“, sagte die Frau.

„Die Stadt, in der ich aussteigen werde“, sagte Carl an den Jungen gewandt, „liegt am Mississippi. Weißt du wie meine Tochter Agathe dazu immer sagt? Missie Pipi.“

Der Junge lachte, sah zu seiner Mutter hinauf und hörte auf zu lachen. Die Frau griff nach dem Arm des Jungen und zog ihn fort. Carl sah sie durch das Abteil gehen und einen anderen Platz suchen.

Er legte eine Zeitung auf den gegenüberliegenden Sitz und bettete die Füße darauf.

Der Zug hielt in einem dieser winzigen Orte, von denen Carl schon viele gesehen hatte. Ein brettriger Bahnhof, eine sandige Hauptstraße gesäumt von Holzhäusern, bei denen die Frontfassaden gepflegt und verziert waren, die anderen Wände aber nichts weiter als ein Gewirr von Brettern und Balken wie die Bordwände gestrandeter Segelschiffe. Zwei, drei Geschäfte, ein Sheriffbüro, ein Saloon, Ställe, angebundene Pferde, Kutschen und Leiterwagen und ein buntes Gemisch von Menschen auf der Straße. Deutsche Städte waren so anders. Sie waren fest. Vielleicht war das das richtige Wort. Solch ein Ort hier hingegen war für Carl eine Keimzelle, etwas Vorübergehendes, das sich entfalten und weiterentwickeln würde und alle Chancen hatte, gut zu werden.

Er aß Eier mit Speck im Saloon. Ab und zu schaute er auf und betrachtete die Männer am Tresen und an den Tischen. Keine einzige Frau hier. Jeder Mann trug einen Revolver. Carl verspürte oft den Reiz, sich solch eine Waffe umzuschnallen, aber er unterließ das. Er wusste, es war gut für ihn, nicht jedem schlummernden Carl Schurz Impuls nachzugeben. Er hatte Ludwig Meyer in Hamburg vor nicht langer Zeit geschrieben und Andeutungen über „Lüste“ gemacht, verklausuliert und hauchdünn, weil es ihn ängstigte. Meyer hatte recht schnell geantwortet: „In uns ist viel, lieber Carl. Und unsere Aufgabe ist es, eine Menge davon zu unterdrücken. Das macht uns zu Menschen. Du bist nun tatsächlich da drüben in Amerika, auf diesem Kontinent des Alles-ist-möglich. Es ist die größte Gefahr von allen. Die Freiheit lässt uns dastehen, wie wir sind. Pass auf dich auf.“

Carl war sich noch nicht sicher, ob ihm diese Aussagen gefielen oder nicht. Lässt uns dastehen, wie wir sind, dachte er.

Er legte einige Münzen auf den Tisch, setzte den Hut auf, klemmte sich die Aktenmappe unter den Arm und trat hinaus in die Hitze. Er ging zurück zum Bahnhof. Am ersten Wagon hatte sich eine Menschentraube gebildet, er hörte Hochrufe, eine Frau kreischte. Wusste der Himmel, was da los war. Carl zeigte dem Schaffner seine Platzkarte und freute sich, als er sah, dass sein Wagon leerer geworden war. Die Lok tutete, er hörte etwas zischen und dann setzte der Zug sich langsam in Bewegung.

Carl sah über die Wiesen auf einen weit entfernten Streifen Wald, der im gleißenden Sonnenlicht ganz grau aussah. Einfach mal ein paar Kilometer in diesen Wald reiten, dachte er. Ohne Weg, quer durch. Das wäre schön gewesen. Ganz allein.

Er hörte die Tür aufgezogen werden. Aus den Augenwinkeln sah er einen Mann gestikulieren und auf ihn zukommen.

„Das ist Carl Schörts, Mister Lincoln", sagte der Mann.

Lincoln war noch größer als Carl. Er trug einen Zylinder, es fehlte nicht viel und der Hut hätte das Wagondach berührt. Lincolns Anzug war schwarz und abgetragen, die Hosenbeine zu kurz. Jeder einzelne Fahrgast im Wagon stand auf und drückte ihm die Hand.

„Mister Schörts, darf ich Ihnen einen Augenblick Gesellschaft leisten?", fragte Lincoln. Als er sich setzte, musste Carl an einen Zollstock denken, den jemand zusammenklappte.

Lincoln lächelte ihn an. Sein Gesicht war zu zerfurcht für sein Alter, die Augen dunkel. Carl musste an Margot Werner denken, diese gute Seele am Wegesrand irgendwo im verlorenen Deutschland vor so vielen Jahren.

„Ich habe schon viel über Sie gehört, Mister Schörts. Ihre letzte Rede – Respekt, junger Mann, Respekt. Einer dieser vielversprechenden Einwanderer aus Deutschland."

„Es ist mir eine Ehre, Mister Lincoln."

„Nun, Mister Schörts, wir haben einiges zu tun. Viel. Wir haben viel zu tun. Waren Sie je auf einer dieser Plantagen im Süden? Da, wo die Sklaven gehalten werden?"

„Es wird Krieg geben", sagte Carl.

Lincoln runzelte die Stirn, sie sah aus wie zu lange gemeißelter Stein.

„Wollen wir das?"

„Manchmal geht es nur mit Gewalt", sagte Carl.

„So denken Sie?"

„Vielleicht geht es auch anders. Hoffentlich."

„Ich kannte mal einen Schuster", sagte Lincoln. „Der sagte, es liege alles an den Schuhen. Wer gute Schuhe habe, dem gehe es auch gut. Er meinte, Präsident solle nur ein Schuster werden, ein ehemaliger. Ihm war durchaus klar, dass ein Präsident solch einem Beruf nicht weiter nachgehen könne, wenn er einmal im Amt ist. Was halten Sie von Schustern, Mister Schörts?"

„Vor guten Handwerksleuten habe ich unendlichen Respekt."

„Ich komme aus sehr einfachen Verhältnissen, Mister Schörts."

„Mein Großvater konnte einen Amboss eine Treppe hinauftragen. Ein Schmied", sagte Carl.

„Mein Herausforderer morgen in Quincy, Mister Douglas, ist ein sehr gut gekleideter, eleganter Mann. Der kommt nicht aus einfachen Verhältnissen."

„Ich finde Ihren Aufzug gerade recht, Mister Lincoln. Hinterlässt einen ‚bleibenden Eindruck', könnte man sagen. Den Schuster sollten Sie bei Ihrer morgigen Rede weglassen."

Lincoln lachte. Es klang als huste er ein Harhar. Dann gingen sie in die Details. Der Irrepressible Conflict, die Gesetzesvorschläge, die Infrastruktur, Geldpolitik, die wirtschaftlichen Vorteile des Südens wegen der günstigen Baumwolle.

„Die Menschen kaufen Baumwolle und wissen nicht,

wie viel Blut daran klebt“, sagte Lincoln. „Es mangelt an Aufklärung.“

„Dem Kapitalismus ist Aufklärung gleich. Das wird auch so bleiben“, sagte Carl.

„Wie heißt Ihr deutscher Philosoph doch gleich? Dieser Kapitalismuskritiker?“

„Marx. Furchtbarer Typ.“

„Immer dumm, wenn furchtbare Typen kluge Sachen sagen. Nun, Mister Schörts, ich muss jetzt noch mit einigen Abgeordneten reden. Es hat mich sehr gefreut, Sie kennenzulernen. Morgen in Quincy stehen wir Seite an Seite.“

Lincoln klappte seinen Körper zu voller Länge auf und sah auf Carl hinab.

„Weglassen, meinen Sie? Den Schuster?“

„Zu metaphorisch.“

Lincoln grinste. „Bis morgen.“ Er drehte sich noch einmal um. Der Wagon ratterte, Eisen kreischte. Lincoln hielt sich mit beiden Händen fest.

„Männer wie Sie kann ich brauchen, Mister Schörts.“

„Wenn es nach oben geht, bin ich dabei.“

„Und wenn nicht? Was dann, junger Mann?“

„Dann auch, Mister Lincoln. Dann auch.“

„Sie haben einen Traum, Mister Schörts. Ich ebenfalls.“ Lincoln hob den Zeigefinger, bei ihm wirkte das eher lustig und listig als belehrend. „Einen, den wir verwirklichen können.“

„Wie lautet der?“, fragte Carl.

Lincoln breitet die Arme aus, als laufe ein Kind auf ihn

zu und wolle aufgefangen und hoch in die Luft gehoben werden.

Carl war einverstanden.

In Quincy bezog er ein kleines Hotelzimmer mit Blick auf die sandige Hauptstraße. Das Podest für die Redner war bereits aufgebaut, Balken und Pfosten aus karamellfarbenem Holz. Es war mit Wimpeln behangen und warf einen langen, schrägen Schatten in der Abendsonne. Carl saß im Fenster, er hatte Hemd und Weste geöffnet. Im Dunkel unter dem Podest spielten einige Kinder, Carl hörte ihre Stimmen. Er dachte an Margarethe und ihren Kindergarten in Watertown. Ein buntes, fröhliches Gewusel. Wenn es seine Zeit erlaubte, besuchte er Margarethe in dem kleinen Haus mit umlaufendem Garten. Einmal hatte sie mit einem der Kinder zum Doktor gemusst und gesagt, er solle für eine Stunde die Kinder vergnügen. Und die standen dann da, acht an der Zahl, und sahen zu ihm hinauf. „Sie müssen jetzt etwas machen, Mister Schörts", sagte ein Mädchen.

„Ich könnte euch eine meiner Reden vorlesen. Was meint ihr?"

„Nein, Mister Schörts, nicht so was. Sie müssen mit uns spielen."

Er hätte Margarethe jetzt gerne hier gehabt, in der Hitze, im Hotelzimmer, morgen an seiner Seite. Sie hatte gesagt, seine ewige Reiserei sei ihr zu viel. Sie sagte oft, etwas sei ihr zu viel. Carl akzeptierte das, aber er verstand es nicht. Er wusste nicht, was das war „zu viel."

Carl hatte still gehofft, Lincoln würde ihn seine morgige Rede lesen und korrigieren lassen. Aber so weit war es noch nicht. Carl hätte annähernd jedes Flick- und Füllwort gestrichen, er hätte jeden Satz gekürzt, der mehr als einen Nebensatz enthielt. Er hätte Punkte gesetzt. Welch herrliches Satzzeichen der Punkt war. Und gerade der wurde von mittelmäßigen Rhetorikern verachtet. Er hatte Lincoln noch nicht reden hören. Lincolns Stimme war hoch, ganz unpassend zu diesem hageren Gesicht, aus dem er unwillkürlich ein Brummen erwartet hatte. Eine hohe Stimme war alles in allem nicht so gut. Carl dachte an seine ersten Reden damals in Deutschland, bevor die Revolution begann. Bevor die Waffen sprachen. Sprechende Waffen. Waffensprache. Clausewitz: „Der Krieg ist eine Fortsetzung der Politik mit anderen Mitteln."

„Ihr Männer seid manchmal schlicht nicht zurechnungsfähig", hatte Margarethe dazu gesagt.

„Keine Verallgemeinerungen bitte."

„Na gut, du bist manchmal schlicht nicht zurechnungsfähig."

„Meine liebe Marge."

„Mein lieber Charly."

Ist das heiß, dachte Carl, als er am nächsten Mittag auf die Straße hinaus ging. Er blieb im Schatten unter dem Hotelvordach. Hunderte von Menschen strömten dem Rednerpodest entgegen, bewimpelte Kutschen rollten, Leiterwagen mit Musikkapellen klapperten und weiß gekleidete Jungfrauen schwangen amerikanische Fahnen. Auch von

Balkonen und aus Fenstern hingen Flaggen. Ihnen fehlte der Wind.

Carl drängte sich durch die schwitzende Menschenmasse zum Podest. Lincoln stand mit seinen Beratern in der Sonne.

„Kapellen, Flaggen, Chöre", sagte er, „das wird von Jahr zu Jahr mehr, Mister Schörts. Irgendwann wird das Überhand nehmen."

„Ordentlich geübt?", fragte Carl. Lincoln lächelte ihn an. Der Mann sah sanft aus trotz der Größe und des steinhageren Gesichts. Er blickte auf seine Schuhe hinab, legte Carl eine Hand auf die Schulter und rieb die Schuhspitzen jeweils auf einem Bein stehend an den Waden ab.

Als Lincoln sich dann noch einmal für einen Moment in sein Zimmer zurückzog – er brauche ein wenig Ruhe, sagte er – tippte einer seiner Berater Carl mit dem Zeigefinger auf die Brust.

„Drängen Sie sich nicht vor. Bleiben Sie schön auf Ihrem Platz, Mister Schörts."

„Schurz. Und ich bestimme meinen Platz ganz allein, guter Mann."

„Sie werden sich noch wundern. Die Partei und die Hierarchie in eben dieser Partei gehen vor. Merken Sie sich das. "

Das konnte Carl besonders gut leiden, wenn ihm jemand sagte, was er sich zu merken habe. Fluchworte weit unterhalb der Gürtellinie drängten in seine Brust.

„Wenn ich Zeit habe, mache ich mir eine Notiz", sagte er.

Carl mischte sich unter die Leute. Die Hauptstraße war vollgestopft mit Menschen, es roch nach Parfum und Schweiß. Er sah Kinder an den Händen ihrer Eltern die Augen verdrehen, weil sie nichts anderes vor sich hatten als die Hüften der Erwachsenen. Das Zuhören war fast unmöglich. Schon bei einem Abstand von zehn Metern zum Rednerpodest wurde es schwierig, zog er sich noch weiter zurück, blieb kaum etwas anderes als die Gesten des jeweiligen Redners deuten zu müssen.

Douglas trug ein blütenweißes Hemd, eine farbige Weste und ein dunkelblaues Jackett mit eingesteckter Blume. Er wedelte viel mit dem Zeigefinger, um eben diesen Finger dann in die Luft zu stechen, als wolle er jemanden aufspießen. Die Frauen und Männer um Carl herum murmelten, sagten manchmal Ja oder Nein, obwohl Carl bezweifelte, dass sie Douglas hören konnten. Und was machten die Leute, wenn sie kaum hören konnten? Sie redeten über das, was sie sahen. „Eleganter Mann", sagte eine Frau. „Schnösel", sagte ein Mann. „Beeindruckende Figur." „Was hat der gesagt?" „Der macht was her." „Dem ist was zuzutrauen." „Was ist das denn für ein eingebildetes Würstchen?"

Wurde vorne bei denen, die hören konnten, gejubelt, jubelte man hinten größtenteils mit. Absurd, dachte Carl.

„Warum klatschen Sie jetzt?", fragte Carl einen Mann neben ihm. Der zuckte die Achseln.

Carl schob sich zwischen sonnenwarmen Menschen hindurch näher zum Podest.

„Amerika ist frei", rief Douglas. „Und es kann nicht

einzelnen Bundesstaaten die Souveränität nehmen, indem es eine reguläre Ausweitung der Sklaverei per Gesetz verbieten will. Amerika darf nicht die Wirtschaftskraft der südlichen Staaten ignorieren. Wohlstand und Wachstum, meine Freunde …"

Schlagwörter, dachte Carl, hingeworfen wie einen Fleischhappen für den Hund.

Lincoln betrat das Podest. Er trug den gleichen schwarzen Anzug wie im Zug, ein frisches Hemd, die Fliege hing ein wenig schief.

Freiheit – rief auch er, aber mit einem Fragezeichen am Ende des Wortes. Wie könne ein so glorreiches Land wie Amerika die Ausweitung des Menschenhandels dulden? Wieso sollten einzelne, steinreiche Plantagenbesitzer einen dermaßen großen Einfluss auf Politik haben? Politik müsse unabhängig sein von den Kapitalgelüsten Einzelner.

Wenn Lincoln sprachlich ausholte, ging er dabei in die Knie, um dann emporzufedern als wolle er etwas auffangen. Aber im Gegensatz zu Douglas ballte er nie eine Faust. Er knetete eher einen imaginären Teig. Er erzählte Anekdoten, brach komplexe politische Zusammenhänge auf einfache Beispiele herunter und vergaß nicht zu erwähnen, dass er aus einfachen Verhältnissen stamme.

Carl sah Lincoln Leidenschaft und Ehrlichkeit an. Der Mann war beseelt. Lincoln hatte gesagt, es sei eine Zeit lang ruhiger geworden um das Sklavereithema, durch den Versuch aber, neue Staaten dafür zu öffnen, lodere es wieder auf und stelle die Nation vor eine Zerreißprobe.

„Die scheiß Nigger sind mir ziemlich egal“, sagte ein Mann neben Carl.

„Sie sind doch ein dummer Hund“, sagte eine Frau an Carls anderer Seite. Sie gifteten sich links und rechts an Carls Brust vorbei an. Er fühlte sich, als könne er auf die Worte hinunterschauen, die vor ihm aufeinanderprallten.

„Was für ein Glück, dass das Weibsvolk nicht wählen darf“, sagte der Mann.

„Das wird sich noch ändern, Bürschchen“, sagte die Frau.

Lincoln bekam ebenso viel Applaus wie Douglas.

Die Menschenmenge löste sich auf, viele gingen in den Saloon, eine der Kapellen spielte wieder vom Leiterwagen hinab, Fähnchen wurden verteilt.

Carl gesellte sich zu Lincoln, der sich mit einem grauen Tuch die Stirn abtupfte. Douglas tippte mit dem Zeigefinger in Lincolns Richtung, kniff die Augen zusammen und verschwand dann mit großem Gefolge in seinem Hotel.

„Bauernfänger“, sagte Lincoln an Carl gewandt. „Ich weiß, ich weiß, ist ein blödes Wort. Aber Sie verstehen, was ich meine. Auf so etwas darf man sich einfach nicht einlassen.“

„Ist leider schwer zu verbieten“, sagte Carl.

„Wir regeln das schon“, sagte der Mann, der Carl vor Beginn der Veranstaltung gesagt hatte, was er sich zu merken habe.

„Einfach und einfach“, sagte Lincoln, „das sind zwei grundverschiedene Dinge.“

Der „merken Sie sich das“-Mann zog die Brauen zusammen.

„Ist das zu hoch für Sie?“, fragte Carl.

„Einwandererbursche.“

12

Unruhe und Absurdes
Unterwegs, 1860

„Kannst du die Städte eigentlich alle aufzählen, in denen du Reden und Vorträge gehalten hast?“ Margarethe stemmte die Hände in die Hüften. Sie stand Carl im Garten hinter dem Haus gegenüber. Sie wollten nicht, dass die Kinder sie hörten. Die Sonne sank dem Horizont entgegen und ihr Licht ließ Grashalme wie lackiert glänzen.

„Das nennt man Vernachlässigung der Familie. Du hast zwei Töchter. Und“, Margarethe tippte sich mit beiden Zeigefingern auf die Brust, „eine Ehefrau. Darf ich vorstellen: Margarethe Meyer-Schurz.“

Carl nahm die Brille ab und massierte sich die Augen. Bitte, Marge. Nie war er so nervös wie während eines Streits mit seiner Frau. „Wir müssen Lincoln zum Präsidenten machen“, sagte er. „Ich kann ihm die Stimmen sämtlicher Einwanderer beschaffen. Marge, komm doch einfach mit. Ich habe das schon öfter gesagt. Komm mit mir. Zugfahren macht Freude in diesem Land. Du wirst Wälder sehen, unendlich große Wälder.“

„Und die Kinder?“

„Nehmen wir mit.“

„Und der Kindergarten?“

„Deine Angestellte Rose. Die schafft das auch allein für eine Zeit.“

„Und Lincoln nicht?"
„Nein, Lincoln nicht."
„Gouverneur bist du nicht geworden."
„Das musste jetzt nicht sein, Marge. Außerdem ist der Mann, für den ich Wahlkampf gemacht habe, als Sieger aus der Sache hervorgegangen. Marge, bitte, der Stachel meiner Wahlniederlage sitzt tief."
Margarethe senkte den Blick. „Tut mir leid", sagte sie. Carl machte einen Schritt auf sie zu. Sie sah ihn an. Er blieb stehen.
„Du würdest Lincoln kennenlernen. Ist ein guter Mann. Wäre ein guter Präsident. Wenn der lacht, dann macht der nicht Haha, dann macht der Harhar."
„Wir brauchen mal Urlaub, Charly. In Europa, Mister Schörts."
Carl lachte. Margarethe blickte auf den Rasen und Carl sah ihr an, dass sie sich beherrschen musste, nicht ebenfalls zu lachen. Sie hielt sich eine Hand vor den Mund.
„Europa ist zivilisiert", sagte sie.
„Monarchenherrschaft", sagte Carl. „Hier wächst die größte Zivilisation von allen heran. Nach dem Krieg."
„Welchem Krieg?"
„Wenn du nach Europa möchtest, dann fahren wir dorthin. Hamburg?"
„Hamburg wäre schön."
„Gut. Abgemacht. Dafür kommst du mit auf meine nächste Wahlkampftour? Mit Agathe und Marianne."
Er war so glücklich, als Margarethe ihn mit gesenktem Kopf anlächelte. Er grub eine Hand in ihr Haar, presste

die andere auf ihren Rücken und drückte sie an sich und spürte ihren Atem und ihr Gesicht und ihre Brüste. Lincoln würde Präsident werden. Und Carl würde an seiner Seite stehen, und dann würden sich ihm Türen öffnen bis nach ganz oben, lackierte, schwere Türen, von Sekretären bewacht. Er meinte schon das Geräusch von Absätzen auf langen Fluren zu hören.

„Ach Carl", murmelte Margarethe. „Du hast mich hier in so viel Unerledigtes gebracht. Krieg? Meinst du all diese Sachen mit den armen Indianern?"

„Wenn Lincoln Präsident ist, regeln wir auch das. Es gibt genug Platz in diesem Land für alle Menschen. Ich werde klären, ob ich nach Deutschland reisen kann, oder mir dort immer noch das Gefängnis droht."

„Halb Berlin wusste damals, dass du aus dem Exil zurückgekommen warst, um Kinkel zu befreien. Und keiner hat was gesagt."

„Ich habe es denen gezeigt, Marge."

„Angeber."

Er legte die Hände an Margarethes Wangen und küsste sie auf den Mund. Wenn er „Bitte, bitte" sagte, schloss sie manchmal die Augen und hob den Kopf an und er fuhr mit der Zungenspitze über ihre Lippen.

„Wie fändest du es, wenn du First Lady wärst?"

„Bleib auf dem Boden, Carl Schurz."

Er sah auf seine Stiefel hinab. Lange, schmale Füße hatte er.

„Ideale sind wie Sterne", sagte er. „Man erreicht sie nicht, aber sie können einem den Weg weisen."

„Ach du lieber Gott. Brauchst du was zu trinken? Ich hole dir deinen Whisky."

„Du weißt schon, dass ich eigentlich Dichter werden wollte?"

„Kannst du immer noch."

Margarethe zog ihren Rock ein Stück hoch und lief über die Wiese um das Haus herum. An der Ecke kam ihr Agathe entgegen, sie hatte dasselbe dunkle Haar wie ihre Mutter. Sie war barfuß und Margarethe hob sie hoch.

„Hast du mit Papa geschimpft? Das darfst du nicht, Mama. Papa macht immer alles richtig." Agathe winkte ihm. Eine Kinderhand, vielleicht das Schönste auf der Welt.

Er könne immer noch Dichter werden. Das hatte seine Frau gerade gesagt. Es aufschreiben. Die Revolution, die Paulskirche zu Frankfurt, die vergewaltigte Frau, der stinkende Abwassergraben in Rastatt, das Treppenhaus in London, als Margarethe oben erschien, New York, Watertown, die Begegnung mit Lincoln. Er hatte ein Karussell im Kopf. Mit gesenktem Kopf ging er über die Wiese. Margarethe kam ihm mit einem Glas Scotch entgegen. Im Vorbeigehen nahm er ihr das Glas aus der Hand.

„Was jetzt wieder?", fragte sie.

„Ich schreibe was auf", sagte er.

Gleise waren matte graue Parallelbänder, wenn der Himmel verhangen war. Sie zogen rostbraun durch Wälder und Felder bei gedämpftem Sonnenlicht oder waren goldene Spuren, denen Carl folgte, manchmal über Brücken, die gewaltige Schluchten überspannten. Wisconsin, Minnesota, winzige Bretterorte, aufstrebende Städte, verlassene Bahnhöfe. Amerika lauerte. Margarethe und die Kinder waren irgendwann wieder weg und unter ihm rumpelte der Zug, tonnenschweres Metall auf Metall, es quietschte und klang eisenhart und manchmal wusste Carl kaum, wo er war.

Er war bekannt. Seine Reden wurden abgedruckt und veröffentlicht. Bei einer kurzen Begegnung mit Lincoln – wieder auf einem Bahnhof – begrüßte der ihn mit den Worten „Mein alter Freund, Carl Schörts." Carl wollte sich nicht vereinnahmen lassen. Er konnte sich aber nicht dagegen wehren, von Lincoln und dessen Wohlwollen und Menschenfreundlichkeit beeindruckt zu sein. Lincoln hob eine Braue, er schien ihm anzusehen, was in ihm vorging.

„Ich brauche Sie, Mister Schörts. Ich brauche Ihre rhetorische Kraft. Ich habe umdisponiert, hier und da. Ich muss Sie schicken." Er lachte. „Ich weiß, dass Sie so etwas nicht gerne hören. Aber einige der anberaumten Reden sollten von Ihnen gehalten werden. Nicht von einem meiner anderen Delegierten. Und immerhin: Sie werden auf einem Mississippi-Dampfer fahren. Die leisten sich oft Wettfahrten, diese Raddampfer. Ganz großartig. Manchmal platzen allerdings die Kessel. Frau und Kinder wohlauf?"

„Es ist nicht so einfach, Mister Lincoln. Bei Ihnen?"

„Ebenso. Und jetzt geht es weiter."

„Wir gewinnen", sagte Carl.

„Spielen Sie, Mister Schörts?"

„Als Student, kurz vor der Revolution, habe ich einmal mein gesamtes Geld beim Kartenspiel verloren. Ich war wie im Rausch. Ich wollte gar nicht aufhören. Seitdem habe ich keine Karten mehr angerührt."

„Unsere Gegner pokern hoch. Wir sollten gar nicht pokern. Wir sollten schlichtweg ehrlich sein. Offen und ehrlich. Auch wenn sehr viele Leute anderer Ansicht sind, ich denke, Spieler haben in der Politik und im Bankenwesen nichts verloren. Aber gerade da gibt es viele. Nun, wir sehen uns bald in New York."

Sie drückten sich die Hände. „Mister President", sagte Carl. Lincoln schmunzelte.

„Eins nach dem anderen, jungen Freund."

„Schneller. Schneller." Carl schlug auf die Reling der „Seagull." Der weiße Rumpf rauschte durch das grünliche Wasser des Mississippi. Aus dem Schornstein qualmte braunschwarzer Rauch in den Sommerhimmel, die Decksplanken vibrierten unter dem Hämmern der Maschinen. Der andere Dampfer lag eine halbe Länge hinter der „Seagull". Die Ufer waren hier flach und grün, Tupelobäume wuchsen aus dem Wasser. Einmal hatte Carl ein verfallenes Holzhaus ganz nah am Fluss gesehen, ein Gerippe nur noch, teils schon grün umrankt. Vom Bug des anderen Schiffes winkten Passagiere zur Brücke mit ihrem Kapitän hinauf und feuerten ihn an. Das Schiff schien einen Schub zu machen und verkürzte den Abstand hinter einer mächtigen Bugwelle. Die Gräser am Ufer wankten.

Carl trabte die Stufen zur Brücke hinauf. Die Tür stand offen, der Kapitän rauchte eine Zigarre und blickte über die Schulter auf seinen Verfolger.

„Entschuldigen Sie, Sir. Soll ich runter und den Heizern helfen?"

„Zu eng. Aber danke für das Angebot."

„Verlieren ist der letzte Dreck", sagte Carl.

„Ich glaube unser Verfolger wird von Twain kommandiert. 'n schräger Vogel. Stellen Sie sich mal schnittig in den Wind, Junge."

Carl ging hinab und stellte sich zu den anderen Passagieren an die Reling. Einem kleinen Jungen in weißem Sommeranzug sagte er, dass er sich bloß gut festhalten solle. Der Junge klammerte die Hände um eine der unteren rostigen Relingstangen.

„So?"

„Genau so, mein Junge."

Wäre Margarethe doch hier. Er hatte sie und die Kinder seit Wochen nicht gesehen. Es ging alles so schnell, er kam kaum zur Ruhe, aber er vermisste die Ruhe nicht. Irgendwann ändere sich das, hatte sein Vater ihm während eines Spaziergangs am Rock River gesagt. Er solle sich nicht übernehmen. Carl hatte ihm auf die Schulter geklopft und ihn „Alter Mann" genannt.

„Bis deine Mutter und ich begraben werden, bist du unser Kind, Junge. Auch mit über 30."

Er beugte sich weit über das Wasser und hielt zur Sicherheit seine Brille fest. Der Wind wischte ihm durchs Haar, er fühlte ihn auf der Haut und unter dem Hemdkragen. Der Abstand zum anderen Dampfer war wieder größer geworden. Der kleine Junge hatte die Reling wieder losgelassen und die Arme weit ausgebreitet. Er schrie in den Wind.

Am Anleger warteten gestapelte Fässer auf die Verladung, Carl hörte das Hämmern aus einer Schmiede und Pferde schnauben. Männer trugen Bretter, ein dicker Mann schwang Amerikafähnchen und der Brettersteg am Ufer wackelte unter Carls weiten Schritten.

Ein junger Mann trat auf ihn zu und nahm den Hut ab. Er war so dünn, dass der Revolver an seiner Hüfte monströs groß wirkte.

„Sind Sie Carl Schörts? Ich soll Sie fahren. Hat mir jemand gesagt. Einer von irgendeiner Partei oder so. Nach Lexington, richtig?"

„Da muss ich hin, ja. Sie kennen den Weg?"

„Nein, Sir."

„Aber Lexington?"

„Nein, Sir."

„Das ist die größte Stadt hier."

„Der Mann hat gesagt, ich soll mit Ihnen nach Westen fahren. Dann tun wir das finden."

„Das ist ja schön, wenn wir das tun. Gibt es hier einen Saloon? Für ein kühles Bier?"

„Oben an der Straße, Sir. Hier gibt's nur eine. Ich nehme Ihren Koffer."

„Ich lade Sie ein. Ein kühler Drink. Was meinen Sie?"

Der Junge sah an Carl hinab. Carl war wie immer gut gekleidet, Anzug, gestreifte Weste, Binder. Taschenuhr. Breitkrempiger Hut.

„Ich warte in der Kutsche, Sir."

„Standesunterschiede dürfen keine Rolle spielen", sagte Carl.

„Was für Unterschiede, Sir?“

„Gut, warten Sie. Ich brauche nicht lange.“

Die zweisitzige Kutsche rumpelte durch die Prärie Richtung Westen. Ab und zu fegte ein Windstoß über die sonnengebackene Ebene, dann war es wieder vollkommen still bis auf das Quietschen der Kutsche und das Schnauben des Pferdes. Zu Beginn der Fahrt passierten sie einige flach im Land stehende Farmen, bis es immer einsamer um sie wurde und sie eine Indianersiedlung sahen, braune Zelte, ein paar Pferde und sich träge in der Hitze bewegende Menschen.

Wusste der Junge überhaupt, dass Präsidentschaftswahlen anstanden? Konnte er lesen? Mit unendlicher Beharrlichkeit sah der Junge über den Rücken des Pferdes nach vorne und bewegte sich kaum.

Aus der hellen Einsamkeit kam ihnen eine andere Kutsche entgegen. Der Mann auf dem Bock riss an den Zügeln und sprang.

„Sie sind Carl Schörts.“

„Es ist mir eine Ehre. Sagen Sie, sind wir hier auf dem richtigen Weg nach Lexington?“

„Wohin?“

Großer Gott, dachte Carl.

„Woher kommen Sie gerade, wenn ich fragen darf?“

„Daher.“ Der Mann zeigte nach Norden.

„Aha. Und wohin gedenken Sie zu kutschieren?“

„Dahin.“ Der Mann zeigte in die Richtung, aus der Carl gekommen war. Das konnte doch nicht wahr sein.

„Es war schön, Sie getroffen zu haben“, sagte Carl.

Als sie weiterfuhren, merkte Carl, dass der Junge ihn jetzt doch ansah. Die Mundwinkel des Jungen hoben sich unter dem Milchbart.

Sie lachten.

„Wie war dieses Wort?", fragte der Junge. „Das mit den Unterschieden?"

„Standesunterschiede."

„Das ist, wenn der eine so gut gekleidet ist wie Sie. Und eine Bildung hat. Und wahrscheinlich auch Dollars und der andere nicht? Stimmt's, Sir?"

„Könnte man so sagen."

„Und Sie finden, das spielt keine Rolle?"

„Der eine kann dies, der andere das. Mein Großvater war Schmied."

„Wir finden Lexington schon, Sir."

„Solange Sie die Kutsche führen, mache ich mir da keinerlei Sorgen. Zigarre?"

„Hab ich noch nie."

„Dann wird es Zeit, junger Freund."

Sie kamen in einen Ort, an dessen einziger rissiger Straße sich links und rechts etwa ein Dutzend Holzhäuser reihten. Ein Saloon, eine Schmiede, ein Pferdestall. Ein Brunnen plätscherte. Es war kaum jemand auf der Straße. Trockenstadt, dachte Carl. Staubdorf. Er hätte Angst gehabt, hier ein Streichholz zu entzünden.

Vor dem Saloon stand eine Bank unter der Sonnenveranda, darauf lag ein Mann und hatte die Arme auf dem Bauch verschränkt.

„Sagen Sie, wie weit ist es noch nach Lexington?", fragte Carl.

„Keinen Meter", sagte der Mann.

„Das hier ist Lexington?"

„Gut gefolgert."

„Hier soll morgen eine politische Veranstaltung stattfinden. Ich bin Carl Schurz. Ich bin einer der Redner."

„Oho." Der Mann öffnete die Augen und setzte sich langsam auf. Er stopfte sich das Hemd in die Hose.

„Gehört Ihnen der Saloon? Kriegen wir bei Ihnen etwas zu essen? Eier mit Speck oder Bohnen?"

„Eier gibt's nicht. Speck ist aus. Ich hab recht frisches Brot und gesalzene Butter."

„Bier?"

„Ist aus."

„Kaffee?"

„Den mache ich Ihnen. Kommen Sie nur herein. Immer hereinspaziert."

„Sagen Sie, wie viele Leute werden denn hier morgen erwartet?"

„20. Na, vielleicht 30. Da ist dann auch mein Bierlieferant bei. So Gott will."

„Sie vermieten auch Zimmer? Ich brauche eines für mich und eines für den Jungen. Er fährt mich."

„Aber sicher doch. Der Junge könnte aber auch im Stall schlafen, oder?"

„Kann er nicht."

Carl holte seinen Koffer und sagte dem Jungen, er solle das Pferd zur Tränke führen.

„Wie heißt du eigentlich?“

„Paul.“

Carl füllte einen großen Trog Wasser am Brunnen und kaufte im Drugstore ein Stück Wurst, das, wie der Mann hinter dem Tresen sagte, noch keine drei Wochen alt sei. Es gab sogar Hartkäse und Lakritze. Carl trug alles in sein Zimmer und las im Bett das Redemanuskript. Am frühen Abend klopfte er bei Paul an.

„Ich war noch nie in einem Hotelzimmer, Sir“, sagte der Junge.

Carl wackelte mit der Whiskyflasche, die er beim Wirt erworben hatte.

„Wurst und Brot habe ich auch“, sagte er. „Ich wollte dich fragen, ob ich dir meine Rede vorlesen darf?“

„Mir?“

Nachdem Carl seine Rede vorgelesen hatte, fragte er Paul, was er davon halte. Der Junge hatte große Augen bekommen.

„Ich glaube, ich habe alles verstanden, Sir. Auch solche Sachen da mit diesen Gesetzen und Gesetzesüberträgen auf andere Staaten und so. Und den armen Negermenschen. Aber Zerreißprobe? Denken Sie, es gibt einen Krieg?“

„Ich war mal Revolutionär.“

„Sie?“

Carl erzählte von der verlorenen Revolution in Deutschland. Margot Werner erwähnte er nicht, das Blut nicht und den Rotwein, der ganz hell geworden war auf der Haut der armen Frau. Sie tranken Whisky und Wasser und schnitten Wurstscheiben. Carl hatte viele Bekannte: Redakteure, Musiker, Publizisten, Ingenieure, Politiker, aber dieser Junge hier war sein erster intensiver Kontakt zu einem ganz anderen Amerika.

„Was hast du vor, Paul? Mit deinem Leben hier in Amerika?“

Der Junge zuckte die Achseln. „Mal sehen“, sagte er.

„Du hast jede Menge Möglichkeiten. Mach was daraus.“

„Können Sie mir einen Job besorgen? Irgendwas? Ganz egal.“

„Wenn du mich zurückgefahren hast, werden sich unsere Wege trennen. Du wirst dein Leben führen, ich meins. Aber sei dir versichert, ich werde unsere gemeinsame Zeit nicht vergessen.“

Sein Gegenkandidat war nicht nach Lexington gekommen. Keiner wusste, wo der Mann abgeblieben war, niemand hatte ihn gesehen. Die etwa 50 Zuhörer klatschten brav, schüttelten Carl die Hand, sagten, sie würden Lincoln wählen und fragten den Saloonbetreiber, ob es funktioniert habe mit der Bierlieferung. Es hatte.

Von einer ganz in schwarz eingeschnürten Frau erfuhr Carl, dass gar nicht weit von hier noch so ein deutscher Einwanderer lebe. Sie seien wohl alle recht seltsam, diese Deutschen.

Carl stand mit Paul am Tresen. Er hatte den Jungen als seinen politischen Berater vorgestellt und Paul hatte ihm ins Ohr geflüstert, er werde an seiner Kleidung arbeiten.

Carl malte mit dem Zeigefinger Bäume in den Staub auf dem Tresen.

„Ich will dahin, Junge. Ich will kurz diesen Deutschen besuchen. Wäre schön, wenn du mitkämest."

Konnte das alles stimmen? Der Fluss, Lexington, die Begegnung mit dem verrückten Deutschen? Oder geriet ihm jetzt auch die Geographie durcheinander? War er mit Paul in Lexington gewesen? Er hatte immer noch den Revolver, seine Zettel und die drei Fotografien vor sich auf dem Schreibtisch liegen. Etwas Schwarzes wischte ihm über die Augen. Er kniff Tränen weg. Es wurde schlimmer. Es wurde verdammt noch mal schlimmer.

Sie ritten durch die Nachmittagssonne, die Landschaft wurde fruchtbarer und grüner, einige Hügel erhoben sich, an der Sonnenseite gesprenkelt mit winzigen Blumen, und ein Bach rauschte und die Berglinie am Horizont war blau in der Sonne.

Sie fanden die Farm des Auswanderers nach einer Stunde. Es war ein Blockhaus mit gemauertem Kamin und Gemüsebeeten direkt hinter dem Haus, einem Ziehbrunnen und einer Scheune, aus deren Tor Dunkelheit stach. Das flächige Himmelblau machte das alles zu einem Bild. Carl fühlte sich, als betrete er ein Gemälde.

Sie banden die Pferde an. Bevor Carl an die Tür klopfen konnte, wurde die aufgezogen. Er blickte in den Lauf einer Flinte.

„Wer da?"

Carl erstarrte, Ubstadt, Männer mit Löchern im Leib. Eine Kugel lauerte direkt vor seinem Gesicht. Paul stellte sich hinter Carl.

„Ein Geselle aus Deutschland", sagte Carl auf Deutsch. Seine Stimme war brüchig.

Die Tür öffnete sich weiter, Licht fiel auf einen mittelgroßen Mann mit langem Haar, er trug eine Art Morgenmantel.

„Carl Schurz."

Der Mann legte den Kopf zur Seite.

„Tatsächlich? Ja? Der Carl Schurz? Rastatt?"

„Ich war gerade in der Gegend und wollte einem deutschen Mann einen guten Tag wünschen."

„Wer ist der Grünschnabel?"

„Mein politischer Berater Paul."

Der Mann schaute kurz über die Schulter nach hinten, behielt die Flinte aber im Anschlag.

„Clara? Clara? Haben wir noch Kaffee?"

„Ich glaube, wir sind hier falsch, Sir", flüsterte Paul. Die Befürchtung war Carl auch schon gekommen.

„Wieso stehen Sie vor der Tür?"

„Sie haben uns noch nicht hereingebeten", sagte Carl.

„Beten? Ich hab aufgehört zu beten. Gott hat dieses Land verlassen. Falls er überhaupt je hier war." Der Mann senkte das Gewehr und näherte sein Gesicht dem von Carl bis auf wenige Zentimeter. Er roch nach Erde, Schweiß und Alter. Seine Haut war großporig und erinnerte Carl an die Gesichter von Soldaten im Kampf, wenn der Schwarzpulverdampf biss.

„Rein“, sagte der Mann. „Reinrein.“

Das Zimmer war klein, die Fenster staubgelb. An den Wänden hingen Felle und Waffen. Auf einem Schaukelstuhl saß eine Frau in dunklem Kleid mit dunkler Kappe. Sie starrte ihre gefalteten Hände an und rührte sich nicht.

„Es ist alles zu weit“, sagte der Mann. „Verstehen Sie. Weit. Wilde. Kein Ende.“

„Sir“, flüsterte Paul.

Der Mann hing sich die Flinte über die Schulter und setzte einen Topf auf den Ofen.

„Blut in Bächen. Frauen ohne Brüste. Männer ohne Schwanz. Oder, Clara?“

Die Frau rührte sich nicht.

„Sir“, flüsterte Paul.

„Ich will nach Deutschland. Aber die lassen uns hier nicht weg. Die sind überall. Keiner kommt hier weg.“

Carl beugte sich zu der Frau hinab. Sie atmete leise, eine lebende, bleiche Puppe.

„Nun, ich denke, wir belästigen Sie dann nicht weiter.“

„Sie wollten Kaffee, also trinken Sie Kaffee.“

„Nicht widersprechen, Sir“, flüsterte Paul.

Der Mann hantierte mit einer Kanne und einer Dose mit Kaffeepulver. Carl und Paul hatten sich keinen Zentimeter von der Stelle bewegt, seit sie die Hütte betreten hatten.

„Hier. Hier.“ Der Mann nahm einen fleckigen Lederbeutel von einem Haken in der Wand. Er griff hinein. Carl dachte erst, es sei der kleine Kadaver eines pechschwarzen Tieres. Aber irgendetwas stimmte da nicht, bis der Mann es baumeln ließ. Es war Menschenhaar. Es war ein Stück Kopfhaut mit Haar.

„Skaaalp."

„Gottverdammt", sagte Carl.

„Fluchen Sie, Schurz. Das ganze Land ist ein Fluch. Kaffee ist fertig."

„Wir müssten dann doch los", sagte Carl.

Der Mann nahm die Flinte von der Schulter.

„Kaffee trinken", sagte er.

Sie schwiegen lange als sie zurückritten. Irgendwann spuckte Paul aus.

„Was war das denn jetzt, Sir?"

Carl schüttelte den Kopf. Er war nassgeschwitzt, sein Herz hämmerte. Mit aller Macht unterdrückte er den Brechreiz.

„Sie haben mit mir so viel über Freiheit geredet, Sir", sagte Paul. „Und so ein Mann da jetzt? Was sagen Sie denn dazu?"

„Gute Frage, mein junger Freund."

„Also der hat nicht so ganz viele Möglichkeiten, Sir, tu ich mal sagen."

„Tu das, Paul. Wahrscheinlich liegst du damit ganz richtig."

13

Spanisches Intermezzo
Washington, Madrid, 1861

Carl stand Margarethe gegenüber vor dem Haus. Sie hielten Champagnergläser in der Hand.

„Lincoln hat die Wahl gewonnen“, sagte Carl. „Und wem hat er das zu verdanken?“

„Carl Schurz“, sagte Margarethe.

„Und wem noch?“

„Und Margarethe Schurz.“

„Genau“, sagte Carl, „und all den Menschen, die ihn gewählt haben.“

Sie stießen an. In Carls Gedanken klingelten Siegesglöckchen. Er war dabei gewesen, als Lincoln vereidigt wurde. Direkt an der Seite des Präsidenten. Aber schon während der Zeremonie, als Lincoln die Hand auf die speckige Bibel legte, hatte ein Schloss in Carl geknackt. Wenn er in all die strahlenden Gesichter sah, dann waren da so viele, vielleicht alle, die sich jetzt im Ruhme und Glanz Lincolns sonnen wollten und sich darüber definierten, Mitglied in Lincolns Partei zu sein und ab und an ein Wort mit ihm gewechselt zu haben. Mit mir nicht, dachte er, das nicht.

„Er weiß kaum, wie er mir danken soll, Marge. Er bietet mir einen Posten im Ausland an, Gesandter mit besonderen Vollmachten. St. Petersburg, Lissabon, irgendwas in Südamerika. Ganz groß.“

„Deutschland?"
„Als Ex-Revolutionär? Das wird noch nicht gehen."
Sie sah zu Boden. Er sah in den Himmel.

„Der Außenminister ist dagegen, dass Sie nach Spanien gehen, Mister Schörts", sagte Lincoln. Er schlug die Fingerspitzen aneinander.

Nervös hatte Carl ihn nie gesehen, aber die ersten Sezessionsbewegungen einiger Südstaaten, die Sache mit Fort Sumter, das alles war brandgefährlich.

„Am spanischen Hof geben sich gewichtige Diplomaten die Klinke in die Hand, Mister Schörts. Und sowohl Spanien als auch England und andere hegen tiefe Sympathien für die Interessen der Südstaaten. Wegen der günstigen Baumwolle. Ich könnte Sie und Ihre Rhetorik dort gut einsetzen. Aber der Außenminister sagt …"

„Vergessen Sie das einfach, Mister President. Ich übernehme den Posten in Madrid und werde erfolgreich sein."

„Mister Schörts, guter Freund. Ich kann nicht Unfrieden in meinem Kabinett stiften."

„Doch, Sir."

„Was ist denn los mit Ihnen?"

„Als Deutscher 48er werde ich von Beginn an eine provokante Figur in Europa sein. Ich werde gar nicht viel tun müssen, damit man mich hört, Sir. Ich bin da richtig. Soll ich packen?"

Carl erinnerte sich kaum an die diplomatischen Plänkeleien in Madrid. Er wusste noch, dass wegen seines überstürzten

Aufbruchs sein Beglaubigungsschreiben noch nicht eingetroffen war, als er der spanischen Königin vorgestellt wurde. Also hatte er sich von Mister Perry, in dessen Landhaus oberhalb von Madrid er residierte, den edelsten Briefumschlag geben lassen, der zu bekommen war. Dickes, elfenbeinfarbenes Papier mit goldenem Rand. Carl hatte eine Zeitungsseite geknickt und in den Umschlag gesteckt und den später der feudal hellen und schmalen Hand der Königin persönlich überreicht. Isabella sprach kein Englisch, er kein Spanisch und das war es.

Zur gleichen Zeit wie er trat auch der neue englische Gesandte seinen Posten an. Carl erzählte ihm noch während eines Banketts am selben Abend, dass es in den Vereinigten Staaten nicht vorwiegend um die politische Einheit der Union ging, sondern um die Sklavereifrage.

Es sei lange her, dass Amerika sich gegen das Empire erhoben habe und er, der englische Gesandte, könne sich wie jeder Engländer darauf berufen, dass es vorwiegend ehemalige Engländer waren, die sich gegen Britannien gestellt hatten, weshalb diese seltene Niederlage Englands vielleicht nicht so schwer wiege. Aber jetzt, hier und heute, würde es ihn doch sehr wundern, wollte sich eine Kulturnation wie England auf die Seite von Sklavenhaltern stellen. Obwohl das alles so nicht mit Lincoln abgesprochen war, war das seine Strategie, die er als Alleinherrscher in den heißen Sitzungssälen in Madrid verfolgte. Immer wieder, unablässig und mit Nachdruck auch jedem Reporter gegenüber.

„Aber Monsieur Schurz“, sagte der französische Abgesandte, als sie nach dem Essen auf dem großen Balkon des Königspalastes standen. „Ihr Präsident Lincoln hat nie gesagt, er wolle die Sklaverei abschaffen. Also kann ich Ihnen nicht ganz folgen."

Carl schob sich die Brille auf die Nasenspitze. „Er wird es sagen, Monsieur. Schon bald."

„Wieso sollte er das tun, Monsieur?"

„Weil ich es ihm schon mehrmals depeschiert habe und es weiterhin tun werde."

„Und der Präsident der Vereinigten Staaten hört auf Sie?"

Das war eine gute Frage. Carl sah in die mit Fackeln beleuchteten Gärten des Palastes hinab.

„Nun, Sire, ich würde sagen: Ja."

„Sie erstaunen mich ein wenig, Monsieur Schurz."

„Ich bin auch erstaunt", sagte Carl.

„Worüber, Monsieur?"

„Über die Leistungen, die die Gärtner in dieser Hitze hier vollbringen. Wirklich beeindruckend. Finden Sie nicht?"

„Ich habe ein Gespenst gesehen, Señor Schurz. Ein Gespenst. Gott steh uns bei."

Die Frau schloss die Augen und legte sich die Fingerspitzen an die gepeinigte Stirn. Nachdem sie im Flur ohnmächtig zusammengebrochen war, hatte Carl sie auf ein Canapé gebettet. Er tupfte ihr das Gesicht mit einem kühlen feuchten Tuch ab.

„Das war eine Sinnestäuschung, gnädige Frau. Sorgen Sie sich nicht."

„Es hat mich angepackt. Am Arm, Señor Schurz. Guter Señor Carl Schurz. Es hat mich angepackt."

„Sie sind mit dem Ärmel an der Türklinke hängengeblieben, Señora Perry."

„Wieso glauben Sie mir nicht?"

Die schöne Señora Perry war eine aufgeklärte Frau. Gegnerin des Stierkampfs, politisch gebildet, interessiert und durchaus angetan vom amerikanischen Patriotismus ihres Mannes, dem Abgesandten. Carl war das alles schnell suspekt geworden. Als Sonderbotschafter wohnte er am Rande Madrids im Hause der Perrys. Margarethe war nicht mitgekommen. Ihr sei Spanien zu heiß, das bekomme ihr nicht, hatte sie gesagt. Señora Perry hingegen weinte schon wegen der Tatsache, dass auch in Madrid hin und wieder in den Wintermonaten Schnee fiel. „Ich will immer Sonne", sagte sie oft. Ihr Mann – „Ein unverbesserlicher Amerikaner, Señor Schurz" – wollte mit ihr nach Amerika zurück, gerade jetzt, da der Bürgerkrieg ausgebrochen war. Die schöne Spanierin allerdings wickelte ihn um den Finger.

„Es war der Geist meines Vaters", sagte sie. Sie richtete sich auf und bat ihn, sich neben sie zu setzten.

„Ich werde nie mit meinem Mann nach Amerika gehen. Sie wissen das, nicht wahr? Sie sind ein guter Mann. Sie haben in Deutschland für die Freiheit gekämpft. Und nun leben Sie in diesem unsäglichen Land jenseits des Ozeans. Und beides ist falsch. Sie glauben nicht an Gespenster? Selbst wenn eines mir an den Arm gepackt hat?"

Carl konnte nicht folgen.

„Sie sind so klug, Señor Schurz. So gebildet. Der Mensch braucht Ordnung, die Gesellschaft braucht Ordnung und eine starke Hand. Ihr Deutschland wäre untergegangen, hätten Sie damals gewonnen. Der Mensch braucht eine Hierarchie. Wollen Sie mir ernsthaft sagen, dass all die Bauern und Handwerker und andere kleine Leute im heiligen Spanien wählen gehen sollen? Demokratie? In Ihrem Amerika, Señor Schurz, geht das Gespenst der Freiheit um. Es wird Sie alle vernichten. Menschen sind nicht für Freiheit gemacht. Es wird in Chaos und Elend enden. Es wird ein Blutvergießen. Irgendwann, Señor Schurz, wird Amerika einer der erbärmlichsten Staaten von allen sein. Gehen Sie nicht zurück."

Wie kam die Gute auf all das? Warum erzählte Sie ihm das?

„Sie glauben an Gespenster, Señor Schurz. Sie wissen es nur nicht. Ich bin eine gepeinigte Frau. Geleiten Sie mich bitte in meine Gemächer. Ich brauche eine Stütze und eine starke Hand."

„Selbstverständlich", sagte Carl.

Señora Perry hakte sich bei ihm ein, sie ging langsam und stellte ihr schweres Schicksal mit jedem zögernden Schritt aus. Gottverdammt, dachte Carl.

„Sie sind noch gar nicht lange hier, Señor Schurz. Und nun wollen Sie unbedingt nach Amerika zurück. Warum denn nur?"

„Es ist Krieg. Da muss ich hin."

„Und schwenkte die Fahne im Rauch", sagte Señora Perry. Carl sah auf sie hinab. Ja, dachte er. In Deutschland hatte er verloren. Das würde ihm nicht noch einmal passieren.

„Der Ozean der Freiheit ist dazu da, ihn zu überqueren, nicht auf ihm zu verweilen, guter Señor Schurz."

„Ah, ja", sagte Carl.

14

Ansätze, Bruchstücke und Hühnchenschenkel
New York City, 1901

Carl saß auf seiner Bank im Battery Park, als sein Sohn Carl Lincoln aus seiner Anwaltskanzlei zum mittäglichen Treffen kam und seinen Sommermantel über die Lehne der Bank warf. „Du bist immer zuerst hier, Dad", sagte er. „Kandiertes Obst. Und das Fernglas, um das du mich gebeten hast. Weil du deins nicht mehr findest. Alter Strohkopf."

„Ich habe vergessen, wo ich es hingetan habe", sagte Carl. Kaum hatte er das ausgesprochen, wurde ihm die Tragweite der Aussage bewusst. Er fluchte leise. Die Hand seines Sohnes auf der Schulter zu spüren, war wie ein Hauch aus dem Paradies.

Carl sah über das Wasser zu Lady Liberty. In diesem Moment war sie grau.

Carl Lincoln klopfte auf seine Aktentasche. „Deine Autobiografie, Dad. Ich will ja nichts sagen, aber hast du Kinder?"

„Was soll das denn jetzt?"

„Na ja, verstehe mich jetzt nicht falsch, aber ich komme mir ein wenig vernachlässigt vor. Marianne auch. Agathe nicht, die hält immer noch alles was du machst für unantastbar. Im Laufe der Jahre habe ich begonnen, hinter deine Worte zu schauen. Ich hätte erwartet, dass du hier", er klopfte wieder auf die Tasche, „dass du hier weitergehst."

Carl nahm den Strohhut ab. Er blinzelte.

„Es ist ein Versuch", sagte er. „Vielleicht wollte ich nicht über mich und die Familie schreiben. Nicht über Margarethe."

„Du schreibst über die Leichenberge bei Gettysburg. Ziemlich ausführlich, ziemlich schrecklich. Über Mamas Tod fast kein Wort."

„In so einem Leben kommen viele Dinge zusammen, die gar nicht zueinander passen", sagte Carl.

„Meine Herren." Mark Twain setzte sich zu ihnen. Heute trug er einen hellgrauen Anzug und eine rosafarbene Weste. Carl war heilfroh, dass der Freund das Gespräch zwischen ihm und Carl Lincoln unterbrochen hatte.

„Willst du eigentlich, dass man erblindet, wenn man dich ansieht?", fragte Carl.

„Dann wäre ich das Letzte, was der Betrachter gesehen hätte. Und bevor du fragst, was ich mitgebracht habe." Er griff in sein rosafarbenes Handtäschchen und zog eine Flasche hervor. „Whisky."

„Kann ich brauchen", sagte Carl. „Ich werde hier schon wieder kritisiert."

„Verstehe ich", sagte Twain.

„Dad soll auf jeden Fall schreiben", sagte Carl Lincoln. „Nur anders."

„Das Wörtchen ‚anders' benutzt immer der, der nicht weiß, wie", sagte Carl.

„Rückschlagkapazitäten deines Vaters", sagte Twain. „Der braucht das. Hat er immer."

„Die Männer werden ein wenig zusammenrücken müssen für eine Dame." Marianne stand vor ihnen. Sie hob einen Korb an.

„Hühnchenschenkel", sagte sie.

„Ist das nicht alles ganz wundervoll", sagte Carl. Marianne setzte sich neben ihn und er legte einen Arm um die Schultern seiner Tochter. Mein Gott, die Kinder, dachte er.

„Kommt Agathe auch?", fragte Marianne.

„Sie bereitet Essen für den Abend vor. Ich bekomme Journalistenbesuch."

Sie ließen zuerst die Hühnchenschenkel herumgehen, Marianne hatte für jeden eine dicke Serviette mitgebracht. Twain zog mit den Zähnen den Korken aus der Whiskyflasche und spuckte ihn auf die Promenade. Einige Passanten sahen ihn an.

„Was denn, was denn?" Er nahm einen großen Schluck und reichte Carl Lincoln die Flasche.

„Im Gegensatz zu dir muss ich gleich noch arbeiten, Mark."

„Geht damit vielleicht besser."

Carl Lincoln gab die Flasche an seinen Vater weiter. Carl nahm einen Schluck und wackelte dann mit der Flasche vor Mariannes Gesicht.

„Erst wenn Mama häufiger in deinem Manuskript erscheint", sagte sie. Welche Bedeutung seine Autobiografie bekommen hatte. Es waren die Kinder gewesen – Agathe, Marianne und Carl Lincoln – die ihn gedrängt hatten, seine Lebensgeschichte aufzuschreiben. Sie hätten im Laufe der Jahre so viele Geschichte von und über ihn gehört, dass sie ganz begierig seien, das alles einmal in Komplettform nachlesen zu können. Er hatte sich lange geweigert. Er hatte oft mit Mark darüber geredet, bis der irgendwann beim Essen sagte, er habe die Nase voll von dem ewigen Gerede und ihm einen Stift entgegengestreckt hatte. Er solle machen und aufhören zu lamentieren.

„Mir kommen so seltsame Dinge in den Kopf", sagte Carl. „Skalps, ein Junge namens Paul, eine Frau, die ein Gespenst gesehen hat."

„Die Gespensterseherin hast du erwähnt", sagte Carl Lincoln. „Ich habe weitergelesen. Ein Junge namens Paul ist mir allerdings nicht untergekommen. Und Skalps – Gott bewahre."

„Lass Gott raus", sagten Carl und Mark Twain unisono. Sie sahen sich an. Was war da jetzt alles in diesem Blick alter Männer? Erfahrung? Sehnsucht? Immer noch Sehnsucht? Wissen? Was sah Twain in seinen Augen, was er in denen des Freundes? Ein Verstehen? Twain und er waren nicht immer einer Meinung, das wäre für eine Freundschaft tödlich gewesen. Dennoch verspürte Carl ein Band zwischen ihnen, wie sie sich gebeugt vor den Kindern anschauten. Gab es den zentralen Punkt in einem Leben? Den Pol? Das Eine? Wenn Carl Lincoln mit seiner Erwähnung Gottes Liebe und Menschlichkeit meinte, lag er dann richtig? Carl hatte so viel Unmenschliches gesehen. Er war in der Hölle gewesen, in der menschgemachten Hölle, wo kleine Jungs getötet wurden und Frauen geschändet. Er hatte so viel Abwesenheit von Liebe und Menschlichkeit erlebt – er war daran beteiligt gewesen, er hatte es gewollt. Auf seine alten Tage hatte er gehofft, mehr Ruhe zu finden. Als er dann begann, seine Lebensgeschichte niederzuschreiben, war alles immer mehr durcheinandergeraten und seine Gedanken sprangen durch Zeit und Ereignisse wie er junge Pferde auf Weiden in Wyoming hatte springen sehen. Und dann hatte er versucht, mit dem Stift Ordnung zu schaffen.

Marianne klopfte ihm auf den Schenkel. Sie wollte den Platz mit ihm tauschen und sich zu Twain und Carl Lincoln setzen, weil die ein Gespräch über die Suffragetten und das Frauenwahlrecht begonnen hatten. „Dazu habe ich ja wohl ein wenig mehr zu sagen", meinte sie.

Er nahm das Fernglas vor die Augen. Zuerst sah er nur den Dampf einer Personenfähre. Dann kletterte sein genäherter Blick an Lady Liberty hinauf.

Sie zwinkerte.

Carl nahm das Glas weg, rieb sich die Augen und setzte es wieder an. Hatte die Freiheitsstatur ihn angezwinkert?

Er legte das Glas in den Schoß, er hörte die andern reden, hörte das „Nein, nein, nein" von Marianne.

„Sag mal, Sohn, ist mit diesem Fernglas alles in Ordnung?", fragte er.

„Ja klar. Es bringt dir die Dinge näher. Das ist die Natur eines Fernglases."

„Es bringt mir Dinge näher?"

Marianne, Carl Lincoln und Twain sahen ihn an.

„Auf dieser Bank hier", sagte Carl, „bin ich kürzlich von zwei Männern belästigt worden. Böswillige Kerle. Meine Zeit sei vorbei. Ich sei ein Dinosaurier. Früher wurden Reden von mir millionenfach im ganzen Land verteilt. Wenn ich heute etwas publiziere, stehen sofort dutzende von Leuten parat, die mich in die Pfanne hauen."

Er stand auf und ballte die Fäuste. Er wäre jetzt gerne ein junger Mann voller Energie gewesen. „Das Elend mit den Indianern. Der Kampf um die Wälder. Dieses ganze erbarmungswürdige Desaster nicht nur im, sondern auch nach dem Krieg. Die neue Zeit mit dem amerikanischen Expansionsdrang. Dieser ganze gottverfluchte Scheißdreck – verzeiht bitte die Ausdrucksweise. Mit Lincoln hätte es das nicht gegeben. Und was war passiert? Ein Schauspieler. Ein fanatischer Anhänger der Südstaatler schießt ihm in den Kopf. John Wilkes Booth. Im Ford's Theater in Washington. Ich habe so getobt."

„Das steht nicht in deinem Buch, Daddy", sagte Marianne. Carl streckte die Hand aus. Twain gab ihm die Flasche.

„Nichts", sagte Carl, „überhaupt nichts ist vorauszusehen oder planbar. Man kann eine Richtung einschlagen, sollte man wahrscheinlich auch, aber es fliegen so viele Kugeln durch die Luft … Mich hat es immer schockiert, dass das so plötzlich gehen kann. Es ist oft so unheimlich plötzlich geschehen."

15

Vielleicht das letzte Mal
Watertown, 1862

Der Präsident der Vereinigten Staaten war versessen auf Carls Frau. Carl setzte sich im Bett auf und zog sich das Kopfkissen in den Rücken. Die Vorhänge vor dem Schlafzimmerfenster waren zugezogen, Regen klatschte gegen die Fensterscheiben. Im Kamin knisterte ein Feuer, die Glut hatte die Farbe der untergehenden Sonne. Wie so oft war Margarethe Minuten nach dem Geschlechtsverkehr aufgestanden, hatte ein Kissen mitgenommen und sich Carl gegenüber in den Sessel gesetzt.

„Findest du, dass er gut aussieht?" fragte Carl. „Der Präsident?"

„Abraham Lincoln? Etwas schiefes Gesicht. Markant, würde ich sagen."

„Markant. Soso."

„Carl, mein Lieber. Du wirst doch nicht eifersüchtig sein? Ich habe so ein Gefühl. Ganz klein." Margarethe hielt die Spitzen von Daumen und Zeigefinger etwa einen Zentimeter auseinander. „Gestehst du dir das wieder nicht zu? Du schreibst so viel auf, hältst umjubelte Reden, aber so ganz der Wahrheit entspricht das alles nicht, oder?"

„Doch. Natürlich."

„Die wirkliche Wahrheit, Carl, die sitzt hier." Margarethe legte sich eine Hand auf die linke Brust. Zwischen ihren Fingern konnte er die dunkle Spitze der Brustwarze sehen. Margarethe hob die Brauen, als sie seinen Blick bemerkte.

„Ihr Männer braucht immer länger dafür", sagte sie. „Für die Wahrheit des Herzens. Also dafür, sie auszudrücken."

„Ich habe dir zuerst gesagt, dass ich mich unsterblich in dich verliebt habe."

Sie lehnte sich zurück und verschränkte die Hände hinter dem Kopf.

„Mein Gott, welch ein Anblick", sagte Carl.

„Ist schön, dass du mich so gerne ansiehst."

„Siehst du mich denn auch gerne an?"

„Du bist weitaus attraktiver als Abraham Lincoln. Er ist noch größer als du. Und dann trägt er immer diesen Zylinder. Der macht schon was her."

„Ma - arge!"

„Charly - ie."

„Na ja", sagte er, „ohne den Revolutionskrieg damals in Deutschland hätten wir uns nie kennengelernt."

„Ach Charly, das weiß man nicht. Vielleicht doch."

„Stimmt auch wieder. Ich musste dir begegnen. In London."

„Und jetzt sind wir hier. Und du bist mit Abraham Lincoln befreundet. Alle Achtung, mein Mann."

„Und du hast den ersten Kindergarten in den Staaten geründet. Alle Achtung, meine Frau. Respekt."

„Ich darf gar nicht daran denken, dass du …"

„Manchmal geht es nur mit Gewalt", sagte Carl.

„Falsch. Falsch, falsch, falsch. Ich mag es nicht, wenn du das sagst, Carl."

Das wusste er. Vielleicht mochte er es selbst nicht, vielleicht wollte er es nicht wahrhaben, aber tief in ihm lauerte diese Überzeugung. Krach, Schüsse, Fahnen, Blut. Er hatte es nie bereut, 1848 in Deutschland auf die Barrikaden gegangen zu sein und die Revolution gegen die Obrigkeit auszufechten, trotz des Leids und Elends. Er war davongekommen, spektakulär geradezu. Hatte sich später nach Deutschland zurückgeschlichen und seinen alten Freund Kinkel aus der Festungshaft befreit. Es war richtig gewesen. Alles. Die Toten, die Eingesperrten, die Tränen. Richtigkeit war absurd. Manchmal hatte er Angst vor sich. Und ihm war klar, jetzt hier in Amerika würden solche Massen an Menschen aufeinanderprallen, dass das alles in einem Massaker enden musste.

Er hatte Lust, eine seiner Zigarren zu rauchen. Aber Margarethe mochte es nicht, wenn er das im Bett tat. Sie wirkte so schön und verletzlich wie sie da nackt im Sessel saß, das dicke schwarze Haar offen. Das graue Licht des aufziehenden Gewitters legte einen Glanzstreifen auf ihren Kieferknochen, den Nasenrücken und die Außenseite der Brust.

„Du willst eine Zigarre rauchen", sagte Margarethe.

„Herrgott, Marge, woher weißt du das jetzt?"

„Ich kenne dich besser, als du mich. Es ist nicht schlimm, Carl. Es ist nicht schlimm."

„Ich will dir unbedingt ein guter Mann sein."

„Ich weiß."

Warum hatte sie jetzt nicht „Bist du“ gesagt? Hätte sie doch machen können.

„Ich habe Angst, Carl.“

Er stand auf, ging zu ihr und bettete den Kopf auf ihre warmen Schenkel. Er legte eine Hand an Margarethes Wange, die andere auf ihre Brust. Sie hatten das Thema lange unterdrückt, ein stilles Einvernehmen zwischen ihnen, aber mit jedem Prasselschlag des Regens vor die Fenster hatte der Krieg seinen Namen geschrien.

„Ich habe auch Angst“, sagte er. „Lincoln und ich und die anderen – wir wollten diesen Krieg nicht.“ Er kicherte. „Lincoln würde dich vom Fleck weg heiraten.“

„Das hat er dir aber nicht gesagt.“

„Nicht direkt. Aber er war mir gegenüber voller Komplimente für dich, massiv sogar. Ist dir aufgefallen, wie er dich angesehen hat?“

„Natürlich.“ Margarethe lachte. Er spürte ihre Hände in seinem Haar.

„Was soll ich denn machen, wenn …“

„Nicht, Marge. Nicht. Mir passiert nichts.“

„Und die Mädchen.“

„Marge, nicht. Bitte. Es wird alles gutgehen. Ich komme zurück.“

Er ging zum Kamin und legte einen Holzscheit nach, seine Hände und Unterarme wurden warm. Margarethe legte sich wieder ins Bett, sie breitete die Arme aus, ihr Haar wie eine schwarze Flut unter ihrem Kopf, die Augen schwarz und tränennass.

„Kann ich dich irgendwie abhalten?“, fragte sie.

Könntest du doch bloß, dachte er.

„Wir werden siegen. Du und ich, wir werden an diesem Sieg beteiligt sein."

„Komm zu mir, mein Mann. Es ist vielleicht das letzte Mal."

Er legte sich zu ihr, eine Hand in ihrem Nacken, eine auf ihrem Rücken, er drückte sie fest an sich, sie war ganz still, aber er spürte, dass sie weinte. Er rieb sich über die Augen, presste Margarethe aber sofort wieder fest an sich, damit sie ihm nicht ins Gesicht schauen konnte.

„Was macht dieses Land mit uns, Carl?"

Hör bitte auf, Liebste, dachte Carl.

„Wie willst du dich von den Mädchen verabschieden?"

„Weiß nicht", sagte er. Margarethe drücke ihn an den Schultern fort. Sie starrte ihn an.

„Du kommst heil zurück. Ist das klar, Carl Schurz."

„Yes, Ma'm."

Er stand vor dem Spiegel. Dunkelblaue Uniform, glänzende Knöpfe, Lederzeug, rechts Revolver, links Säbel, Reiterstiefel. Er schwang sich den fellbesetzten Umhang über die Schultern und zog die Handschuhe an.

Im Wohnzimmer warteten sie alle auf ihn. Margarethe mit den Mädchen, seine Eltern, Freunde und Bekannte. Am liebsten wäre er aus dem Fenster in den Regen geklettert, auf sein Pferd gesprungen und davon galoppiert. Jetzt in diesem Moment hatte er mehr Angst vor all dem Kummer in seinem Haus als vor dem Krieg.

In sein Haar zogen sich erste graue Strähnen, der Bart

war schwarz. Sehr hager war er, hoch aufgeschossen, bebrillt. Er zog den Revolver und steckte ihn wieder weg, er zog den Säbel und steckte ihn wieder weg. Vielleicht ein letztes Mal. Er ging zu den anderen.

Seine Tochter Agathe sagte gar nichts, starrte ihm nur unablässig in die Augen. Marianne legte ihre kleinen Hände um seine und versuchte fest zuzudrücken. Ihre kindliche Schwäche trieb Carl die Tränen in die Augen.

Er stammelte. Der große Redner fand keine Worte im Kinderzimmer mit all dem Spielzeug und der Schaukel, die er an die Decke montiert hatte. Ein Stoffhase saß auf der Schaukel.

„Du musst mich jetzt loslassen, Marianne", sagte er.

Sie ließ nicht los.

„Ich muss jetzt gehen."

Sie ließ nicht los.

Carl sah sich um. Margarethe stand in der Zimmertür.

„Ich schaffe es nicht", sagte Carl. Margarethe löste Mariannes Hände von seinen, ganz still, ganz liebevoll und sachte.

„Geh, Carl. Geh", sagte sie.

16

Friedhofshügel
Pennsylvania, 1863

Der Briefumschlag war verdreckt und roch nach Erde.

Carl setzte sich in den Klappstuhl. Holz knackte, Carl sackte ab und konnte sich gerade noch durch eine Kniebeuge davor retten, auf dem feuchten Boden zu landen. Er trat den Stuhl kaputt und schob die Hölzer als Brennmaterial an den Zeltrand. Er setzte sich auf das Feldbett und zündete sich eine Zigarre an. Kinkel stand als Absender mit weit geschwungenem K auf dem Papier. Der letzte Fingerhut Whisky, den er noch hatte, würde er seinem alten Freund widmen. Die Zeltplanen hingen regenschwer durch, aber hier und da breiteten sich trockene Flecken aus, helle Inseln, die ihn hoffen ließen. Sein Magen knurrte.

Er zog das Messer aus dem Gürtel und schlitzte den Umschlag auf.

„Mein lieber Freund Carl …“

Kinkel bedauerte, dass Amerika nun von einem Bürgerkrieg zerrissen wurde. Er sei sich sicher, man habe auf Seiten der Nordstaaten – vielleicht auch auf denen der Südstaaten, er wisse es nicht – alles dafür getan, eine militärische Auseinandersetzung zu verhindern und dass Carl sich bestimmt mit aller Kraft daran beteiligt habe. Doch jetzt sei es wieder so weit. Manchmal denke er, der Krieg sei schon in der Welt gewesen, bevor es den Menschen gab. Er denke nicht viel über diese Themen nach, da gäbe es fähigere Köpfe als ihn, auch bereite es ihm keine Freude, sich mit dem Krieg zu beschäftigen, wo es doch die Liebe und die Künste gab. Aber es erscheine ihm doch seltsam absurd, dass die Gewalt der Sklavenhalterstaaten nun mit Gewalt bekämpft werde.

„Kann das überhaupt gelingen, lieber Carl? Ist das überhaupt möglich?

Aber was ich Ihnen eigentlich schreiben wollte, jetzt, da ich weiß, dass Sie wieder im Kampf stehen müssen – in einem Kampf für Freiheit: Seit ich damals im Gefängnis saß, Carl, dem Gefängnis, aus dem Sie mich befreit haben, seitdem hat sich mein Gefühl von Freiheit grundlegend verändert. In Deutschland kämpften wir für etwas, das jeder Mensch auf seine eigene Art als etwas ‚Großes' bezeichnen konnte. Im Gefängnis wurde die Freiheit ganz klein, Carl. Sie war eine Handvoll. Dankbarkeit wurde zu einer Form von Freiheit.

Hier halte ich beim Schreiben inne – ich muss doch lachen, Carl, jetzt da ich mich daran erinnere, wie ich, nicht sonderlich elegant, am Seil aus dem Fenster kletterte und Sie mich in der Dunkelheit empfingen. ‚Guten Abend, Herr Professor.' Das waren Ihre Worte. In Ihrem jungen Gesicht lag so viel Freude und Stolz und Abenteuerlust und trotz aller lauernden Gefahren war das doch ein Moment größten und positivsten Übermutes. Ein Moment der Unverletzlichkeit, so empfand ich das.

Ich wünsche Ihnen solche Momente. Passen Sie um Himmels Willen gut auf sich auf. Bleiben Sie gesund und unversehrt.

Eine Handvoll, junger Freund, eine Handvoll. Und Dankbarkeit.

In ewiger Freundschaft,
aus London,

Ihr Kinkel"

Eine Handvoll und Dankbarkeit, dachte Carl. Was meinte der Professor damit? Welch brillanter Rhetoriker Kinkel auch war, manchmal drückte er sich arg kryptisch aus. Als wolle er etwas verbergen. Zertrümmerte Schädel, Vergewaltigte, Krüppel, Menschen, die irrsinnig geworden waren ob dessen, was sie jeden Tag fabrizierten.

Er legte Kinkels Brief auf den Tisch und wärmte sich die Hände über der Kerzenflamme. Für Margarethe lagen zwölf Briefe bereit, die er demnächst dem Boten übergeben würde. Hoffentlich kommen die überhaupt an, dachte er. In all dem Chaos konnte das kein Mensch wissen.

Er stellte sich gerne vor, wie Margarethe daheim im Wohnzimmer saß oder im Bett lag, die Bögen auffaltete und seine Worte las. Manche Briefe waren an sie und die Kinder adressiert. Er wollte den Mädchen nicht schreiben, was hier los war, das war verheerend für Kinderseelen, für Erwachsenenseelen auch. Er schrieb den Kindern viel über Pferde und grandiose Landschaften. Die Briefe aber, auf denen nur Margarethes Name stand, durften und sollten auch nur von ihr gelesen werden. Vielleicht formten ihre Lippen seine Worte nach, vielleicht legte sie manchmal eine Hand an ihre Wange und dachte, es sei seine. Wie viel schwerer Worte für Liebe zu finden waren als für Krieg oder Politik.

Es bereitet Carl Freude, Schmerz und Sehnsucht, wenn er Margarethes Namen schrieb. Als wolle er Schwung holen, machte er den ersten M-Strich immer ganz lang, einem Pfeil gleich schoss der Stift nach oben und dann folgten die Wellenlinien des langen Namens seiner Frau.

Er traf sich vor dem Zelt des Generals mit anderen Offizieren. Sie studierten Landkarten und diskutierten die letzten Meldungen von Feindbewegungen. Carl schnupperte und wedelte mit der Hand, um die Luft zu spüren. Das Wetter würde besser werden.

„Alles in Ordnung mit Ihnen, Schörts?“, fragte der General.

„Ich kann unsere Niederlagen nicht vergessen, Sir. Die deutschen Freiwilligen sind zutiefst beleidigt worden. Man hat uns das Desaster von Chancellorsville angehängt, Sir. Das ist unerhört. Die Fehler wurden woanders gemacht.“

„Jetzt kommen Sie doch nicht wieder mit dieser Geschichte. Also.“ Der General tippte auf die Landkarte. „Irgendwo hier sollen Lees Truppen gesichtet worden sein.“

Später saß Carl mit Anneke vor seinem Zelt. Bei Rastatt war Anneke noch sein Vorgesetzter gewesen und hatte Carl, ob er wollte oder nicht, mit seiner Ruhe und seiner Gattin beeindruckt. Jetzt war Anneke rangniedriger als Carl.

„Schon seltsam, oder, Herr Schurz, dass wir jetzt hier sitzen. Ich darf doch, so unter uns, Herr Schurz sagen?"

„Ist schön, dass mal wieder zu hören. Herr Anneke."

„Die können hier alle kein U, nicht wahr?"

„Wie in Utopie? Kaum einer unserer amerikanischen Freude. Gestatten: Schörts."

„Gestatten: Änniky."

Sie lachten.

„Zwei Kriege in einem Leben", sagte Anneke, „das ist einfach zu viel."

Carl wusste darauf nichts zu sagen, vielleicht wusste er auch ganz viel dazu zu sagen, er war sich nicht sicher.

„Es wird gut werden", sagte er.

„Wie viele Männer sind unter Ihrem Kommando gefallen, Herr Schurz?"

„Fragen Sie nicht, Anneke, fragen Sie nicht."

„Chancellorsville?"

Müller, Meyer, Sacher, Fortriebe, Trebe, Hofmeier, Alberts, Hansen, Jüst, die Brüder Hofreiter, Mannheim, Stockhausen, Breitner, Breitenbach, Ritterbach, Krone, Schmidt, und das waren nur die deutschen Namen.

„Wissen Sie", sagte Carl, „ich versuche manchmal, das alles aufzuschreiben. Aber wie soll man solch ein Massaker zu Papier bringen? Ich meine, auch mit dem, was da im Geiste abläuft, in den Gedanken und Gefühlen. Wie?"

„Keine Ahnung", sagte Anneke. „Ich habe mich hier irgendwo verloren."

Bull Run, Fredericksburg, Chancellorsville. Alles getan, immer bereit, die Angst niedergezwungen, hungrig, durstig, dreckig, vollkommen übermüdet, hunderte Männer in den Tod geschickt und immer verloren. Chancellorsville – sie waren beinahe komplett eingekesselt worden. Von allen Seiten flogen die Bleikugeln auf ihn zu, von überall näherten sich Bajonette und Säbel und Geschrei. Wie war er da eigentlich wieder rausgekommen? Einer seiner Männer, die Hose durchtränkt von Urin, hatte ihm ins Gesicht geschrien, was sie denn jetzt tun sollten. Und dann war sein Kopf von beiden Seiten gleichzeitig von Kugeln getroffen worden.

„Ich habe General Hooker gedrängt, die rechte Flanke zu schließen. Ich habe ihm gesagt, Lee ziehe sich nicht zurück, der gruppiere um, weil er uns angreifen wollte. Ich habe es Hooker gesagt. Der hat mich angemeckert. Kann man sich das vorstellen?"

„Ich singe manchmal", sagte Anneke. „Wenn ich Angst habe. Dann singe ich. Dieser Krieg hier macht mir viel mehr Angst als der damals in Deutschland. Verlieren wir?"

„Das dürfen wir nicht", sagte Carl. „Wenn das hier verloren wird, was dann, Anneke? Wohin dann? Seit Lincoln endlich die Emanzipations-Proklamation öffentlich gemacht hat, ist dieser Krieg ein klarer Anti-Sklaverei-Krieg. Immerhin hat das den Südstaatensympathisanten in England und Kontinentaleuropa ziemlich den Zahn gezogen."

„Sie haben maßgeblich Einfluss darauf gehabt, nicht wahr? Spanien und so?"

„Ja. Aber der Präsident wird von allen Seiten schwer

angegangen. Er sei zögerlich, er solle dem Süden mehr Zugeständnisse machen. Wir brauchen einen entscheidenden Sieg, Anneke. Bei Antietam hätte es gelingen können, wenn nicht wieder gezögert worden wäre."

Anneke lachte. „Ich erinnere mich gut, dass Sie damals in Deutschland schon nicht gerade fürs Zögern bekannt waren. Ich glaube, ich habe Sie mal ziemlich zusammengestaucht."

Das glaube ich auch, dachte Carl. Anneke kicherte. Carl sah ihn an, diese ständig hochgezogenen Augenbrauen ärgerten ihn. Anneke hörte auf zu kichern.

Carls Bursche Hans kam auf sie zu und schwenkte einen Leinenbeutel.

„Schinken, Herr Generalmajor", sagte er.

„Ich frage jetzt nicht, woher Sie den haben", sagte Carl. „Seien Sie so nett und schneiden Sie uns davon auf. Und nehmen Sie sich ein ordentliches Stück."

„Das hätte ich sowieso getan, Herr Generalmajor." Hans verschwand in Carls Zelt, sie hörten ihn ein Lied pfeifen.

„Ist bekannt wie ein bunter Hund, Ihr Bursche, Herr Schurz", sagte Anneke.

„Cleveres Kerlchen. Frisst sich zu dick für den Militärdienst und hat ein ungeheures Organisationstalent. Der hat schon in den unmöglichsten Momenten plötzlich was zu essen aufgetrieben. So eine Art Falstaff."

„Oder Sancho Panza an der Seite von General Schurz?"

„Kämpfe ich gegen Windmühlen, Anneke?"

Anneke sah ihn an, sagte aber nichts. Er zündete sich einen Zigarrenstummel an.

„Sie haben es weit gebracht, Herr Schurz. Generalmajor. Vertrauter von Lincoln. Beachtlicher Redner."

Das war alles richtig, dachte Carl. Er hätte sich geschmeichelt fühlen können, dennoch behagte es ihm nicht, Anneke so reden zu hören.

„Wie geht es Ihrer famosen Gattin, Herr Anneke?"

„Mathilde Franziska? Ist sehr engagiert für Frauenrechte. Arbeitet journalistisch."

Anneke zwirbelte sich die tiefhängenden Spitzen des Schnurrbarts. „Ist schwierig", sagte er und bohrte den Zigarrenstummel mit dem Absatz in die Wiese.

„In Deutschland war klar, wofür wir gekämpft haben."

„Sie haben vorwiegend Rückzug befohlen, Anneke. Und klar ist das hier auch. Grüßen Sie Ihre Gattin von mir."

Anneke stand auf. „Meine Frau hat mich verlassen", sagte er. „Amerika hat sie auf die Idee gebracht, dass die Ehe zu eng sei. Nun, auch wenn Sie es nicht glauben, es hat mich gefreut, Sie wiedergesehen zu haben, Herr Schurz. Viel Glück."

„Ihnen auch."

Hans brachte ihm ein Holzbrett voller Scheiben bordeauxroten Schinkens. Welch ein Glück, dachte Carl. Er spürte ein Kribbeln im Hals. Sein Magen frohlockte. Im selben Moment trat ein Ordonanzoffizier an ihn heran und salutierte.

„Sie möchten zum General kommen, Herr Generalmajor. Es sieht so aus, als wüssten wir, wohin Lee unterwegs ist, Sir."

Carl sprang auf. Er stopfte sich ein paar Stücke Schinken in den Mund und rannte los.

Im Zelt des Stabschefs drängten sich die Offiziere. Jeder von ihnen roch nach ungewaschenen Kleidern, Schweiß und Erschöpfung.

„Lee hat zu oft gewonnen", sagte Carl in das Stimmengewirr. „Er ist ein außerordentlich guter Militär. Aber er hat zu oft gewonnen. Das verführt zu Größenwahn und Leichtfertigkeit."

„Wir werden sehen", sagte der General.

Carl legte sich eine Hand auf den Bauch. Eine Geflügelsuppe. Mit rotem und grünem Gemüse darin. Sie dampfte und duftete. Margarethe und die Kinder saßen bei ihm.

Er sah in den Nachthimmel, erste hellgraue Streifen und Schlieren kündeten vom neuen Tag, dem dritten der Schlacht. Drei Tage Angst, Elend, Blut, Tod und Lärm. Obwohl er sich noch gar nicht bewegt hatte, ging sein Atem als sei er hunderte Meter gerannt. Er war gerannt, mit seinen Leuten. Durch diesen kleinen Ort, geflüchtet, von Blei verfolgt und Kanonendonner. Noch war nichts entschieden, außer für all die, die jetzt nichts mehr merkten, und die, die sich in ihrem Schmerz in stinkenden Lazaretten wanden.

Drei Tage.

Carl lag auf einem Grabstein, die einmal zusammengeklappten Stiefel als Kopfkissen. Er roch nach Schweiß und Schwarzpulver und sein Mund war trocken und seine Erinnerungen an die vergangenen Tage waren rot, laut und heiß. Um ihn herum lagen sie, hunderte Männer, tausende, schnarchten, murmelten im Schlaf, wälzten sich herum oder wirkten wie tot. Der Friedhofshügel des Dorfes Gettysburg.

Gestern hatten Lees Truppen es an den Flanken versucht, Anhöhen links und rechts der Ebene. Es sei gemetzelt worden, hörte er bei der Lagebesprechung. Der Little Round Top solle übersäht sein mit Toten und Verwundeten, war berichtet worden.

Warum lebte er eigentlich noch? Reiner Zufall, nichts als Zufall und Glück. Wie viele Tausend mochten in den letzten beiden Tagen getötet worden sein? Zu Krüppeln geschossen, gehackt, gehauen? 10 000? 20 000? Noch mehr? Welch ein Elend und Jammer unter der heißen Sonne. Wie unbeteiligt die Sonne an all dem war. Manchmal hatte Carl gedacht, sie müsse doch wenigsten einmal zucken, müsse doch rufen „Hört auf. Hört auf damit." Die Schöne, die Sonne. Sie schwieg. Und sie ermattete allzu oft zu einem weißlich gelben Fleck am Himmel hinter all dem Grau und Braun des Pulvers, kläglich nur noch und all ihrer Macht und Würde durch den Krieg beraubt.

Würde es ihn am kommenden Tag erwischen? Eine Kugel? Ein Bajonett? In seinen Körper hinein als wäre der ein Stück Butter? Wie viele Männer würden sterben müssen unter seinem Kommando? Morgen? Gleich? Wenn es heller würde?

In der Innentasche seines stinkenden Uniformrocks fand er noch eine Zigarre. Sie war geknickt und er brach sie am Knick durch und es blieb ein Stück zu rauchen.

Er krallte die Hand in den Boden, spürte trockenes Gras und harte Erde.

Margarethe. Er brachte hier tausende Menschen um und seine Frau versammelte Kinder um sich und lachte mit ihnen, spielte mit ihnen, lehrte sie, sich gut auszudrücken und, dass sozialer Status nichts bedeute. Verliefe ein Krieg anders, wären Frauen die Befehlshaber?

Er setzte sich auf und schlang die Arme um die Knie. Am Horizont legte sich ein gelblicher Streifen über Wälder und Hügel. Wälder gabs hier, Wälder in Amerika. Manchmal, wenn im Bersten der Schlacht alles Menschliche versackt war, hatte es Momente gegeben, in denen ihm die Bäume ebenso leidtaten wie die Menschen, wenn Kanonenkugeln oder Kartätschen ins Holz schlugen und die Bäume splitterten und die Kronen schüttelten, umfielen, in Brand gerieten und ächzten unter den menschgemachten Höllenmaschinen. Beim verfluchten Chancellorsville hatten sie zeitweise mitten im Wald gekämpft.

Er hörte das Klappern von Waffen, er hörte Leute gähnen, das Leben, der Rest davon, kehrte zurück in die Männer. Trompetensignale quäkten. Die Sonne polierte die Oberfläche manch eines Grabsteins zu einer silbernen Tafel, hier und da wurde das niedergewalzte Gras wieder grün und aus den Schemen am Horizont wurden langsam klare Zeichnungen.

„Kaffee, Sir?“ Hans stand plötzlich neben ihm und reichte ihm eine Blechtasse mit einer Dampfschliere darüber.

„Heute geht's zu Ende, Sir.“

„Wie bitte?“

„Die Schlacht, Sir. Heute endet sie."
„Ach so, ich dachte schon."
„So was darf man nicht denken, Sir. Alles, was wir denken und fühlen, trägt dazu bei, was in der Welt geschieht."
Carl sah zu dem dicken Mann hinauf. „Alle Achtung, Hans. Wo haben Sie das gelesen?"
„Kam mir grad so in den Kopf."
Carl trank von dem heißen Kaffee. Er hielt die Tasse vor seine Augen und stöhnte vor Glück. Das war tatsächlich richtiger Kaffee, der nicht vorwiegend nach Wasser schmeckte. Wundervoll.
Er stand auf, zog sich die Uniform zurecht, richtete den Säbel und überprüfte, ob seine Revolver geladen waren. Er trug zwei Navy-Revolver, jeweils sechs Schuss. Einen hatte er mit seiner Ausrüstung bekommen, den anderen einem toten Offizier bei Bull Run abgenommen. Pulver von vorne in die Trommelkammern, Kugel darauf, mit dem Ladehebel andrücken, Hahn einmal einrasten lassen, von hinten Zündhüte aufstecken. Nachladen war kaum noch möglich, wenn der ganze Wahnsinn losbrach.
Seine Offiziere ließen die Männer antreten. Carl träufelte aus seiner Feldflasche Wasser in die hohle Hand und wusch sich notdürftig das Gesicht. Das Aufstehen und Zurechtrücken der Kleider spannte einen Energiebogen in ihm. Seine Gedanken schienen ihm plötzlich ganz klar, dieses Andere in ihm baute sich auf und forderte und wollte. Er reichte Hans die Tasse.
„Dann bringen wir sie alle um, Hans."
„Ich für meinen Teil verflüchtige mich und kümmere

mich solange um andere Dinge. Der Herr General soll ja was Ordentliches zu essen bekommen, wenn es vorbei ist. Wissen Sie übrigens, dass ein Topf auf dem Kopf das Gefühl von Sicherheit immens erhöht? Soll ich Ihnen einen besorgen?“

„Ich bin General. Ich trage keinen Topf auf dem Kopf.“

Carl sah den Friedhofshügel hinab. Die schlachtgefurchte Wiese schien jetzt gelb, die Wälder leuchteten grün. Alles wartete.

Von dort werden sie kommen, dachte er. Er sah sich um. Die Landschaft schien sich zu bewegen, tausende Männer mit prall gefüllten Munitionstaschen luden ihre Gewehre, Fahnen hingen schlaff an Stangen hinab, Feuer wurden gelöscht und ein Colonel der Artillerie sah mit dem Fernglas über die Verschanzung seiner Batterie in die Ebene hinab. Pferde wieherten, Befehle wurden gerufen. Seine Offiziere versammelten sich um ihn.

„Keine Reserven zurückbehalten“, sagte Carl. „Bringen Sie alle Männer in die Linie.“

Sie besprachen sich weiter, schüttelten sich die Hände und eilten zu ihren Einheiten. Manch einen dieser Männer hatte er gerade zum letzten Mal gesehen.

Komm in meine Arme, Margarethe. Kommt in meine Arme, Kinder.

Lass das!

Lass es.

Bring sie um. Bring sie einfach alle um.

Es donnerte. Auf der anderen Seite der Ebene stiegen Rauchwolken auf, Carl hörte Kanonenkugeln zischen und pfeifen. Erde barst, Schanzen wirbelten in die Luft, Pferde schrien. Hundert Kanonen, fluchte er, mindestens hundert. Die Kugeln wüteten. Die Luft schrie. General Lee würde versuchen, den Friedhofshügel zu nehmen.

Gestern Nacht hatten sie lange im Hauptquartier diskutiert, wie Lee vorgehen würde. Carl und andere hatten vermutet, er würde es im Zentrum versuchen, weil er an den Flanken nur zu einem Patt gekommen war. Es wurde eingewendet, dass Lee wisse, wie stark das Zentrum der Union sei und sein bester Mann, Longstreet, würde sicher versuchen, Lee von einem Frontalangriff in der Mitte abzuhalten.

„Lee wird nicht auf Longstreet hören", sagte ein Divisionskommandeur, den Carl nicht namentlich kannte. Er ärgerte sich, dass dieser Mann ihm zuvorgekommen war.

Carl hockte in der Infanteriereihe direkt an der Schanze. Innerhalb von Minuten war der Morgenhimmel geschändet mit Dreck, Rauch und ungeheurem Lärm. Selbst den jungen Mann neben ihm musste Carl anschreien, um sich mit ihm zu verständigen. An der rechten Flanke krachten jetzt die Kanonen. Er sah die Geschütze nach dem Schuss zucken und ausgewischt und geladen werden. Nicht wieder Nahkampf, flehte er. Nicht wieder die Gesichter sehen müssen. Die Kugeln krachten unaufhörlich. Grabsteine wirbelten durch die Luft und zersplitterten. Männer wurden zu Leichen gemacht. Eingemeißelte Buchstaben landeten vor Carl im Dreck. Trompetensignale, Geschrei, Sanitäter mit fadenscheinigen Bahren, ein Feuerwerk von

Holzsplittern, wenn Wagen getroffen wurden. Hier und da flog ein Mann.

Carl umklammerte seinen Revolver. Sechs Schuss. Der andere Revolver steckte im Gürtel. Seine Hand war nass. Sein ganzer Körper war nass und klebte. Ein paar Meter links von ihm preschte eine Kugel direkt durch die harte Steinschanze und in die weichen Körper seiner Männer.

Warum? Warum das alles?

„Unsere Artillerie macht die fertig, Sir", schrie der junge Mann neben Carl. „Vielleicht müssen wir gar nicht kämpfen, Sir."

Carl legte dem Jungen eine Hand auf die Schulter. Mein Gott, der Kerl hatte noch kaum einen Bart.

„Lade schnell", sagte Carl. „Immer nach unten halten. Bleib ruhig. Bleib ganz ruhig."

Der Junge sah ihn an. Seine Augen schienen Carl meilenweit fort. Die Kugeln flogen dicht über ihre Köpfe hinweg und gruben hinter ihnen den Hügel um.

Die Artillerie von General Hunt verstummte nach und nach. Immer seltener wurden die metallischen Schüsse und der Rauch über der Stellung dünner. Oh, ihr lieben Kugeln, flehte Carl, fliegt doch weiter und macht die da drüben alle zu Brei und Matsch. Warum fliegt ihr denn nicht mehr?

„Oh Gott", sagte der Junge. „Sir. Sir, die haben unsere Artillerie ausgeschaltet. Oh Gott."

Wenn das wahr ist, dachte Carl, wenn das wahr ist.

Die Wälder etwas links von Carls Stellung bewegten sich. Äste winkten, Unterholz duckte sich. Hatte er damals in

Deutschland an Schillers Räuber denken müssen, kam ihm jetzt kurz und tröstend Shakespeares Macbeth in den Sinn. Der Trost der Kunst hielt nur Sekunden. Sie kamen aus den Wäldern. Er schätzte, dass es an die 15 000 Mann waren. Bring sie alle um. Fahnen wurden geschwenkt, Bajonette funkelten scharf, Offiziere auf Pferden wiesen mit gezückten Säbeln die Richtung. Der Feind marschierte stramm und gut geordnet. Carl befahl seinem Artillerieoffizier, die paar Geschütze an der Schanze mit Kartätschen laden zu lassen, Beutel voll mit gehacktem Blei und sonstigem Metallschrott. Er packte einen seiner Melder am Arm.

„Sagen Sie Captain Miller, er soll mit seiner Kompanie auf den linken Flügel wechseln."

„Jawohl, Sir."

„Und Captain Williams soll seine Leute doch ein Stück zurücknehmen. Er soll variabel bleiben, ist das klar? Nach eigenem Ermessen. Verstanden?"

„Ja, Sir."

Sein Bewusstsein sprang hin und her. Mal spürte er den Revolver und die Steine der Schanze und seinen Atem, dann war er ganz weit fort, ohne zu wissen wo, in einem grünen, duftenden Wald der Empfindungslosigkeit, ganz leicht und unbeschwert und dann drückte der Krach ihn zurück ins Hier und Jetzt und er sah Margarethes Gesicht, ihre brunnendunklen Augen, und dann verschwand es hinter Rauchschwaden.

Die graue Masse verwandelte sich je näher sie kam. Aus einem zusammenhängenden Lebewesen ungeheuren Ausmaßes wurden einzelne, tausende Männer. Carl sah einen berittenen Offizier, der seinen Hut auf den Säbel gespießt hatte und hin und her schwang. Er hörte die Trommeln und immer noch schoss die Artillerie des Feindes und die Kugeln gingen hoch über sie hinweg.

Mein Gott, sind das viele, dachte er. Er blickte nach rechts, wo die Artillerie General Hunts gestanden hatte. War die wirklich komplett ausgeschaltet worden? Das konnte doch gar nicht sein. Das ging doch nicht.

Marge, dachte er, Marge. Kinder.

Sie kamen immer näher.

Kein Nahkampf, bettelte er. Kein Nahkampf. Kein Atem eines anderen Menschen im Gesicht.

Die Erlösung. Wenn es einen Gott gab, dann hieß dieser Gott Artillerie und General Hunt war sein Engelsbote. Die Artillerie schoss aus allen Rohren, präzise, schnell, himmlisch, wundervoll, makellos. Mit apokalyptischer Macht. Weggefetzt wurden sie, diese Männer dort, die Pferde zu großen Fleischteilen, die Fahnen zu brennenden Segeln. Die Ebene war nach Sekunden aufgerissen und rauchgrau und braun und unaufhörlich bahnten sich Kugeln und Explosionsgranaten ihren Weg durch die Leiber.

Carl nahm den Feldstecher vor die Augen. Er sah die Fetzen fliegen, akrobatische Purzelbäume und die Luft gefüllt mit wirbelnden Trümmern von Mensch und Gerät. Die zerschlagenen feindlichen Truppen verschwanden aus seinem Blick in einer Bodenwelle, kamen wieder hervor, die Kolonnen gelockert und wieder krachte es mitten in sie hinein. Dann wieder eine Bodenwelle, die letzte und was immer da übrig war, brach mit Geschrei aus ihr hervor.

Die Kanonen in seiner Stellung donnerten und spuckten, die Infanteristen schossen und die Luft schmeckte nach Schwarzpulver und Lärm. Er stand auf und schoss aus seinem Revolver in die Schemen im Rauch und seine Männer brachten eine Salve nach der anderen raus.

Menschen schrien. Ein paar Meter links von ihm schwappten Graue über die Schanze, aus der Entfernung war es ein Gewühl, ein Gestampf, so eng, dass kein Platz zum Hauen und Stechen war, da wurde gerungen und gedrosselt und Südstaatenfahnen fielen.

Vor ihm wurden ganze Reihen von Männern weggefetzt, ein Feldzaun zerbarst in tausende Splitter, kletternde Männer wurden noch im Fallen durchbohrt und andere sprangen über sie hinweg und fielen dann auch.

Blut, dachte Carl, überall Blut.

Südstaatler, deren Gesicht er schon sehen konnte, wandten sich um. Einige ließen ihre Waffen fallen, viele hinkten, Männer schleppten andere Männer, sanken um, blieben liegen. Einige hielten sich im Fortrennen die Ohren zu.

Die Ebene war wulstig von Toten und Sterbenden und Jammer und Elend.

„Ihnen nach!", rief Carl. Seine Männer brachen über die Schanze und schossen und trieben diese anderen Menschen vor sich her und erstachen oder erschossen sie oder nahmen sie gefangen.

Carl stand zwischen den Toten und denen, die sich noch amöbenartig bewegten. Hier und da sammelten Sanitäter Verwundete ein, die Ebene war zerfurcht von Kugeleinschlägen und hunderte lagen hier, aberhunderte, entstellt und verstümmelt, gebrochen und der Boden war weich von Blut und schon jetzt waberte der Todesgestank, es war heiß und der Rauchschleier vor der Sonne lichtete sich mehr und mehr.

Hasste er den Feind? Manchmal ja. Wie sollte man so etwas hier befehlen, wenn man nicht hasste? Aber dieser Wahnsinn für die Freiheit? Amerika? Demokratie? Gleichberechtigung?

Er hockte sich zu der Leiche eines jungen Mannes. Langes Haar hatte der, einen Spitzbart. Er trug ein mittelalterlich anmutendes Wams mit Ledergürtel um die Hüfte. Er hatte ein Loch mitten in der haarlosen Brust. Mutter? Vater? Verlobte? Geschwister? War die Kugel aus Carls Revolver gekommen?

Ich habe Hunger, dachte er, und Durst.

„Wissen Sie, was Wellington nach Waterloo gesagt hat?"

Carl sah sich um. Ein Major stand breitbeinig über einem blutüberströmten Mann, der versuchte den Kopf zu heben.

„Nein", sagte Carl, „weiß ich nicht."

„Jedenfalls hatte er Recht", sagte der Major.

„Was? Was hat er denn gesagt?"

Der Major kehrte ihm den Rücken zu und stemmte die Hände in die Hüften.

Carl stolperte weiter durch das Leichenfeld. Als er einen

toten Trommlerjungen sah, ließ er den Kopf hängen und hielt sich eine Hand vor die Augen. So ein kleiner Junge.

Er ging zurück zum Friedhofshügel. Er stellte sich vor, der Junge gehe an seiner Hand neben ihm her und Carl erzählte ihm über die Wälder in Amerika.

17

Im Zelt
Nahe Gettysburg, 1863

„Es ist zum Verzweifeln, Mister President", schrieb Carl. „General Mead setzt nicht nach. Wir verfolgen den Feind nicht, obwohl die beste Möglichkeit besteht. Alles nur Hosenscheißer und Zauderer hier." Er schob den Papierbogen weg. Erstformulierungen klangen bei ihm oft so.

Ein Becher mit Wasser stand auf dem Tisch, die beiden Navy-Revolver lagen an der Seite neben einem abgegriffenen Stapel mit Briefen von Margarethe.

Hans rief durch die Zeltplane, dass Besuch für ihn gekommen sei.

Carl formulierte seine Beschwerde um. Die Hosenscheißer mussten raus.

„Herr Generalmajor? Besuch", rief Hans wieder.

„Jaja. Soll reinkommen."

Er hörte die Zeltplane rascheln. Immerhin war Gettysburg gewonnen und fast gleichzeitig hatte General Grant Vicksburg eingenommen. Endlich also zwei große Siege. Lee, dachte er, wir hätten dich kriegen können.

Er sah sich um.

Sein Herz polterte. Sein Hals schnürte sich zu. Der Saum ihres Kleides war vollkommen verdreckt. Da stand seine Frau. Sie nahm den Hut ab, ihr Haar fiel. Seine Margarethe. Nachtmärsche, Hitze, Entbehrungen, Tod und

Vernichtung und Angst. Ein von zwei Seiten gleichzeitig getroffener Kopf. Ein Trommlerjunge. Da stand Sie und lächelte ihn an. Seine Knie waren so weich wie vor einer Schlacht.

„Mein Gott“, stammelte er.

„Göttin, bitte“, sagte Margarethe.

„Bist du denn völlig verrückt geworden? Weißt du, wie gefährlich das ist, hierher zu kommen? Die Freischärler da draußen? Das sind wilde Mörder.“

„Ein Stück lang hatten wir eine Eskorte“, sagte sie. „Hat uns ein deutscher General gestellt. Die mussten aber irgendwann wieder zurück.“

Carl ging an ihr vorbei, ohne sie zu berühren. Er roch den Duft ihres Parfüms.

Unweit saß ein Sergeant auf einem leeren Pulverfass und stopfte sich eine Pfeife.

„Sergeant! Das Fass hierher, direkt vor mein Zelt. Sie auf das Fass. Und niemand, überhaupt niemand kommt in dieses Zelt. Weder Grant noch Lincoln noch General Lee.“

Carl klappte die Plane zurück. Margarethe lächelte mit geneigtem Kopf.

„Hallo, Sergeant.“

„Ma'm.“

„Meine Frau“, sagte Carl.

„Verstehe, Sir. Verlassen Sie sich auf mich.“

Der Mann rollte das Fass vor Carls Zelt.

„Hier so mittig, Sir?“

„Genau so.“

„Ganz schön eng so ein Feldbett“, sagte Margarethe.

„Groß genug für uns“, sagte Carl. „Kneif mich mal.“ Sie kniff ihn in den Arm.

„Ich glaube es immer noch nicht. Ich fasse es nicht. Du hier.“

Sie zog an seinem Bart.

„Aua.“

„Glaubst du es jetzt?“

Er hielt tatsächlich seine Frau im Arm. Nach allem, was er hatte hören, sehen und fühlen müssen, lag er jetzt hier und er spürte die Haut seiner Frau an seinen Händen und ihr Haar und ihm fehlten zwei, vier, sechs weitere Hände, um Margarethe überall zugleich berühren zu können.

„Euer Zeug hier wird nicht so oft gewaschen, hm?“ Margarethe schnüffelte an der Decke. „Herrje.“ Sie lachte.

Carl legte sich auf den Rücken und drängte Margarethes Körper auf seinen. Er legte ihr die Hände an die Wangen und fragte nach den Kindern, nach dem Kindergarten, nach den anderen und wie es ihr ergehe.

„Lass uns einfach hier liegen, Charly. Wir haben uns Ewigkeiten nicht gesehen. Wir halten uns jetzt fest. Das ist alles. Und das ist gut so.“

Er wusste nicht, wie lange sie so lagen. Zwischendurch schlief Margarethe ein und er hielt sie fest und lauschte ihren Atemzügen.

Am späten Nachmittag verließ Carl das Zelt, um nach Hans zu rufen.

Der Sergeant saß auf seinem Fass und las. Neben ihm an

Boden stand ein Tablett mit Brot, Käse und einer Flasche Rotwein.

„Von Ihrem Burschen, Sir", sagte der Sergeant.

„Sagenhafter Kerl. Haben Sie sich etwas davon genommen?"

„Ich war so frei, Sir."

„Sehr schön."

Margarethe nahm einen der Revolver vom Tisch.

„Ist der schwer", sagte sie. „Kann damit jetzt was passieren?"

„Solange der Hahn nicht gespannt ist – nein."

„Hast du damit auf Menschen geschossen, Carl?"

„Ich habe einem Jungen das Leben gerettet. Ich hatte die Schnauze so dermaßen voll. Es war nach Gettysburg. Ein junger Kerl, war getürmt, hatte Angst. Hat sich von anderen überreden lassen und ist abgehauen. Der sollte hingerichtet werden. Ich habe mit dem Jungen geredet und dann Einspruch erhoben. Weil ich an Lincoln geschrieben habe, konnte die Exekution immerhin verschoben werden. Und siehe da, der Junge ist begnadigt worden."

„Darauf einen Schluck dieses hundsmiserablen Weins", sagte Margarethe. Sie stießen an.

„Der wird dich nie vergessen, Charly."

„Den würde ich gerne eines Tages wiedersehen und erfahren, was aus ihm geworden ist."

„Für zufällige Treffen ist dieses Land zu groß. Wann sitzt du endlich wieder mit uns am Frühstückstisch?"

„General Sherman plant einen Wahnsinnsmarsch in den

Süden. Der will den Krieg ins Feindesland tragen und zwar mit aller Gewalt. Ich kenne Sherman. Klug und verzweifelt, vielleicht der Beste von uns.

Krieg ist die Hölle, pflegt er zu sagen. Wenn Sherman wirklich in den Süden marschiert … Wer weiß."

„Mein Bruder schreibt mir, Hamburg sei nach dem Brand vor ein paar Jahren noch glänzender als zuvor. Mein schönes, altes Hamburg."

„Es wird gut werden, Marge. Es wird gut werden, glaub mir. Hier in diesem Land der Freien."

Margarethe schlug im Takt auf eine imaginäre Trommel. „Wie klein war dieser freie Junge denn?"

Carl trank ein Glas Wein in einem Zug. Der Wein war stark mit Wasser verdünnt.

„Ich scheide aus dem aktiven Dienst aus", sagte er.

„Oh Carl." Margarethe schlug die Hände an die Wangen. Sie trampelte wie ein kleines Mädchen auf den Boden.

„Ich mache Wahlkampf für Lincoln", sagte Carl.

Die Zeit stand still. Carl war, als sei jedes Geräusch erstorben, gar nichts war da. Margarethe knöpfte ihre Stiefel, legte sich die Jacke um, nahm den Hut und ihre kleine Tasche und verließ das Zelt.

Carl brauchte einige Sekunden, dann lief er ihr hinterher. Soldaten sahen ihn an.

„Marge. Marge." Er griff nach ihrem Oberarm, sie blieb stehen und sah ihn an.

„Wenn Lincoln nach Kriegsende wieder Präsident wird, dann hat dieses Amerika alle Chancen ein Vorbildstaat auf dieser Erde zu werden. Ich habe Lincoln schon einmal tausende Stimmen besorgt. Ich kann das wieder. Lincoln braucht mich."

„Ja", sagte Margarethe. Sie sagte das so freundlich und ruhig wie einst Margot Werner am Wegesrand.

„Danach, Marge, danach."

„Ja, danach, Carl, ist schon recht."

Die Stille schrie jetzt. Er wollte so viel sagen. Er brachte kein Wort heraus. Margarethe hatte Recht, das sagte eine Stimme in ihm klar und deutlich. Er ließ den Kopf hängen. Margarethe ging. Er schaffte es nicht, ihr hinterherzusehen.

Viele Soldaten vor ihren Zelten blickten ihn an, er spürte das. Würde bewahren – so wichtig für einen Offizier, stehenbleiben im Feuer, ein Beispiel sein. Das hatte seine Nerven ruiniert und riss ihn nachts immer wieder aus dem Schlaf.

Angreifen, dachte er. Er rannte über die weichen Wege zwischen den Zelten hinter seiner Frau her.

„Marge. Marge. So warte doch."

Sie blieb neben zwei angebundenen Pferden stehen, einige Männer trugen Munitionskisten vorbei und grüßten freundlich.

„Nur dieses eine Mal noch, Marge. Bitte."

Sie hatte sich noch nicht umgedreht, er redete mit ihrem Rücken auf den ihr schwarzes Haar lang und gewellt hinunterhing. Er trat dicht an sie heran. Er wollte sie umarmen.

„Ich habe eine Aufgabe, Marge."

Sie schüttelte den Kopf. Sie drehte sich zu ihm um. Da

war keine Träne in ihren Augen, aber der Trotz, den er schon auf ihrem Jugendbild bemerkt hatte.

„Mehrere Aufgaben, Carl. Wie jeder von uns."

„Komm doch mit mir."

„Soll ich wieder tausende von Meilen neben dir im Zug sitzen? Will ich nicht."

„Wir kämpfen hier einen der größten Kämpfe, die je für die Freiheit ausgetragen wurden. Wir. Du und ich."

„Ich werde mit den Kindern zu meiner Familie nach Hamburg reisen und eine Zeit dortbleiben. Es gibt auch wieder finanzielle Unterstützung, keine Sorge."

„Gut", sagte er. „Fahre mit den Kindern nach Hamburg. Genieße es. Erhole dich. Und dann kommst du zurück und ich empfange dich mit weit offenen Armen."

„Sir!"

Hans stand plötzlich neben ihm, dick, verschwitzt und rotwangig wie immer.

„Eine Flasche Schaumwein, Sir. Für Sie und ihre umwerfend charmante Gattin, die auf abenteuerliche Weise den weiten Weg in dies ruppige Kriegslager gefunden hat. Ma'm, es ist mir eine Ehre."

Margarethes Mundwinkel hoben sich, ihre Lippen öffneten sich zu einem Lächeln, einem besorgten, trotzigen Lächeln.

„Schaumwein", sagte Carl. „Was meinst du, Marge?"

„Sagen Sie einfach ja, Gnädigste", sagte Hans. Er rieb sich den Bauch. „Frau und Mann beim Wein, das ist sehr fein."

Carl und Margarethe sahen Hans an. „Ja nun", sagte der.

Als Carl mit seiner Frau am Arm zurückging, klatschten einige Soldaten. „Alle Achtung, Herr Generalmajor“, sagte einer und verbeugte sich vor Margarethe. Carl hoffte, seine Frau würde ihn wenigstens einmal ansehen, aber Margarethe grüßte links und rechts Soldaten und winkte einigen.

„Nicht gerade preußische Disziplin“, sagte sie.

„Ganz anders“, sagte Carl. „Aber diese Männer würden am Ende jeden Krieg gegen die Preußen gewinnen.“

Sie saßen nebeneinander auf seinem Feldbett und hielten sich bei den Händen. Margarethe sah zu Boden.

„Ach, Carl“, sagte sie.

18

Attentat
New York City, 1901

Die Gedanken an den Bürgerkrieg und alles, was danach geschehen war, hatten sein Gemüt in den letzten Tagen grau und klebrig gemacht. Wie musste es für Margarethe gewesen sein, wenn es in ihr immer wieder schwarz geworden war? Carl hatte Ludwig Meyer noch oft deswegen angeschrieben. Ratlosigkeit. Gegen dunkles Gemüt helfe nur das Leben und die Liebe.

Was wäre gewesen, wenn Margarethe eine Autobiografie geschrieben hätte? Wenn sie geschrieben hätte über ihre Ehe mit Carl Schurz? Um Himmels Willen.

Carl saß auf seiner Bank am Battery Park. Wegen der Herren Groß und Klein hatte er überlegt, seinen alten Navy-Revolver in die Tasche zu stecken. Aber er mochte das nicht. Er wollte nicht bewaffnet durch die Gegend laufen, auch wenn das in Amerika noch normal zu sein schien. In Metropolen wie New York vielleicht nicht, aber kam er aufs Land, war es eine völlige Selbstverständlichkeit, dass Waffen in den Häusern aufbewahrt oder offen am Gürtel getragen wurden. Auch jetzt noch, da das neue Jahrhundert angebrochen war. Er erinnerte sich an Marges Worte über den Revolver. „Ist der schwer." Im wächsernen Licht unter der Zeltplane hatte Margarethe sehr hellhäutig gewirkt und der Revolver viel zu groß für ihre Hand.

Carl zog einen der Zettel aus der Jackentasche.

„Dundy, R." Wer war Dundy, R.? Als er fiebrig diese Zettel geschrieben hatte, musste ihm dieser Name in den Sinn gekommen sein. Dundy. Ron? Robert? Rosalie? Rebecca?

Er sah hinüber zu Lady Liberty. Du könntest mir ruhig helfen. Er griff wieder in die Tasche, fühlte die Papiere an seinen Fingern, kramte in seinem Leben.

„Kriegsministerium." Ha, dachte er. Das wusste er noch genau, er war sich jedenfalls ziemlich sicher: 1877 musste das gewesen sein, plus minus ein, zwei Jahre vielleicht. Seine Mutter war gestorben und er war Innenminister geworden. Der erste deutsche Einwanderer, dem es gelungen war, ein solch hohes Amt in den Vereinigten Staaten zu bekleiden. Innenminister Carl Schurz. Und diese Dreckskerle aus dem Kriegsministerium hatten alles dafür getan, die Indianerangelegenheiten in ihr Ressort zu verlegen. Präsident Hayes war jemand, dem Carls Worte etwas bedeuteten. Kein schlechter Mann. Carl hatte im Kongress, im Senat und in zahlreichen Gesprächen mit Präsident Hayes dafür gesorgt, dass die Indianerangelegenheiten in seinem Bereich verblieben. Der Hass war groß. Die Revolver knallten, Säbel und Speere waren rot von Blut. Ein Jahr – es musste ungefähr ein Jahr gewesen sein – vor seiner Vereidigung hatte Sitting Bull Custers Männer am Little Bighorn vernichtet. Überall Geschrei nach Rache. Das elendige Gefängnis mieser Emotionen. Irgendwann in den 1890ern überfiel eine Truppe von Kavalleristen ein Dorf der Sioux am Wounded Knee. Ein Gemetzel. Soweit Carl sich erinnerte, war niemand dafür zur Rechenschaft gezogen worden. Und er? Ausgerechnet er hatte einer Delegation von Ute-Indianern in seinem Büro gegenübergesessen und die Männer angefleht, etwas zu tun, das all seinen Grundsätzen widersprach, etwas, das jeglicher Menschlichkeit widersprach. Wie hatte er das überhaupt über die Lippen gekriegt? Er, der ach so große Freiheitskämpfer Carl Schurz.

Er setzte den Feldstecher an und schaute, ob Lady Liberty auf seine Gedanken reagierte. Machte sie nicht.

„Gottverfluchter Mist", sagte er. Die Verzweiflung ließ ihn lachen.

„Was amüsiert meinen geliebten Carl?"

Fanny setzte sich neben ihn.

„Hast du mich erschreckt, Liebste."

Fanny trug einen breitkrempigen Hut zu einem hellblauen Kleid und die Sonne schien von der Seite in ihr Gesicht. Wie wundervoll, dass sie in seine Erinnerung an die Indianer geschwebt war. Sie war eine Erlöserin. Carl hatte sie wochenlang nicht gesehen. Er lachte vor Glück.

„Schöne Frau", sagte er. „So hellblaue Augen. Immer wieder sagenhaft."

Sie legte ihre Hände auf seine. „Ich habe dich vermisst", sagte sie.

„Ich war in Gedanken stets bei dir. Du bist die reisende Fanny. Fannys Reisen."

„Scherzkeks." Sie drehte den Kopf zur Seite, um zu Lady Liberty hinüberzuschauen. Ihre Halsmuskeln spannten sich.

„Steh bitte mal auf", sagte Carl. Fanny erhob sich, Carl

umarmte sie. Er presste sie fest an sich. Eine Hand in ihrem Nacken, eine auf ihrem Rücken.

„Im Sitzen wäre das nicht gegangen“, sagte er.

„Da hast du recht. Das war eine gute Idee.“ Fanny wies auf die Lady.

„Redest du wieder mit ihr? Das tust du doch, oder?“

„Allzu viel sagt sie leider nicht.“

„Weißt du, dass bei ihrer Einweihung eine Menge Frauen demonstriert haben? Weil sie nicht eingeladen wurden?“

„Ich habe davon gehört, ja. Blöde Sache.“

„Na immerhin wird die Freiheit durch eine Frau symbolisiert. Das finde ich gut.“

Er kannte Fanny jetzt etwa 20 Jahre. Wo war er ihr zum ersten Mal begegnet? Im Theater? Wahrscheinlich, höchstwahrscheinlich im Theater.

„Hast du mal einen Skalp gesehen?“

„Oh Gott, Carl. Jetzt komm doch nicht mit so etwas daher. Sag mal.“

„Bist du mal über den Mississippi gefahren? Auf einem dieser Raddampfer? Falls nicht, sollten wir das machen.“

„Wenn Agathe uns lässt.“

„Mir hat niemand etwas zu verbieten“, sagte Carl.

Fanny lachte, das klang bei ihr ebenso wenig damenhaft wie es bei Margarethe gewesen war. Carl mochte das. Ganz seltsam, wenn aus solch schmalen Frauen diese Töne hervorplatzten.

Er klopfte auf die Innentasche seines Jacketts und spürte das harte Metall des Flachmanns.

„Weißt du, dass einer meiner politischen Gegner in der

Partei mich mal als Gelegenheitssäufer bezeichnet hat? Irgendwann, bei einer meiner ersten Reden hier."

„Da hat er dich wohl ertappt."

Wie schön es war, solch ein kleines, harmloses Gespräch mit Fanny zu führen. Es fühlte sich an, als seien sie gestern erst beieinander gewesen.

Carl wollte gerade den Flachmann ziehen, als er sie sah. Sie kamen wieder von links. Mister Groß und Mister Klein, Melonen auf dem Kopf, stechend weiße Kragen. Oh nein, dachte er.

Sie blieben vor der Bank stehen.

„Ah, die mutigen Herren."

„Mister Schörts", grüßten sie unisono. Der Große hatte seinen Stock heute nicht dabei.

„Haben Sie es schon gehört?", fragte der Große. „Auf Präsident McKinley ist geschossen worden. In Buffalo. Hat zwei Kugeln abgekriegt."

Carl spürte wie Fanny neben ihm den Rücken spannte.

„Wieso belästigen Sie meinen Mann?", fragte Fanny.

„Das ist Ihr Mann?", fragte der Große. „Ist der nicht …"

„Nein, ist er nicht. Sie sind ein Flegel. Halten Sie den Schnabel. Verstanden?"

„Schon gut, schon gut. In wenigen Minuten wird hier sicher ein Zeitungsjunge vorbeirennen und es ausposaunen", sagte der Kleine.

„Blödsinn."

„Kein Blödsinn. Und wissen Sie, was das Schöne ist, falls McKinley den Löffel abgeben sollte? Dann wird Teddy Roosevelt Präsident. Der ehemalige Anführer der Rough

Riders auf Kuba. Dann, Schörts, dann. Der wird es diesen philippinischen Aufständischen zeigen. Amerika wird ganz groß mitspielen im kolonialen Geschäft."

Carl setzte die Brille ab. Er spürte Fannys Hand auf der Schulter.

„Was um alles in der Welt haben amerikanische Truppen auf den Philippinen zu suchen, hm? Sind Sie, meine Herren, etwa nicht mit mir der Meinung, dass die USA ein Land der Freiheit ist?"

„Da sind wir ganz sicher einmal einer Meinung", sagte der Große.

„Die Menschen auf den Philippinen kämpfen für ihre Freiheit", sagte Carl.

Groß und Klein tippten sich an die Hüte und gingen.

„Der arme McKinley", sagte Fanny. „Wer waren die beiden Gecken?"

„Die haben mich vor einiger Zeit genau hier belästigt. Ich habe sie in die Flucht geschlagen."

„Alleine?"

„Mhm."

„Carl?"

„Na gut, ich hatte ein wenig Hilfe. Aber ich wäre bestimmt auch allein klargekommen. Oder auch nicht."

Carl streichelte Fanny über die Wange. „Ich bin dein Mann?"

„Ja klar. Ist doch so, oder?"

„Für uns, hm?"

„Und das reicht vollkommen."

Auf der Promenade waren viele Leute stehen geblieben,

Gruppen bildeten sich, Ballungen von weiten Kleidern, Hüten und Herrenanzügen. Auf welchen Wegen auch immer musste die Nachricht von dem Attentat durch die Straßen New Yorks gekrochen sein.

„Hört dieser Mist denn nie auf?", fragte Carl.

Fanny schmiegte sich an ihn und blickte über die flachen, goldgrauen Bewegungen des Wassers auf Lady Liberty. Was mochte sie in ihr sehen? Carl wusste, dass die türkisfarbene Lady da drüben, mit dem hoch erhobenen Arm und der Fackel und dem Kranz um die Stirn für viele Einwanderer das Symbol für Freiheit und des Geschafft-habens geworden war. Die ganze Welt kannte diese Statue. Wie ein Magnet zog Amerika Menschen aus aller Herren Länder an. Aber Lady Liberty sah sie nicht an, sie sah über sie hinweg.

„Wie hieß noch dieser andere Präsident, der erschossen wurde?", fragte Carl.

„Garfield", murmelte Fanny, „James A. Garfield. Das war 1881. Da kannten wir uns schon." Sie legte ihm eine Hand auf die Schulter.

„Na komm, Carl. Lass uns hier verschwinden. Lass uns in mein Hotel gehen. Ist nett dort."

„Ich habe Lincoln kurz vorher noch gesehen, Fanny. Kurz bevor dieser Booth ihm in den Kopf geschossen hat. Wir hatten uns verabredet, Lincoln und ich. Wie soll man ahnen, dass man einen Menschen zum letzten Mal sieht?"

„Kann man nicht", sagte Fanny. „Was wird, wenn McKinley stirbt? Roosevelt?"

„Noch wissen wir nicht, ob McKinley sterben wird."

„Aber wenn, Carl? Was sagt dein politischer Weitblick über Roosevelt?"

„So weit ist mein Blick nicht mehr. Roosevelt? Ein Mann, der sich gerne martialisch gibt und sich mit Waffe zeigt? Ein Großmaul? Sollte er es werden, werde ich ihm schreiben. Allerdings", Carl sah hinüber zu Lady Liberty und streckte ihr die Zunge raus, „Er wird meinen Brief eh nicht lesen. Aber – das muss ich schon sagen – Roosevelt ist ein Mann, der die Natur liebt, die Bäume und die Wälder. Meine Anregungen zu Nationalparks und Forstschutz, die wird er sicher umsetzen. Ist schwer einzuschätzen."

Fanny seufzte. „Na komm, Carl. Lass uns gehen. Was nettes essen, ein wenig ausruhen. Das Bett in meinem Hotelzimmer steht nachmittags in der Sonne."

Sie hakten einander ein.

„Weißt du, mein lieber Freund Carl, eigentlich ist es doch ganz schön, dass so wenige Menschen von uns beiden wissen. Das Geheimnis ist auch so eine Art Freiheit." Sie tippte sich an die Lippen. „Gar kein so schlechter Gedanke, oder?"

„Da ist schon was dran", sagte Carl. Er sah nach Lady Liberty.

19

Nein, Sir, das stelle ich mir nicht vor

Washington und anderenorts, 1865

Da will ich rein.

Carl stand vor dem Weißen Haus in Washington.

Wirkt wie ein Landsitz, dachte er. Ein Heckengarten, und seit einiger Zeit ein Säulenportal. Senator Carl Schurz, Minister Carl Schurz. Präsident Carl Schurz. Unantastbare Demokratie. Gerechtigkeit für jeden Menschen. Totale Entfaltungsmöglichkeit. Und dann Margarethe und die Kinder in sein Büro einladen.

„Wäre es etwas anderes, Marge?“, hatte er gefragt, „wenn der Mann, mit dem du schläfst, Minister wäre? Oder Präsident?“

„Nein.“

„Nicht?“

„Nö, Charly, gar nicht.“

Er ging über den Flur auf das Vorzimmer zu Lincolns Büro zu. Einige Männer sahen ihm hinterher. Carl hörte sie Bemerkungen machen.

Er meldete sich bei Lincolns Sekretär und sagte, Generalmajor Schurz wolle den Präsidenten wegen des Wahlkampfs sprechen.

„Sofort, Mister Schörts, eine Sekunde bitte, Sir.“

„Einwanderer“, murmelte einer der Männer auf dem Flur. Soweit Carl wusste, war es ein Senator aus Maine.

„Ich bin Amerikaner, Sir“, sagte Carl. „Meine Heimat ist da, wo die Freiheit ist.“

„Ihre Heimat ist da, wo Schörts draufsteht.“

„Wir sitzen doch alle im selben Boot, oder, Sir?“

„Ihres hat ein Leck, Mister Schörts. Ich sitze da nicht drin.“

„Meine Frau leitet einen Kindergarten. Irgendetwas hier erinnert mich gerade daran“, sagte Carl.

Lincoln begrüßte ihn freundlich und ernst.

„Welch ein Gemetzel, Mister Schörts. Warum muss meine erste Amtszeit geprägt sein von diesem Bruderkrieg?“

Er hob einen Briefbogen an.

„Den schreibe ich einer Frau aus Baltimore. Sie hat ihre vier Söhne im Krieg verloren. Alle vier. Was soll ich dieser armen Seele schreiben? Was?“

„Ich weiß es nicht, Mister President.“

„Ich kenne niemanden, der rhetorisch so ausgefuchst ist wie Sie.“ Lincoln hielt das Papier hoch, seine Hand zitterte als berge der Brief ein eigenes bebendes Leben, dem der Mann keinen Einhalt bieten konnte.

„Herz und Verstand“, sagte Carl. „Und Mitgefühl.“

„Stellen Sie sich vor, Mister Schörts, das wären Ihre Kinder.“

„Nein, Sir, das stelle ich mir nicht vor.“

Lincoln brummte und legte den Briefbogen auf die Schreibtischplatte.

„Sie wissen, dass man erheblichen Druck auf mich ausübt? Ich solle nicht erneut zur Wahl antreten. Hauptsächlich wohl wegen der Rekonstruktionspläne für den Süden."

„Mister Wade und Mister Davis sind keine schlechten Männer, dennoch halte ich deren Vorstöße gegen Sie für panisch. Nach so vielen Jahren Krieg, nach all den Niederlagen zu Beginn wundert es nicht, dass auch in der Bevölkerung der Rückhalt bröckelt. Die Menschen sehnen sich nach Frieden und verbinden Sie, Mister President, verständlicherweise mit Krieg."

„Unsere Partei möchte hier einen Besseren sitzen haben. Das kann ich nachvollziehen. Nur wer soll das sein? Ich sehe keinen, Mister Schörts."

„Ich auch nicht, Sir."

„In einem kleinen Städtchen bei Philadelphia traf ich während des Wahlkampfes einen Schneider. Dieser Mann hatte, gelinde gesagt, keine Ahnung von seinem Beruf. Ich nehme an, er hat versucht, es sich selbst beizubringen. Aber er war der einzige dort. Er sagte mir, dass man erstens nicht so genau hinsehen solle und zweitens alles eine Frage des Lichts sei. Und da der Mensch sein wahres Leben eher im Dunkeln lebe, komme er beachtlich gut über die Runden."

Sie kicherten. Lincolns Stimme stieg dabei in die Höhe. Carl fragte sich, ob es etwas Besonderes sei, mit dem Präsidenten der Vereinigten Staaten zu kichern. Ob es anders sei als mit Freunden, Bekannten oder Margarethe. Es war anders.

„Nun, Mister Schörts, auch Präsidenten müssen mal für kleine Jungs. Sie entschuldigen mich einen Moment."

Lincoln stemmte sich hoch und verließ das Büro durch

eine der Seitentüren. Kaum war er fort, ging Carl um den Schreibtisch herum und setzte sich auf den Stuhl des Präsidenten. Er lehnte sich zurück, streckte die Beine aus, sah sich um, klopfte auf die Schreibtischplatte und zündete sich eine Zigarre an. Nicht schlecht, dachte er, wirklich nicht schlecht.

Er rückte den Stuhl wieder so hin, wie er ihn vorgefunden hatte und sah aus dem Fenster. Graue Wolken eroberten von Westen den Himmel. Die Straße wurde dunkel im wegsackenden Licht und Carl wunderte sich, wie viele Wegstrecken in der Hauptstadt noch immer nicht befestigt waren.

Lincoln kam zurück und ging mit auf dem Rücken verschränkten Händen im Zimmer auf und ab.

„Das muss man sich mal vorstellen, Mister Schörts, mir wird Herrschsucht vorgeworfen. Von Leuten aus unserer Partei. Dass die Exekutive im Krieg mehr darf als normalerweise, liegt doch auf der Hand. Das wäre unter jedem anderen Präsidenten ebenso gewesen. Herrschsucht. Ich?"

Lincoln sah Carl an.

„Man wird einsam, Mister Schörts."

Sie redeten einige Zeit über den Wahlkampf. Lincoln hielt in seiner Zimmerwanderung inne.

„Ist Ihnen die Partei eigentlich gleich, Mister Schörts? Ich meine, Sie haben eine Menge Bewunderer. Wirklich. Aber auch einige Feinde. Die beanstanden unter anderem, dass Sie nie voll und ganz hinter der Partei stehen."

„Wenn meine Partei etwas beschließt und durchsetzt, dass ich nicht mittragen kann und will – dann sage ich das."

„Eigenbrötler?"

„Auf meine Weise wahrscheinlich. Wenn der ganze Schlamassel vorbei ist, Sir, dann müssen wir eine Reform des Beamtentums durchführen. Es kann nicht sein, dass in einem freien Land Posten an Leute vergeben werden, die keine Ahnung haben. Vetternwirtschaft. Das greift um sich wie verrückt. Da wird jemand Senator und zack, haben all dessen Freunde nette Büros in der Verwaltung. Erbärmlich. Wir müssen da ran, Mister President. Der nächste, der auf diesem Stuhl dort sitzt, wird wahrscheinlich seine eigenen Kinder zu Beratern ernennen, obwohl die von nichts eine Ahnung haben."

„Sie werden sich immer mehr Feinde machen, alter Freund."

„Das hält munter, Sir."

„General Sherman zieht mit seiner Armee nach Georgia, mitten ins Herz des Südens. Wird er es schaffen, was meinen Sie?"

„Ich kenne Sherman. Er wird es schaffen. Über den Mann werden noch Bücher geschrieben werden."

„Über Will Sherman?"

„Über Sie auch, Sir."

„Und Sie, Mister Schörts?"

„Sicherlich. Mal sehen."

„Sie waren in Deutschland schon bereit, für eine gute Sache zu töten."

„Ja."

„Die Befreiung dieses Professors Kinkel. Das stand damals sogar hier in den Zeitungen."

„Ich habe diese Sache monatelang vorbereitet. Es ist geglückt. Allerdings mussten dafür Leute ins Gefängnis, die uns geholfen haben."

„Die Opfer, die Menschen zu bringen bereit sind. Ehrfurcht ist geboten." Lincoln sah nach dem Briefbogen für die Mutter, die ihre vier Söhne nicht mehr in die Arme nehmen würde.

„Wie geht es übrigens Ihrer bezaubernden Gattin, Mister Schörts?"

Gute Frage, dachte Carl. Wie ging es Margarethe?

„Ich habe zu wenig Zeit für sie und die Kinder, Sir. Marge leidet darunter. Und das kann ich weiß Gott verstehen. Es ist nicht einfach."

„Leiden Sie darunter, Mister Schörts?"

„Sehr, Sir."

„Die Opfer, die wir bringen."

„Die Opfer, die wir aus anderen machen, Sir."

„Die Zeiten werden wieder besser werden, hm?", fragte Lincoln.

„Immer", sagte Carl.

Lincoln lachte. „Nun, Mister Schörts, ich weiß, dass Sie die ganze Zeit auf einen Drink gehofft haben. Aber hier bei mir gibt es so etwas nicht. Es wird allmählich dunkel. Ziehen Sie los in eine der zahllosen Bars in Washington und genehmigen Sie sich etwas. Und einen auf mein Wohl bitte. Und nach dem Sieg, Mister Schörts, werden wir den Frieden groß machen. Mit Respekt und in Anerkennung der Würde der Südstaaten werden wir dieses Land wieder vereinen und ins Licht führen."

„Ich bin dabei, Sir. Unbedingt."

Sie schüttelten sich die Hände.

„Vermissen Sie eigentlich Ihre Heimat, Deutschland?"

„Es ist wie eine alte Liebe, längst vorbei, aber ... Wir sind damals furchtbar geschlagen worden. Gescheitert auf ganzer Linie. Das wird mir nicht noch einmal passieren."

„Es war nicht nur militärisches Scheitern."

„Unser Parlament bestand zu der Zeit aus lauter guten, aufrichtigen Leuten. Allesamt mit nicht nur edlen, sondern schlichtweg realistischen Zielen. Aber ein solches Chaos, zu viele Debatten, so viel Beharren auf Meinung. Ich war ja damals selbst Feuer und Flamme."

„Heute nicht mehr, Mister Schörts?"

Carl klopfte auf seinen Säbel.

„Keine Freiheit ohne Ordnung", sagte Lincoln. „Vielleicht wird in Amerika der Individualismus übertrieben. Was meinen Sie?"

Wahrscheinlich hatte Lincoln recht, dennoch behagte Carl diese Formulierung nicht.

„Nun gut, Mister Schörts. Wie wir es verabredet haben, werden Sie vom Militärdienst freigestellt und machen Wahlkampf für mich. Die Details bekommen Sie von meinem Sekretär. Wir bleiben so eng und oft wie möglich in Kontakt."

„Wenn der Wahlkampf vorüber ist, will ich zurück zu meinen Männern."

„Auch ich habe ein Schlachtfeld besucht. Ich weiß, wie es dort aussieht und stinkt."

„Ich will unbedingt, Sir."

„Nun denn. Grüßen Sie Ihre schöne Gattin herzlich von mir, Mister Schörts."

Mal sehen, dachte Carl, vielleicht eher nicht.

„Was machen Sie jetzt damit, Sir?" Carl wies auf den Brief der söhnelosen Mutter.

„Es ist zu viel, Mister Schörts. Es ist viel zu viel. Aber ich werde es tun. Ich werde dieser Frau persönlich antworten." Lincoln rieb sich die hohe, steinerne Stirn. „Opfer auf dem Altar der Freiheit? Kann ich das schreiben? Oder ist das zu pathetisch?"

„Könnte funktionieren, Mister President. Das Richtige kann man dazu ohnehin nicht schreiben."

„Nein, das kann man wohl nicht."

„Vier Söhne verloren", sagte Carl. „Ich darf gar nicht daran denken."

Auf dem Flur, jetzt grau im Regenlicht des frühen Abends, wartete immer noch der Senator aus Maine. Die anderen Männer waren fort.

„Kommen Sie sich eigentlich besonders wichtig vor, Schörts?"

„Schurz. Generalmajor Schurz. Mit U wie im schönen deutschen Wort Utopie."

„Sie sind als arroganter Klugscheißer bekannt."

„Und Sie sind der Mann, der wartet."

Carl setzte sich den Hut auf und ging. Die Absätze seiner Reiterstiefel schlugen laut auf den Boden. Vielleicht war es dieses Geräusch, das ihn innehalten ließ.

Irgendwann, dachte er, muss man Aggression durch Humor ersetzen. Er hatte keine Ahnung, wie er jetzt darauf kam. Vielleicht waren es die Gedanken an die Frau, die keinen ihrer Söhne wiedersehen würde, vielleicht all die Toten und Verwundeten, die Weinenden und all die Männer, die sich vor Angst in die Hosen gemacht hatten und dann tagelang keine Möglichkeit hatten, die Kleider zu wechseln. Er drehte um und wollte den Senator um Verzeihung bitten. Er war nicht mehr dort.

Vielen Städten im Osten des Landes war der Krieg kaum anzumerken. Carl spürte ihn in der rechten Hand, die den Revolver oder den Säbel gehalten hatte und als Druck hinter den Augen. Wären die Siege von Gettysburg und Vicksburg nicht gewesen und hätte Sherman seinen Marsch in den Süden nicht so erfolgreich begonnen, dann hätte ihm der angetäuschte Frieden noch mehr abverlangt als nur die Irritation darüber, dass keine Schüsse krachten und kein Verwundeter um Hilfe bettelte.

Er bekam zahlreiche Briefe von ehemaligen Untergebenen, die er gebeten hatte, ihn auf dem Laufenden zu halten. Er las alles an Zeitungen, das er in die Finger bekam, korrespondierte mit Sherman und depeschierte Lincoln. In einer Zeitung stieß er auf den Fall des General Sickles. Der hatte den Liebhaber seiner Gattin in Washington erschossen. Vor Gericht war Sickles freigesprochen worden – wegen zeitweiser Unzurechnungsfähigkeit. Carl berichtete Ludwig Meyer über dieses Ereignis. Monate später, als Carl eine apokalyptische Reise in den Süden machen musste, erhielt er Meyers Antwortschreiben. Meyer sagte, dass es so etwas wie zeitweise Unzurechnungsfähigkeit seiner Ansicht nach ganz sicher gebe.

„Ich weiß, worauf du hinauswillst, lieber Carl. Ja, es ist ein Stück eigenartige Freiheit. Aber berufe dich nicht darauf."

Carl hatte mit gefangenen Südstaatlern geredet. Farmer, Schmiede, Bäcker, Postmeister. Viele dieser Leute hatten nie einen Sklaven gesehen. Diese Männer waren nicht für die Erhaltung und Ausweitung der Sklaverei in den Krieg gezogen, sondern für die Freiheit und Unabhängigkeit der südlichen Staaten, die sich vom Norden bevormundet fühlten. Einer dieser Männer, ein ehemaliger Lehrer aus Atlanta, hatte ihn erkannt.

„Sie, Herr Schurz" – so hatte er ihn genannt „Herr Schurz" – „Sie als 48er müssten uns eigentlich verstehen." Der Lehrer, ein großer Mann, zerlumpt aber mit Haltung, hatte ihn angelächelt.

„Richtig und falsch, These und Antithese, um Ihren Herrn Hegel zu zitieren, das gibt es nicht. Das hat sich aufgelöst oder war nie da. Mein Kompliment übrigens zur deutschen Literatur."

„Danke", sagte Carl. Er begriff nicht wirklich, was der Mann gesagt hatte. Nach den Schrecken und der Angst der letzten Tage musste sich etwas ihn ihm erst wieder ordnen. Außerdem stank es in der Wärme immer noch nach Verwesung.

„Freiheit ist eine Phase ohne Zwang", sagte der Lehrer. „Aber unter Einsicht der Notwendigkeiten."

Einige der umstehenden Soldaten kratzten sich am Kopf,

wechselten Blicke oder verschränkten die Arme, um sich vor Philosophie zu schützen.

„Man muss sich der Art der eigenen Determiniertheit bewusst sein, Herr Schurz."

„Ah ja", sagte Carl.

„Ich wünsche Ihnen viel Glück."

„Danke sehr. Ich Ihnen auch."

Das war nach Gettysburg gewesen, direkt neben einem toten Pferd mit drei Einschusslöchern. Mit dem Mann hätte Carl sich gerne unterhalten, aber er musste sich um seine Einheit kümmern, Berichte schreiben, sich damit herumärgern, dass Meade dem Feind nicht nachsetzte und einen desertierten Jüngling vor der Erschießung bewahren. Er traf den Jungen einige Tage nach der durchgesetzten Begnadigung bei einer Strafkompanie im Heerlager. „Danke, danke, danke, Sir." Ein schlaksiger, dunkelhaariger Kerl mit Tränen in den Augen. Carl stand vor ihm und wusste nichts zu sagen. Vor kurzem noch hatte er gesagt, bringen wir sie alle um – und er hatte das genauso gemeint. Und jetzt hüpfte und würgte sein Herz, weil er in all dem einem einzelnen jungen Mann das Leben gerettet hatte.

„Ich bin Ihnen so dankbar. Wie heißt Ihre Frau, Sir? Wenn ich fragen darf."

„Margarethe, Junge."

„Grüßen Sie sie bitte von mir, Herr Generalmajor. Wenn Sie sie wiedersehen. Grüßen Sie sie. Sagen Sie ihr, sie habe den besten Mann."

„Das werde ich tun. Einverstanden, wenn ich das Adjektiv ‚besten' durch ein schlichtes ‚gut' ersetze? Ganz gut?"

„Nein, Sir.“ Der Junge faltete die Hände, als wasche er sie mit einem Stück Seife. „Geben Sie mir etwas mit, Sir. Etwas für meinen Lebensweg. Bitte, Sir.“

„Immer dranbleiben“, sagte Carl.

Lincoln wurde wiedergewählt, während Sherman im Süden wütete und Carl über hunderte von Meilen zu seiner Einheit zurückkehrte. Sein Bursche Hans, wurde ihm berichtet, war während eines Nachtmarsches spurlos verschwunden und nicht mehr wiedergesehen worden.

„Traurige Sache“, sagte Carl zu einem seiner Lieutenants. „Da ist man lange mit jemandem zusammen, oft sogar in ziemlich miesen Situationen – und dann ist solch ein Mensch fort. Einfach weg. Und man sieht ihn nie wieder. Ging mir in Deutschland schon so.“

„Hier in Amerika, Sir, geht das noch viel schneller. Möglichkeiten noch und noch.“

„Wird Hans gesucht? Als Deserteur?“

„Ja, Sir.“

„Die sollen ihn in Ruhe lassen.“

„Das wird nicht gehen, Sir.“

„Der soll seiner Wege ziehen, Herrgott.“

„Wenn der erwischt wird, wird er gehängt.“

„Das werde ich zu verhindern wissen.“

„Sie werden es überhaupt nicht mitbekommen, Sir.“

Carl saß mit dem jungen Offizier unter einem Sonnensegel vor seinem Zelt und trank einen wässrigen Kaffee. Der Himmel war grau. Die bauschigen Ränder einiger Wolken gelb und ein kühler Wind bewegte die Zeltbahnen. Ein Schuss knallte. Carl griff nach seinem Revolver, der Lieutenant sprang auf. Noch mehr Schüsse knallten aus dem Lager und dann hörte Carl Jubelrufe, immer mehr bis das ganze Lager zu vibrieren schien. Flaggen wurden in die Luft geworfen, unbändige wie jahrelang unterdrückte Schreie erklangen. Sein Ordonanzoffizier kam zu ihm gerannt.

„Sir. Sir! Lee hat kapituliert. Lee streckt die Waffen vor Grant."

„Was?", fragte der Lieutenant.

„Lee hat kapituliert. Appomattox Court House, Virginia."

Carl steckte den Revolver ins Halfter zurück.

Marge, dachte er. Marge, ich komme zurück.

Er ging in sein Zelt und schlug die Plane zu. Die Jubelschreie wurden immer lauter und steigerten sich zu einem himmelstürmenden Lärm der Erleichterung. Carl legte zwei Briefbögen auf den Tisch.

„Ich komme zu dir und den Kindern, Marge."

„Ich möchte Sie so bald als möglich treffen, Mister President."

20

Fanny und das Monster
New York City, 1901

„Aber ich habe ihn nicht mehr getroffen, Fanny. Nie mehr."

Carl und Fanny saßen auf der Bettkante in ihrem Hotelzimmer an der Madison und hielten Händchen. Die späte Sonne schien durchs Fenster und legte einen Balken Gelb auf den Boden und einen breiten Streifen auf die geblümte Stofftapete. Carl mochte geblümte Tapeten.

„Das ist fast 40 Jahre her, Carl", sagte Fanny. „Das hier nicht." Sie tippte sich auf die Lippen. Carl küsste sie.

„Mark Twain hat mir einmal geschmeichelt, ich sei sein politischer Kompass. Vielleicht, Fanny, vielleicht hatte ich früher einen. Aber je weiter es ging, desto mehr wurde ein Karussell daraus."

„Ob du je einen Kompass hattest – keine Ahnung. Ich weiß auch nicht, ob mir das überhaupt gefallen würde. Das ist immer so ordentlich. Wer braucht denn sowas?

Ich schaue mal, ob es an der Rezeption schon eine Abend- oder Sonderausgabe der Zeitung gibt. Und ich ordere uns eine kühle Flasche Weißwein. Das ist schön. Mach du es dir gemütlich, lieber alter Freund."

Sie nahm ihm die Brille ab, obwohl sie wusste, dass er das nicht mochte. Carl brummte. „Jaja", murmelte Fanny. Sie legte die Hände an seine Bartwangen und küsste ihn auf den Mund.

„Ich bin ein Opa", sagte er.

„Aber nicht meiner."

Als sie an der Tür war, rief Carl ihr hinterher.

„War es im Theater, Fanny? Als wir uns das erste Mal gesehen haben? War es im Theater?"

„Ja, Carl, es war im Theater. Beziehungsweise nach dem Theater. In Washington. Ein warmer Abend. Bis gleich."

Carl traute ihr zu, dass sie gelogen hatte. Er klopfte sich mit den Knöcheln beidseitig an den Kopf. „Komm schon." Er zog einen der Zettel.

„Helläuglein." Was war das nun wieder? Oder doch? Eine junge Indianerin, die mit einem Pastor oder so durch die Gegend gezogen war, um für Indianerrechte zu werben. Carls Bemühungen für die Indianer waren von einigen Leuten völlig falsch verstanden worden. Helläuglein und dieser … dieser … wie auch immer er hieß, hatten einige Wochen lang für Aufsehen gesorgt. Und dann hatten sie geheiratet. Das wusste Carl noch. Er konnte verstehen, dass dieser Mann diese Frau geheiratet hatte – warum aber diese Frau diesen Kerl erkoren hatte, war ihm immer schleierhaft geblieben.

Er trat ans Fenster und sah auf die Madison hinab. Eine dieser eleganten Straßen, breit zog sie sich zum East River, die Häuser waren hell und hoch. Die tiefe Abendsonne machte die Schatten lang und schräg und eine Seite der Straße war orangegelb beleuchtet, die andere dunkel. Ein Laden reihte sich an den nächsten, dazwischen Bars und Restaurants und Straßenstände, an denen Obst, Korbwaren, Indianerschmuck und vieles mehr feilgeboten wurde.

Kutschen und Omnibusse versuchten durch die Menschenmassen zu kommen.

Was machen die da eigentlich alle, fragte Carl sich. Was treiben wir hier auf der schönen Welt? Was macht uns so geschäftig? Zeitungsjungen, so klein wie der Trommler bei Gettysburg, flitzten durch die Drängenden und wedelten mit ihrer Ware. Immer wieder bildeten sich Gruppen von Leuten, die stehen blieben und gemeinsam in die Sonderausgaben schauten.

Fanny kam zurück. Sie klopfte sich mit der zusammengerollten Zeitung an die Schläfe.

„Der Präsident ist tatsächlich von zwei Kugeln getroffen worden. Der Schütze ist polnischer Abstammung. Leon… irgendwie. Keine Ahnung, wie man das ausspricht. Ein Anarchist."

„Anarchie", sagte Carl. „Auch so ein dumpfer Auswuchs."

„Der Wein kommt gleich", sagte Fanny.

McKinley, Imperialismus, Kuba, Philippinen, Santo Domingo. In Carls Kopf ruckte es. Jahreszahlen würfelten in ihm. „Gehen Sie nach Hause, Schörts." „Was wollen Sie denn, alter Mann?" „Halten Sie doch endlich die Klappe." „Der Präsident hat keine Zeit für Sie."

Carl legte die Stirn ans Fenster, das Glas war warm.

„Ich habe wütende Artikel geschrieben gegen den aufkommenden Imperialismus. Ich habe McKinley geschrieben und ihm gesagt, dass wir ein Land der Freiheit und Gerechtigkeit sind, oder zu sein haben. Und das lasse sich kaum damit vereinbaren, Militär auf fremdes Territorium zu schicken. Meine Güte, Fanny, selbst alte Weggefährten habe ich damit verprellt. Dieses Land ist so dermaßen selbstbewusst geworden, dass der Großteil der Bevölkerung meint, wir seien dazu da, Glück auf der Welt zu verteilen, mit der Waffe in der Hand. Habe ich auch mal gemacht."

Er drehte sich mit dem Rücken zum Fenster und verschränkte die Arme. Fanny saß im Sessel und blätterte durch die Zeitung, sah dabei aber ihn an.

„Ich habe eine flammende Rede gegen den Imperialismus gehalten – irgendwo. Vielleicht hier in New York, ich weiß es nicht mehr, Fanny.

Die haben mich ausgebuht. Carl Schurz wurde ausgebuht. Auch von Leuten, die mich immer verehrt oder mindestens sehr respektiert und ernstgenommen haben. Hätten sie faule Tomaten dabeigehabt, eijeijei."

Es klopfte. Fanny rief „Herein" und ein livrierter Diener brachte ein Silbertablett mit einem Weinkühler darauf. Carl lief das Wasser im Mund zusammen. Er setzte sich zu Fanny und sagte dem Pagen, er öffne die Flasche selbst.

„All die schönen kleinen Dinge immer", sagte Fanny.

Carl drehte den Korkenzieher in die Flasche. Fanny summte. Wie oft sich diese Frau über etwas freute. Sonnenschein oder ein Spaziergang im Regen, bei dem sie ihr Gesicht dem Himmel entgegenstreckte. Servierte er ihr an einem Wintertag eine heiße Tasse Kaffee, sagte sie „Yippie, ein Kaffee, wie schön." Er stellte die Flasche ab und griff nach seiner Tasche. Er hob sie auf den Schoß und zog die beiden dicken Bündel seiner Autobiografie heraus. Ohne Fanny anzusehen, reichte er sie ihr. Als er den Halt ihrer Hände spürte, ließ er los.

„Kommt deine Frau oft darin vor?“, fragte Fanny.

„Meine Kinder sagen, sie komme zu selten darin vor. Ich glaube, vieles kommt zu selten darin vor.“

„Du hast Margarethe nie vergessen, oder?“

„Nie.“

„Aber du liebst mich.“

„Oh ja, Fanny, oh ja.“

„War deine Ehe glücklich?“

„Für mich ja. Glaube ich.“

„Hast du sie mehr geliebt als mich?“

„Sie war eine andere. Es war eine andere Liebe. Gut?“

„Geht so.“

Fanny strich über die Seiten.

„Ich bleibe diesmal etwas länger in New York“, sagte sie. „Denn ich möchte gerne bei dir sein. Und, wenn es erlaubt ist, ich habe so ein wenig den Eindruck, du kannst mich im Moment noch ein bisschen mehr brauchen als sonst?“

„Bleib ganz lange.“

Carl erzählte ihr von seinen Zetteln, dass er Angst hatte, dass er nicht wisse, dass er nie gewusst habe.

„Was, wenn ich deinen Namen vergesse? Oder meine Kinder nicht mehr erkenne?“

„Mach dir nicht solche düsteren Gedanken, Carl. Das wird nicht passieren.“

„Das Leben ist Unordnung, Fanny“, sagte er.

„Ja klar“, sagte sie. Carl umarmte sie.

„Blättere wahllos darin, wie ich in meinem Haufen von Zetteln“, sagte er. „Packen zwei ist Amerika.“

„Schlimm, wenn mich das mehr interessiert?“

„Gar nicht."

Er sah Fanny zu, wie sie Seiten über die Daumen laufen ließ, stoppte, einzeln umschlug und sich manchmal den Finger an der Zunge anfeuchtete. Hielt sie inne, fragte er sich, wo sie gerade sein mochte und er hoffte, dass es nicht sein Bericht über Chancellorsville war oder Gettysburg. Ab und zu zog Fanny die Augenbrauen zusammen und eine steile Falte schnitt in ihre Stirn, dann wieder lächelte sie oder kratzte sich mit der Fingerspitze am Scheitel. Carl hätte sie gerne geküsst, aber er wollte nicht stören. Fanny blätterte, hielt inne und blätterte zurück.

„Du bist aufgewacht und dachtest, du müsstest sterben? Carl?"

Die Erinnerung kam wie eine Explosion.

„War fürchterliches Wetter", sagte er. „Missionary Ridge. Grant, Sherman. Und lauter Kugeln und Granaten, die es nur auf mich abgesehen hatten. Ich wusste, ich würde sterben. Ich würde zerfetzt oder in den Bauch getroffen."

Fanny legte ihre Hand auf seine.

„Ich wusste es. Meinem Ordonanzoffizier, direkt hinter mir, wurde das Pferd weggeschossen. Es hat so geschrien, dieses Tier, Fanny, es hat so geschrien. Und immer noch hörte ich eine Stimme in mir, ganz deutlich. Glasklar. Ich weiß nicht, wer da gesprochen hat, aber irgendwer hat es getan. Die nächste Kugel ist für dich."

„War sie aber nicht", sagte Fanny. „Du sitzt ja doch ziemlich lebendig neben mir."

Carl erschien das alles so absurd. Aber es hatte gutgetan, es auszusprechen.

„Na ja", sagte er, plötzlich erheitert, „Ich kannte auch eine Frau, die Gespenster gesehen hat. In Spanien. Ich glaube, das steht da auch drin."

„Gespenster? Davon hast du mal erzählt."

„Oh ja. Und außerdem sei die Freiheit ein Gespenst. Das hat sie gesagt. Eine attraktive Frau, gebildet, aber erzkatholisch. Da ist dann Hopfen und Malz verloren."

Fanny strich ihm durchs Haar.

„In deinem Alter noch solche Borsten auf dem Kopf. Glückwunsch."

„Die Freiheit ist kein Gespenst", sagte Carl. „Sie ist ein Monster."

„Oh je, guter Freund. Das ist mir jetzt zu viel. Du bist erschöpft. Ich weiß ganz genau, dass du jetzt dein Zimmer und deine Bücher brauchst."

„Man muss sie einsperren."

„Carl, das ist doch absurd."

„Genau, Fanny. Ist es."

Fanny nippte an ihrem Weinglas und lächelte ihn an.

„Es gibt noch anderes", sagte sie.

Schnüre hier, Schnüre da, vorne, hinten, Stoff noch und noch.

„Eine kleine Reise in meinen Süden, lieber Freund? Das wäre schön."

21

Apokalypse
Washington und Südstaaten, 1865

Carl ging über den langen Flur zum Präsidentenbüro. Wie schon zu Lincolns Zeiten sah er etwa ein halbes Dutzend Senatoren und Abgeordnete auf den Bänken warten. Carl grüßte sie und klopfte an die Tür zu Johnsons Vorzimmer. Der Sekretär des Präsidenten öffnete.

„Carl Schurz. Ich muss den Präsidenten sprechen."

„Viele Leute müssen den Präsidenten sprechen, Sir. Wenn Sie bitte warten mögen."

Carl lächelte. „Ich müsste ihn jetzt sprechen."

„Nehmen Sie bitte Platz, Mister Schörts. Sobald der Präsident Zeit für Sie hat, werde ich Sie aufrufen."

Carl verstand das nicht. Diese Tür hatte ihm immer offen gestanden, vor allen anderen. Er sah den Sekretär an. Ein hagerer Mann mit grauem Backenbart, der Hals runzelte über einem mörderisch eng geschnürten Binder.

„Würden Sie dem Präsidenten bitte sagen, dass Carl Schurz hier ist."

„Natürlich werde ich das, Sir. Bitte, nehmen Sie Platz."

Carl spürte die Blicke einiger der Männer auf seinem Rücken kribbeln. Er sah sie nicht an, ging den Flur hinab und starrte an dessen Ende die Tür zum nächsten Flügel des Weißen Hauses an. Das konnte nicht wahr sein. Er ging zurück und setzte sich auf eine leere Bank. Weiß lackiertes

Holz, wäre schön gewesen für die Terrasse, um mit Marge darauf zu sitzen und in die Abendsonne zu schauen.

Er klopfte erneut.

„Mister Schörts?"

„Hören Sie, ich denke hier liegt ein Missverständnis vor. Würden Sie bitte ..."

„Es existiert keinerlei Anlass zur Annahme eines Missverständnisses, Sir."

Welch eine hundsmiserable Formulierung. Der Sekretär schloss die Tür.

Nach und nach wurden die anderen Männer ins Büro gelassen. Als nur noch zwei Herren mit den Füßen wippten und sich den Bart kratzten, fragte er sie, ob sie die Güte hätten, ihn vorzulassen, es sei wichtig.

„Unsere Anliegen, Mister Schörts, sind auch wichtig."

Das Licht im Flur wurde grauer, Schatten wanderten, Carls Hals war trocken. Er hätte, wie im Krieg, eine Feldflasche dabeihaben sollen. Er schaute auf seine Taschenuhr. Drei Stunden. Wie konnte der das wagen?

Der Sekretär kam auf den Flur hinaus und schloss die Tür zu. Er zeigte Carl und dem letzten verbliebenen Mann den Schlüssel.

„Bei allem Respekt, meine Herren, aber der Präsident kann Sie heute nicht mehr empfangen. Sie mögen morgen wiederkommen. Ich solle einen Gruß ausrichten und um Verzeihung bitten."

„Das ist ja schön", sagte Carl. „Wann morgen?"

„Wann immer es Ihnen beliebt, Mister Schörts."

„Wie wäre es mit einem Termin?"

„Nun, Sir, die Wirren nach einem Bürgerkrieg wieder in ordentliche Bahnen zu leiten, erfordert erheblichen Aufwand. Im Moment kann der Präsident keinen festen Termin vereinbaren. Aber wenn Sie gegen zehn Uhr morgens hier sein möchten, stünden Ihre Chancen, denke ich, recht gut."

Du Lackaffe, dachte Carl.

Am nächsten Morgen um zehn Uhr klopfte Carl erneut an die Tür. Diesmal nicht mit den Knöcheln, sondern mit der Faust.

„Ich muss den Präsidenten sprechen."

„Sie würden gerne …"

„Wagen Sie es nicht, mich zu korrigieren."

„Oh, das war keineswegs als Korrektur gemeint, Sir. Wie könnte ich. Es ist …"

„Was auch immer es ist. Sagen Sie dem Präsidenten, dass ich hier bin."

Der Sekretär schloss die Tür. Wahrscheinlich genoss er diese Macht, die Machttür, die Türmacht. Carl war drauf und dran, unaufgefordert das Büro zu stürmen. Er hörte die Schritte des Sekretärs. Der öffnete die Tür nur einen Spalt, Carl sah einen Streifen Mann, nur ein Auge.

„Eine halbe Stunde, Mister Schörts. Nehmen Sie doch bitte Platz."

Carl hielt dem Türspalt die Taschenuhr hin.

„Eine halbe Stunde" sagte er.

Präsident Johnson saß an seinem Schreibtisch, las eine Akte und winkte Carl feudal aus dem Handgelenk heran.

„Es scheint, es ist schwieriger, Frieden als Krieg zu führen, Mister Schurz“, sagte er, immer noch ohne Carl anzusehen. Er trug das Haar bis halb über die Ohren.

„Nachsicht und Entgegenkommen im Frieden“, sagte Carl. Jetzt sah Johnson ihn an.

„Die Partei, jedenfalls weite Teile der Partei, will ein hartes Durchgreifen gegen die Ex-Rebellen.“

„Präsident Lincoln sagte, eine Wiedervereinigung der Union kann nicht durch Erhängungen geschehen, Sir.“

„Lincoln ist tot, Mister Schurz. Ich habe Rücksicht zu nehmen auf die Partei. Kongress und Senat zerfleischen sich. Wir müssen genau abwägen. Ich hatte vor, jemand anderen in den Süden zu schicken, aber Ihr Schreiben hat mich weitestgehend überzeugt.“ Johnson öffnete die Hände als wolle er einen Ball fangen. „Verlassen Sie Washington. Reisen Sie in den Süden und schreiben Sie mir einen Bericht über die Zustände dort. Dann sehen wir weiter. Bis dahin werden wir hier nicht allzu viele Entschlüsse fassen.“

Was meinte der jetzt mit „verlassen Sie Washington?“ Carl wusste zu gut um die Doppeldeutigkeit von Sprache. Was sagte jemand und was meinte er damit eigentlich?

„Volle Staatsbürgerschaft und Freiheit für die ehemaligen Sklaven, Sir?“

„Die Dinge müssen sich entwickeln. Freiheit kann man nicht verordnen, Mister Schurz. Mein Sekretär wird Sie mit allen Papieren ausstatten, die Sie für die Reise brauchen.“

Johnson stand auf und streckte Carl die Hand entgegen.

„Nehmen Sie sich alle Zeit, die Sie brauchen, Mister Schurz.“

Schon wieder so ein doppelter Boden, dachte Carl. Er schüttelte Johnson die Hand und das Gesicht und die Gestalt von Abraham Lincoln vibrierte vor dem Präsidenten. Wenn der doch noch hier wäre, dachte Carl.

„Und nun los, Mister Schurz."

Ich gehe ja schon, dachte Carl. In der Tür drehte Carl sich um. Johnson hatte sich in seinem Sessel zurückgelehnt und hielt eine Akte so vor das Gesicht, dass Carl ihn nicht sehen konnte.

Kurz vor seiner Abreise hatte Carl General Sherman noch einmal in Washington im War and Navy Department getroffen.

„Hat sich rumgesprochen, dass Sie zur Inspektion in den Süden reisen werden. Die Hitze wird Sie umbringen, Schörts." Sherman zündete sich eine Zigarre an. „Nehmen Sie davon viele mit. Gut gegen die Moskitos." Shermans zerfurchtes Gesicht und das struppige Haar ließen ihn wie eine Steinbüste erscheinen. Ein gemeißelter Mann, ein schmaler Mann, der strotzte von Kraft und Verzweiflung und Verborgenem.

„Wenn Sie auf meinen Spuren unterwegs sind – und ich habe Spuren hinterlassen, verlassen Sie sich darauf – nun, wenn Sie also auf meinen Spuren unterwegs sind, dann wundern Sie sich nicht. Ich habe den Krieg in den Süden gebracht, ins Herz des Feindeslandes. Und wenn ich Krieg führe, dann richtig. Anders geht das nicht. Es gibt keinen halben Krieg, es gibt keinen rücksichtsvollen Krieg. Aber es gibt kriegsverkürzenden Krieg. Ich habe meinen Männern nicht gesagt, sie sollen brandschatzen und plündern. Aber ich habe nach vorne geschaut und nicht an den Wegesrand und nicht in die Dörfer und Städte und Eisenbahnknotenpunkte. Wenn man Menschen Freiheit gewährt – gerade Menschen im Krieg, Schörts – dann …“, Sherman schaute in den taubengrauen Himmel, „dann …“ Er breitete die Hände aus. „Krieg ist die Hölle. Und ein kluger Mann wie Sie sollte einmal darüber nachdenken, ob das Gleiche für die Freiheit gilt.“ Sherman lachte und dann mischte sich ein Husten in sein Lachen.

„Wieso fasziniert uns das Grauen, Schörts? Jetzt sagen Sie nicht, das sei nicht so. Faszination ist kein unbedingt positiver Begriff. Wieso fasziniert es uns? Es entsetzt uns, es macht uns wütend, es treibt uns die Tränen in die Augen – aber: Es fasziniert uns.“

Sherman kratzte sich beidhändig am Kopf. „Ich bin ein Diener dieses Herrn.“

„Wer einmal im Krieg war“, sagte Carl, „kommt da nicht mehr raus.“

Sherman sah ihn an, sagte aber nichts.

„Für die Liebe gilt allerdings das Gleiche“, sagte Carl.

Carl und sein Begleiter, Captain Sullivan, standen an der Reling des Flussdampfers und sahen die gebrochenen Silhouetten von Charleston langsam klarer werden. Der Morgenhimmel war steingrau und erste schüchterne Streifen von Blau breiteten sich aus. Sullivan war ein junger Mann, den der Krieg alt gemacht hatte. Er trug eine Klappe über dem linken Auge. Als das Schiff die graubraunen Ruinen von Fort Sumter passiert hatte, sagte er, dort habe der ganze Mist begonnen.

„Mit der Beschießung, Sir. Damit ging es los. Und in der Stadt da“, er zeigte auf eine Reihe Häuser, die dicht am Ufer verwilderten, „haben die Rebellen große Reden geschwungen und den Krieg propagiert. Dreckskerle.“

„Wir müssen Frieden schaffen, Captain“, sagte Carl. Er staunte darüber, wie warm die Morgenluft schon jetzt auf seiner Haut zu spüren war.

„Großmut, Verständigung, Versöhnung“, sagte er.

„Bei allem Respekt, Sir, das glauben Sie doch selbst nicht.“

„Wir dürfen die Unterlegenen nicht demütigen, Captain. Wir müssen aufbauen, das geht mit Demütigung nicht.“

Carl sah den Mann an. Sullivan war fast so groß wie er.

„Wo ist das passiert, Captain, mit dem Auge? Wenn ich fragen darf.“

„Chancellorsville.“

Carls Griff um die rostige Reling wurde härter. Er wurde das nicht los. Ein menschlicher Kopf, der von zwei Seiten gleichzeitig getroffen wurde.

„Die hier“, sagte Sullivan, „haben angefangen. Die sind schuld. Die, Sir, die haben das hier.“ Er tippte auf seine Augenklappe. War es Absicht von Präsident Johnson gewesen, ihm ausgerechnet diesen Mann an die Seite zu stellen? Carl hatte nichts gegen den Captain, während der Fahrt hatten sie sich oft gut unterhalten, viel über die Wälder in Amerika, über ihre Frauen, aber je näher sie dem ehemaligen Feindesland gekommen waren, desto härter waren Sullivans Wangen und Lippen geworden. Wie sollte er mit einem Menschen reden, der ein Auge verloren hatte? Was wusste er davon, wie Sullivans Frau darauf reagiert hatte, ihren Mann so zu sehen? Von Schwächeattacken, Durchfall, Hungerkrämpfen und tödlicher Müdigkeit abgesehen war Carl körperlich unversehrt durch die Jahre des Krieges gekommen, aber er wusste sehr genau, was andere alles hatten erleiden müssen. Die Revolution in Deutschland war fast 20 Jahre vorbei, dennoch fragte er sich manchmal, ob er all das damals anders wahrgenommen hatte, distanzierter oder jugendlich unbesorgter oder überdeckt von Ideen. Chancellorsville, Gettysburg und Kämpfe in brennenden Wäldern und Durchfall hinter einem belanglosen Strauch am Wegesrand während hunderte Männer sich an ihm vorbeischleppten, das würde er nie vergessen. Ach Marge, dachte er.

„Wir legen an, Sir“, sagte Sullivan. Er lächelte. „Sie waren ganz in Gedanken versunken, hm?“

„Ja. Ja, war ich. Verzeihen Sie.“

„Ich mag das“, sagte Sullivan, „wenn Menschen manchmal so ganz versunken sind. Ich kann das auch. Ist ungeheuer erholsam.“

Carl sah nach den geschundenen Masten, die einige versenkte Schiffe aus dem Dunkel des Wassers streckten. Südstaatenfahnen waren an die Masten genagelt worden.

Sie gingen langsam um die schwarzen Trichter in der Straße. Links und rechts von ihnen fraß der Verfall an den Ruinen der Häuser. Alles verkohlt und dunkel und grau als wäre Nacht, obwohl die Morgensonne jetzt klar und heiß schien und einen Schleier um die Trümmer legte. Zerfetzte Wagen, ein umgesunkener Galgen, leere Fenster, Trockenheit. Auf einer Brache zwischen zwei eingestürzten Häusern steckten Dutzende Grabkreuze schräg im braunen Gras. Brüchige Schornsteine, stundenlang im Feuer gebacken, versammelten die Überreste von Gebäuden an ihren Wurzeln.

„Mein lieber Mann“, murmelte Sullivan.

„Hat ganz schön gekracht hier“, sagte Carl. Warum eigentlich sagte er so etwas? Fassungslosigkeit? Verharmlosung, um besser zurecht zu kommen?

„Vor Gott macht der Krieg auch nicht Halt, Sir“, sagte Sullivan. „Schauen Sie sich den Dom an. Nicht viel von übrig. Denen haben wir es gezeigt, Sir.“

„Ja“, sagte Carl, „das haben wir wohl.“ Er hörte General Shermans hustendes Lachen.

Die Außenfassade des Charleston-Hotels war pockennarbig von Kugeleinschlägen, die obere Etage ausgebrannt. Einer der Säulen vor dem Eingang war das Mittelteil weggeschossen worden. Die Hotelhalle war staubig, das Mobiliar zusammengesetzt aus Fundstücken. Der Mann hinter dem gesplitterten Rezeptionstresen sah Carl und Sullivan mit geschlitzten Augen an. Er trug eine geflickte Weste und einen knallroten Binder.

„Guten Morgen, Sir“, sagte Carl. „Generalmajor Schurz. Ich treffe mich hier morgen mit einigen Abgesandten Ihrer Stadt.“

„Fahr nach Hause, Yankee. Ihr werdet uns nicht sagen, wie wir zu leben haben."

„Und ob", sagte Sullivan. Carl legte ihm eine Hand auf den Unterarm.

„Meine Herren, bitte", sagte er. „Der Krieg ist vorbei. Amerika ist ein Land. Die Union. Wir werden die Wunden heilen. Wir kriegen das hin. Wenn Sie die Güte hätten, uns unsere Zimmer zu zeigen, Sir."

„Der Nigger zeigt euch die Zimmer, Yankee."

„Wie bitte?"

„Ist schon recht, Sir." Ein afrikanischer Mann in zerschlissenem Hemd trat zu ihnen. „Ich nehme Ihre Taschen, Sirs."

„Danke sehr, aber ich kann meine Tasche selbst tragen."

„Nein, nein, Sir, das ist meine Arbeit. Und jetzt werde ich dafür sogar bezahlt."

„Pah", sagte der Mann hinter dem Tresen.

„Gewöhn dir einen anderen Ton an", sagte Sullivan.

„Es reicht jetzt." Carl nahm seine Tasche und reichte sie dem Afrikaner.

„Folgen Sie mir, Massas."

„Nennen Sie mich nicht Massa. Bitte. Es gibt keine Massas mehr", sagte Carl. „Sie sind ein freier Mann."

„Großer Gott", sagte der Hotelier.

„Wie heißen Sie?", fragte Carl den Afrikaner.

„Jim, Sir."

„Ich meine wirklich. Jim ist doch sicher nicht ihr Geburtsname."

„Ich bin Jim, Sir."

„Haha", sagte der Mann hinter dem Tresen.

„Ich stopf dir noch das Maul." Sullivan wedelte mit dem Zeigefinger vor dem Gesicht des Hoteliers.

„Hören Sie auf jetzt! Schluss jetzt. Was soll das denn. Ruhe hier, ist das klar. Verdammt noch mal."

Die Männer starrten Carl an.

Er saß auf seinem Bett, ein Laken gab es nicht, die Decke roch nach Staub. Kaum hatte er das Zimmer betreten, hatte er begonnen, Margarethe einen Brief zu schreiben. Einer der vielen Briefe an seine Frau, die er zu lange nicht gesehen hatte. Er schilderte ihr das absurde Gespräch im Hotel Wort für Wort. Das Hemd klebte ihm am Körper.

„Ich soll dem Präsidenten über die Zustände im Süden berichten, Marge. Ich hoffe inständig, dass das nicht so weitergeht, wie es heute begonnen hat.

Wärest du doch bei mir. Könnte ich doch in deine Augen sehen. Mein Gott, Marge, wie ich dich vermisse."

Am nächsten Tag kamen sie in die Hotelhalle, Männer und Frauen, denen Carl an ihrer Gestik und Mimik und am Stoff ihrer Kleider, waren sie auch noch so mitgenommen, den ehemaligen Reichtum ansah.

„Sklaventreiber", flüsterte Sullivan neben ihm am Tisch. „Augendiebe."

„Das ist ein gutes Wort", flüsterte Carl zurück. „Das war der gestorbene Dichter in mir."

„Gestorbener Dichter, Sir?"

„Irgendwann, Sullivan, gehe ich in den Wald, bau mir eine Hütte und mache nichts anderes mehr als schreiben."

Dann hörte er der Delegation zu.

Er hörte, dass der Neger nicht per Dekret zurechnungsfähig werde und mit Freiheit nichts anzufangen wisse, er hörte, dass Nordstaatentruppen als Aufsicht hier nichts zu suchen hätten, dass die Lebensweise des Südens eine alte Kultur sei, die nicht hinfortpolitisiert werden könne, dass es Übergriffe von haltlosen Negern gebe und man sich zu wehren wisse, dass neue Gouverneure und Verwalter nur aus dem Süden und nicht aus Büros in Washington kommen könnten, er hörte von den unverschämt niedrigen Preisen, die Kapitalisten aus dem Norden für Ländereien im Süden ergaunerten, er hörte, dass Lee der überragende General und Feldherr des Krieges gewesen sei, er hörte, dass Sklaven sich freiwillig wieder in den Dienst ihrer Herren stellten „weil die nicht anders können, Schörts."

Er hörte. Er verbitterte. Er wehrte sich dagegen.

„Sehen Sie, Mister Schörts", sagte der Wortführer der Delegation, „jetzt wissen Sie, wie es hier steht. Sie haben für die Freiheit gekämpft, Mister Schörts? Sie haben Ihr Leben riskiert. Ich achte das. Der Norden hat den Krieg gewonnen, Lee hat in Virginia kapituliert. Wir erkennen das an. Die Sklaverei ist per Gesetz abgeschafft. Wir beugen uns dem. Aber jetzt, Mann, jetzt gehen Sie. Verschwinden Sie von hier. Sie sind Freiheitskämpfer – also: Geben Sie uns unsere Freiheit. Wir bauen das Land wieder auf."

Als er mit Sullivan am nächsten Morgen das Hotel verließ, spuckte der Hotelier hinter ihnen auf den Boden. Der feuchte Fleck wurde sofort grau von Staub.

„Wir sind im Namen des Friedens unterwegs", sagte Sullivan. Er zog seinen Revolver und zielte dem Hotelier mitten ins Gesicht. Der hob die Hände. Sullivan steckte den Revolver wieder weg. Carl wollte Sullivan zurechtweisen, unterließ das aber, als er in das Gesicht des Hoteliers sah. Der schien zu kauen, der war in all der Trockenheit auf der Suche nach frischem Speichel.

„Der Nigger fegt das gleich auf", sagte er und deutete auf den Speichelfleck.

„Feg das selbst auf", sagte Sullivan.

So nicht, dachte Carl. So ging das alles nicht. Er fuhr mit der Stiefelspitze so lange über den Fleck, bis der im Bodenstaub nicht mehr zu sehen war.

„Ich will nur Ihr Bestes", sagte Carl. „Unser aller Bestes."

„Dann lass dich über den Haufen schießen."

„Sie könnten mir auch ein schönes Leben wünschen."

„Nein."

„Ich wünsche Ihnen ein schönes Leben", sagte Carl.

„Ich nicht", sagte Sullivan. „Und halt jetzt bloß die Fresse, Fettsack."

Manchmal mieteten sie eine Kutsche, manchmal konnten sie einige Kilometer mit der Bahn fahren, bis sie eine der unzähligen Stellen erreichten, an denen Shermans Männer die Gleise aus dem Boden gerissen und um Baumstämme gebogen hatten. Einmal kauften sie zwei dürre Pferde bei einem Farmer, der kein einziges Wort sagte und ständig nach den Grabkreuzen neben dem Stall schaute.

Sie kamen durch Orte, die aussahen, als sei ein Lavastrom durch sie hindurch gefegt. Sie überquerten Flüsse auf schmalen Behelfsbrücken, weil die alten Brücken sich ins Wasser bogen, die Schnüre der Sprengladungen flatterten im heißen Wind. Die Hitze drückte sie.

In manch kleinem Ort, in dem sie pausierten, gab es kaum etwas zu essen. Am Ufer eines Baches hatten ein Mädchen und zwei Jungen ein Lagerfeuer entfacht. Sie rösteten dürre Maiskolben. Das Mädchen trug einen Revolver an einem schräg über den Oberkörper geschnallten Lederriemen, der ältere der Jungen eine für ihn viel zu große Muskete.

Carl stieg vom Pferd und gab den Kindern die Reste aus seinem Brotbeutel.

„Wo sind denn eure Eltern?"

„Hat Sherman umgebracht", sagte das Mädchen. Sie schien die älteste der drei zu sein. Sie trug eine Art Poncho, den sie in der Mitte mit einem Strick zusammenhielt.

„Großeltern?"

„Hat Sherman umgebracht."

„Irgendwer von eurer Familie? Hm? Da muss doch noch irgendwer sein, zu dem ihr gehen könnt."

„Nein, Sir", sagte der Junge mit der Muskete. „Sie sind Nordstaatler, Sir."

Er hätte seine Uniform nicht tragen sollen. Warum war ihm dieser Gedanke nicht vor der Reise gekommen?

„Ich bin Amerikaner", sagte Carl. „So wie ihr."

„Wollen Sie etwas von unserem Mais?", fragte das Mädchen.

„Lieb von dir. Aber, nein danke."

Carl sah zu Sullivan auf.

„Wir können die nicht mitnehmen, Sir", sagte der Captain.

„Und wenn wir unsere ganze Berichterstattungsreise abbrechen und uns um die Kinder kümmern?"

„Übertreiben Sie es nicht, Mister Schörts."

„Sie müssen sich um uns keine Sorgen machen", sagte das Mädchen. Carl wandte sich ab und wischte sich über die Augen.

In provisorisch aufgebauten Außenposten der Freedmen's Bureaus sprach Carl mit Arbeitsvermittlern. Die meisten von denen machten keinen Hehl daraus, sich eine goldene Nase zu verdienen: Man müsse den „befreiten" Afrikanern Verträge mit ihren ehemaligen Herren aufschwatzen und sich dann den nicht verrechneten Überschuss mit den Farmern teilen.

„Ich melde das", sagte Carl. „Das kommt in meinen Bericht."

„Ja, ja, Schörts. Hier kann man jetzt richtig Geld machen. Sie auch. Ein besiegtes Land. Eine Goldgrube. Sagenhaft, sag ich Ihnen. Sa-gen-haft."

„Glauben Sie, dafür haben wir gekämpft?"

„Ist mir völlig egal, wofür Sie gekämpft haben."

Carl verließ das Büro. Captain Sullivan lehnte draußen an der Wand. Seine Augenklappe war staubgrau. Carl erzählte ihm von dem Gespräch.

„Ich geh da noch mal kurz rein", sagte Sullivan.

Der alte Mann lag mit ausgebreiteten Armen an einem Flussufer. Er konnte noch nicht lange tot sein. Mit einem Fleischermesser war ihm ein Zettel in die Brust getrieben worden: „Massa."

„Ich kann's verstehen", sagte Sullivan.

„Ach ja, und wer hat jetzt etwas davon?"

„Tja, Herr General, wer von all dem hier etwas hat – das ist mal eine interessante Frage."

In einem Militärstützpunkt nahe Salisbury sprach Carl mit einem einbeinigen Colonel, in dessen Kammer dutzende Stadtansichten von Washington an den Wänden hingen.

„Die Südstaatler stellen jetzt eigene Schutztruppen auf, um sich gegen die Übergriffe befreiter Sklaven zu wehren. Wenn der Präsident das durchgehen lässt, Mister Schörts, untergräbt er unsere Autorität hier. Und das wäre fatal, jedenfalls jetzt."

„Das wird Johnson nicht tun, keine Sorge, Colonel."

„Was die da in ihren Büros in Washington treiben, hat mit dem Leben wenig zu tun. Befreite Sklaven. Allein diese beiden Wörter passen ja schon nicht zusammen."

„Lauter Poeten hier", sagte Sullivan.

„Wie ist es in Washington? Ich meine, wann waren Sie zum letzten Mal dort?", fragte der Colonel.

„Unmittelbar bevor ich die Inspektionsreise mit Captain Sullivan angetreten bin."

„Schien die Sonne? Waren viele Leute auf den Straßen?"

„Lassen Sie sich versetzen, Sir."

„Schon oft versucht. Aber da ist man als Armeeangehöriger ein klein wenig“, er hielt Daumen und Zeigefinger einen Zentimeter auseinander, „eingeschränkt, Mister Schörts.“

„Gibt es hier bei Ihnen etwas Vernünftiges zu essen, Sir?“, fragte Carl. Der Colonel sah ihn an, griff nach seinen Krücken und stemmte sich aus dem Stuhl.

„Gibt es, Mister Schörts, gibt es. Folgen Sie mir.“

Sullivan schob seinen Hut in den Nacken. „Halleluja“, sagte er.

In der Dämmerung ritten sie durch einen dichten blaugrauen Wald. Die heiße Abendluft stand zwischen den dunklen Bäumen und Fliegen summten. Das Summen schwoll an, ebbte ab, wurde wieder lauter, es bewegte sich in der Luft. Carl wischte sich mit der Hand vor dem Gesicht herum, bis er merkte, dass Sullivan den Schritt seines Pferdes verlangsamt hatte und den Revolver zog.

„Großer Gott“, sagte Sullivan.

Carl sah nur kurz hin. Ein Kreuz, zusammengenagelt und gebunden aus dicken Stämmen. Ein Afrikaner daran, der Unterleib nur noch hängende Fetzen von Fleisch. Die Blutlache unter ihm war groß wie eine Pfütze. Carl ritt weiter, beugte sich seitlings aus dem Sattel und erbrach sich. Sullivan packte ihn am Kragen und richtete ihn wieder auf.

„Wir sind im Namen des Friedens unterwegs“, sagte er und wischte sich über das Auge. Carl hätte ihn am liebsten umarmt.

„Wir sollten den Mann da abnehmen", sagte Sullivan. Seine Stimme war brüchig.

Carl gestand sich seine Niederlage sofort ein. Er zögerte keine Sekunde: „Ich schaff das nicht, Sullivan. Ich krieg das nicht hin. Du?"

„Nicht alleine. Wir … wir müssten diesen Mann abnehmen, Sir. Carl."

„Ich kann das nicht."

Sullivan trieb ihn voran, sie wollten fort aus dem Bannkreis dieser fliegenumsummten Fleischstatue, fort von dem Schweigen, weit weg, so falsch es auch war. Nur weg. Sie galoppierten über den Waldweg. Als es um sie herum heller wurde, zog Carl den Flachmann und sie teilten sich den Rest seines Whiskys. Carl brauchte lange, bis er wieder sprechen konnte.

„Das hat mit Shermans Marsch nichts zu tun. Das hat nichts mit dem zu tun, wofür wir gekämpft haben."

„Das da, das ist das, was nach dem Krieg kommt", sagte Sullivan. „Ich will zu meiner Frau."

„Nur zu. Ich schaffe das hier auch irgendwie allein."

„Nein, so war das nicht gemeint. Ich bleibe an deiner Seite. Schreib deine Berichte für den Präsidenten. Der ganze Scheiß hier kann nicht wahr sein."

„Es ging um etwas Anderes", sagte Carl.

„Ja, aber es ist nicht da", sagte Sullivan. „Es ist nicht da. Nirgends."

Sie stiegen von ihren Pferden und setzen sich an einen Baumstumpf. Ihre Schultern berührten sich.

„Wie heißt du mit Vornamen, Sullivan?"

„Douglas."

„Es ist mir eine Ehre, Douglas."

„Was für eine Hölle", sagte er.

Auf keinen seiner Berichte bekam Carl eine Antwort aus Washington. Er hatte seine Schreiben nüchtern gehalten, mit einem Unterton der Überzeugung, dass Friede und Einklang möglich seien, weil es möglich sein müsse.

Er hätte auch schreien können. Tat er aber nicht.

Er zitierte zahlreiche Stimmen, moderate und rabiate, warnte vor Bürgerwehren und vorschneller Selbstverwaltung, mahnte eine Reorganisation der Arbeitsvermittlungen an und gab zu Bedenken, dass Marschalls und Militärkommandanten in dieser Gegend und Situation sorgfältig ausgewählt sein mussten. Er betonte, dass man verstehen müsse, in welche Situation die Kriegsheimkehrer der Südstaaten gerieten. Ihr komplettes Leben, ihre Wirtschaft, ihre sozialen Strukturen – alles sei jetzt anders. Die Freiheit dieser Menschen sei jetzt anders.

Er hob den Stift vom Papier. Andere Freiheit? Neue Freiheit? Zwang?

Der Mensch brauche Zeit für solche Umstellungen, schrieb er, viel Zeit und Begleitung und Optimismus.

Er wischte den Bogen vom Tisch. Was hatten sie alle nur angerichtet?

Es kam keine Antwort.

In einem Saloon irgendwo in Georgia legte Sullivan ihm eine Zeitung auf den Tisch.

„Frisch aus Chicago, Carl. Du stehst auf Seite drei.“

Carl verstand nicht. Er trank seinen Kaffee aus und blätterte die Zeitung auf.

Er las.

Er stieg auf sein Pferd, ritt die Hauptstraße aus dem Städtchen hinaus, galoppierte über die Piste, einen Hügel hinan, auf der anderen Seite wieder hinab, durch einen flachen Fluss in ein Waldstück hinein. Er sprang vom Pferd, zerrte den Revolver aus der Satteltasche und schoss die Trommel leer.

Der Präsident hatte veröffentlichen lassen, dass er mit den Berichten des General Schurz sehr unzufrieden sei. Sie seien nicht objektiv und verzerrten die Verhältnisse. Der Präsident gebe den Südstaatlern das Einverständnis für eigene Schutztruppen und lasse sich nicht davon beirren, dass General Schurz diese sofort und unmissverständlich als von Rache getrieben einstufe.

Mit zitternden Händen lud Carl nach. Er erschoss einen dünnen Baum, ließ die Waffe sinken und umarmte den Baum. „Es tut mir leid“, sagte er. „Es tut mir alles so leid.“

Als er im Weißen Haus an die Tür zum Präsidentenbüro klopfte, trug er einen schwarzen Anzug, eine graue Weste, ein weißes Hemd und einen schwarzen Binder. Seine Uniform hatte er in einen Koffer gepackt und hoffte, sie nie wieder anziehen zu müssen.

Johnsons Sekretär öffnete.

„Ah, Mister Schörts, zurückgekehrt von einer zweifellos strapaziösen …“

„Halt die Klappe. Hier ist mein überarbeiteter, detaillierter Bericht für Johnson. Geben Sie ihm den. Und dieser Umschlag hier“, Carl hob das Couvert an, „meine Kündigung.“

„Ich verstehe nicht, Sir.“

„Tun Sie, was ich Ihnen gesagt habe. Und gehen Sie mir aus den Augen.“

Er setzte sich auf eine der Bänke vor dem Präsidentenbüro und blickte den Flur auf und ab. Hatte er es geliebt? Das hier? Die eigenen Schritte auf dem Weg zum Machthaber? Die Gespräche? Die vagen Gestaltungsmöglichkeiten?

Er wollte nicht mehr. Nicht unter diesem Präsidenten. Er hatte genug Erfahrung und Kontakte, um wieder im Zeitungswesen tätig zu sein. Schreiben würde er, schreiben.

Margarethe, dachte er, Marge. Meine Kinder. Ich komme. Ich komme zurück. Endlich.

Am Ufer des Potomac wartete Captain Sullivan auf ihn. Er trug eine neue Uniform und rauchte eine Zigarre.

„Und, Carl, hast du es wirklich getan?“

„Ich bin vorerst da raus. Gar nicht weit von hier wartet man in einer Außenstelle der New York Tribune auf meinen Antritt als Redakteur und Redner.“

Sie sahen auf den Fluss. Segelboote und Lastkähne fuhren langsam durchs Wasser.

„Nun, mein deutscher Freund“, sagte Sullivan, „es ist Zeit Abschied zu nehmen. Ich habe zwei Wochen Urlaub. Und mache mich jetzt auf dem kürzesten Weg zu meiner Frau.“

„Ich auch. Also, Douglas, viel Glück. Und halte dich fern von den Indianerkämpfen."

„Man kann nicht immer so wie man will."

Sie schüttelten sich die Hände.

22

Vergessen
New York City, 1901

Carl saß im Schein der Lampe an seinem Schreibtisch und wedelte sich mit seinen Zetteln Luft zu. Der Hammerschlag seiner Erinnerungen an die fast drei Monate auf Shermans Spuren war hart gewesen. Da würde noch mehr kommen. Bezüglich der Details war er sich nicht mehr sicher, er hatte bestimmt Orte und Flüsse verwechselt und eine neue, ganz eigene Land- und Chronologiekarte gezeichnet.

Noch 1865 gründeten irgendwelche Idioten den Ku-Klux-Klan. Im selben Jahr, in dem er dort gewesen war. Es war so erbärmlich.

Wahrscheinlich hatte er zu viel von den Menschen erwartet. Wahrscheinlich sollte man zu viel von Menschen erwarten und wahrscheinlich wurde man enttäuscht. Dennoch war das besser als von Vorneherein zu wenig zu erwarten. Was hatte er von sich gewollt? Was eigentlich? War er wirklich naiv gewesen? Gutgläubig?

Etwas klackte in seinen Gedanken. Er sah auf, Buchrücken, Landschaftsbilder, Indianerschmuck. Was war denn das? Er wandte sich wieder den Zetteln zu. Bismarck. Den Reichskanzler hatte er in Deutschland gesprochen, irgendwann in den Achtzigern wahrscheinlich. Einer seine ehemaligen Gegner von 1848. Immerhin hatte Bismarck ihm großen Respekt gezollt und gelacht, als er erzählte, für welch ein geniales Husarenstück er die Befreiung Kinkels gehalten hatte.

Seit dem Krieg 70/71 sei Deutschland nun auch vereint, hatte der Kanzler gesagt. Das müsse ihm doch gefallen.

„Durch einen Krieg vereint“, hatte Carl gesagt.

„Manchmal geht es nur mit Gewalt, Herr Schurz.“

„Bei allem Respekt, Herr Reichskanzler, das sehe ich nicht so. Nicht mehr jedenfalls.“

„Ich war mir sicher, diesen Satz als Carl Schurz-Zitat zu kennen.“

„Nun, was sagt ein Mensch und was meint er eigentlich damit? Ich habe die Erschießungen vor Rastatt gehört.“ Carl erwartete eine Reaktion von Bismarck, aber der hob nur kurz die Brauen. „Ich war im Bürgerkrieg. Chancellorsville, Gettysburg. Ich habe eine Reise in die von Sherman verwüsteten Südstaaten gemacht. Und dann Gangsterbanden, Indianerkriege und und und … Freiheit heißt, dass Menschen sich ändern.“

„Menschen ändern sich? Daran glauben Sie? Nun, Sie standen doch auf deutscher Seite, Herr Schurz. Sie haben in den Siebzigern verhindert, dass übrig gebliebene Waffen aus Ihrem Bürgerkrieg an die Franzosen verkauft wurden. Sie persönlich, Herr Schurz. Wofür wir Ihnen alle sehr dankbar waren.“

Es klackte wieder. Ein hartes, metallisches Klacken. Carl trat ans Fenster und sah auf die schwach beleuchtete Straße hinab.

Wie schaffte es dieser alte Sack, noch Steinchen bis hier oben an die Scheibe zu werfen? Carl öffnete das Fenster.

Twains Haar und Schnurrbart leuchteten watteweiß im Schein der Laterne.

„Ich kann nicht schlafen, Carl. Du?"

„Nö."

Carl hörte etwas klappern, dann eine heisere Stimme: „Ruhe da draußen. Was soll denn das um diese Zeit."

„Halt den Schnabel", sagte Twain. Carl warf ihm den Schlüssel hinab.

„Hast du das gesehen, Carl? Mit einer Hand."

„Jaja. Komm rauf. Alter Angeber."

„Ist Agathe im Bett? Oder fängt die mich ab und schimpft wegen später Stunde und Alkohol und Tabak?"

„Komm einfach rauf, Mark."

Carl holte eine Flasche Scotch und eine Kiste Zigarren und polierte zwei Gläser. Als Twain vorsichtig klopfte, öffnete Carl und hielt ihm die Taschenuhr vors Gesicht.

„So lange hast du noch nie gebraucht", sagte Carl.

Sie schlichen in Carls Arbeitszimmer und Carl schloss vorsichtig mit beiden Händen die Tür.

„Hat sie was gemerkt? Was meinst du?", fragte Twain.

„Stell dich nicht so an."

Carl goss Whisky ein und sie zündeten sich Zigarren an. Twain langte über den Schreibtisch und klopfte auf Carls Zettelsammlung.

„Wo warst du gestern Abend, Carl?"

„Ich habe Fanny getroffen. Danach war ich hier. Warum?"

„Wir hatten eine Sitzung. Unsere Anti-Imperialismus-Liga. Du solltest die Sitzung leiten. Carnegie war auch dort. Gestern. 20 Uhr."

Selbst jetzt, da Twain das Treffen erwähnte, konnte er sich nicht an den Termin erinnern.

„Wir sind klargekommen, keine Sorge. Ich habe gesagt, du seiest krank und ließest dich entschuldigen. Hat jeder geglaubt."

Sie stießen an, sagten aber nichts. Carl las die Sorge in den Augen seines Freundes. In Augen zu lesen, das hatte er auch viel zu spät gelernt, was da oft geschrieben stand. Menschen mit Zweifeln in den Augen waren immer die besseren als die mit dem harten Blick.

„McKinley lebt noch", sagte Twain. „Nach dem, was ich gehört habe, stehen seine Chancen nicht so schlecht."

„Diese ganze elendige Schießerei immer", sagte Carl.

„Du hast auch geschossen, Carl. Ich kenne dich als anderen Mann, als den in deiner Autobiografie. Gefühlvoller. Nachdenklicher."

„Du hast damals General Grant angetrieben, seine Memoiren zu schreiben."

„Grant ist mir völlig egal. Du nicht. Wo ist die Wut? Wo ist die Leidenschaft? Die Liebe? Wann schreibst du den dritten Teil? Der Teil der Desillusion? Darin müsste ich dann vorkommen."

Carl zeigte Twain ins Gesicht. „Ertappt, Mark."

„Ach komm. Du hast mir so viel erzählt."

Carl klopfte auf die Zettel. „Mach mal", sagte er.

Twain zupfte ein Papier hervor.

„Acker", sagte er. „Wieso Acker?"

„Ich habe mich in den 50ern in Watertown als Farmer versucht. Ich hätte es gerne gekonnt, Mark. Wirklich. Rinder, Ackerfrüchte, Gemüse, Hühner. Ich mag so was. Margarethe war amüsiert. Mit ihr zusammen abends auf dem Feld stehen, die Ärmel hochgekrempelt, in die Sonne schauen – das war schön, Mark."

Carl fischte einen weiteren Zettel.

„Joseph Pulitzer", sagte er. „Der Junge war so voller Energie. Das weiß ich noch. Kam aus Osteuropa, hatte auch im Krieg gekämpft. Der sprach Deutsch und Französisch und lernte Englisch im Eiltempo. Ich weiß nicht mehr, wann es war ... Ende der 60er, vermute ich. Ich war damals Herausgeber einer deutschen Zeitung und habe den Jungen als Reporter eingestellt."

„Der hat es weit gebracht. New York World."

„Zu viel Sensationsjournalismus. Die haben damals Stimmung gemacht wegen Kuba und Spanien. Die haben den Krieg gegen Spanien mitzuverantworten. In ihrem Kampf um Auflagen. So ein Schwachsinn. Ich weiß noch, dass Joseph im Nachhinein vom eigenen Tun geschockt war. Heute macht der wieder ziemlich guten Journalismus. Außerdem hat er Gelder gesammelt für den Sockel der Lady."

„Ladys gehören nicht auf einen Sockel."

„Lady Liberty, Mark. Lady Liberty."

„Unsere afrikanischen Mitbürger haben gesagt, man solle sie wieder in den Bach schmeißen. Kennst du diesen Artikel aus der Cleveland Gazette? Solange Schwarze gekukluxt würden und keine Chancen hätten, sei das alles eine Farce. Dass die Freiheit Amerikas die Welt erleuchten solle, sogar Patagonien, sei schlichtweg lächerlich.

Diesen ironischen Einschub mit Patagonien fand ich immer ziemlich gut."

Etwas klimperte. Carl und Twain sahen sich an.

„Noch mehr Steinchen schmeißender Besuch?", fragte Twain. „Ist was los hier."

Carl schlich durchs Zimmer und öffnete die Tür zur Diele. Seine Tochter Agathe drückte sich einen Hut vor die Brust, ein Schlüssel funkelte in ihrer Hand.

„Warst du fort?", fragte Carl. Twain legte das Kinn auf Carls Schulter.

„Die gute Agathe", sagte er. „Schäferstündchen?"

Agathe räusperte sich. Carl wusste überhaupt nicht, was er denken sollte, Twain kicherte.

„Doch nicht so keusch, Aga? New York bei Nacht? Wer ist der Glückliche?", fragte Twain.

Carl hörte seine Tochter tief durch die Nase atmen. „Ich gehe jetzt zu Bett", sagte sie.

„Da kommst du gerade her, würde ich meinen", sagte Twain.

„Jetzt nimm mal deinen Schädel von meiner Schulter", sagte Carl. „Agathe? Mädchen, ist alles in Ordnung?"

„Gute Nacht, Papa. Mark, du bist ein Flegel."

Mit gesenktem Kopf verschwand Agathe in ihrem Zimmer. Als das Schloss einschnappte, wandte Carl sich Twain zu. Der grinste.

„Doch nicht ungeküsst?"

„Die Kinder", sagte Carl. Seine Fassungslosigkeit stimmte ihn glücklich.

Sie tranken einen Whisky „auf Agathe." Carl lachte.

„Deine Töchter sehen gut aus“, sagte Twain.

„Lincoln war sehr angetan von ihrer Mutter. Sehr, sehr angetan. Margarethe hat ihn einmal allein in Washington besucht, um ihn endlich zu überreden, mich aus Spanien zurückzuholen. Hat geklappt.“

Carl hob den Pulitzer-Zettel an.

„Niemals darf ein Mann Politiker werden, der im Zeitungswesen arbeitet. Oder eine Zeitung herausgibt oder sonst wie Macht in dieser Branche hat. Schon gar nicht Minister oder gar Präsident. Niemals.“

„Das wird sich nicht verhindern lassen.“

„Es hat sich so einiges nicht verhindern lassen“, sagte Carl. „Diese Karikaturen über mich. Da sehe ich immer aus als sei ich zwei Meter groß und spindeldürr.“

„Du bist groß und dürr.“

„Schlank.“

„Hast du die Karikaturen noch, Carl?“

„Ich werde nicht nach ihnen suchen.“

„Auf einer bist du mit Sheridan zu sehen.“

„Sheridan war es, der sagte, nur ein toter Indianer sei ein guter Indianer.“

„Das steht nicht in deinem Buch. Was du hier zu Papier gebracht hast, ist hübsch für den gutbürgerlichen Gebrauch. Es wird sich fein machen im wohlgeordneten Teakholzregal irgendwelcher bourgeoiser Scheißer.“ Twain kratzte sich am Kopf. „Für spontan formuliert war der jetzt ziemlich gut, oder?“

„Zu viele Adjektive“, sagte Carl. Er hielt Twain den Zettelstapel wie ein Kartenspiel hin. Twain zog.

„Chor und Lied“, sagte er.

„Chor und Lied?“ Carl kratzte sich am Kopf. „Ich weiß nicht. Doch, Moment. Das war irgendwann während des Wahlkampfes für General Grant. Ich hatte eine Rede gehalten, erst auf Deutsch dann auf Englisch. Und die ganze Zeit spielte auf der Straße eine dieser unsäglichen Kapellen. Besonders der Mann an der Pauke war offenbar schwer verliebt in sein Instrument. Der hörte gar nicht mehr auf. Als ich dann endlich in meinem Hotelzimmer war ... wo war das, Mark? Na, egal, als ich also endlich im Zimmer war, wollten meine deutschen Anhänger mir eine Freude machen. Die hatten einen Chor gegründet, schlichen auf den Flur und begannen ein Lied zu schmettern. Welch ein ungeheurer Freiheitskämpfer auf zwei Kontinenten ich doch sei.“

Carl schüttelte den Kopf.

„Freiheitskämpfer? Ich?“ Er sah nach dem Indianerschmuck.

Durch das Fenster sickerte jetzt das hellgraue Licht des beginnenden Tages. Hier an der Flanke des Central Parks war es ruhig, aber Carl wusste, was gleich im Stadtzentrum und am Hafen und auf den Märkten los sein würde. Er mochte diese Morgenstimmung, wenn die Läden geöffnet wurden, Kisten geschleppt, Stände aufgebaut und Stimmen sich zum Singsang der Stadt sammelten und alles darauf wartete, dass die Sonne die Straßen streichelte. Wenn er wieder nicht schlafen konnte, ging er häufig früh morgens hinaus und ließ sich durch die Stadt treiben. War es Freiheit, die ihn durch die Straßen ziehen ließ, Leute grüßen, von anderen beschimpft werden – war es Freiheit, oder schrieb sein Inneres, seine Seele, sein Charakter ihm vor, wo lang er zu gehen hatte?

„Je länger man für Freiheit kämpft, desto mehr fragt man sich nachher, was das überhaupt sein soll“, sagte er.

„Über solche Dinge mache ich mir schon lange keine Gedanken mehr“, sagte Twain. „Die eigenen Leidenschaften fesseln uns, die Familie fesselt uns. All das Muss fesselt uns. Auf dem Mississippi, da fühlte ich mich frei.“

„Der Fluss hat dir den Weg vorgeschrieben.“

„Und ich habe die Untiefen umschifft wie kein anderer. Du ja auch. Senator von Missouri, als der Kriegsheld Grant Präsident war.“

„Die große Redeschlacht mit Drake. Meine Güte, Mark, habe ich den fertiggemacht, mit der rhetorischen Pistole, nicht mehr mit der kugelgeladenen. Drake versuchte, die anti-deutsche Masche zu fahren und damit zu punkten. In Missouri würden nur deutsche Zeitungen gelesen und so ein Kram. Der hat vielleicht auf den Putz gehauen. Aber er hat zu lange geredet. Zu sehr an nur einem Strang gezogen. Er hat sich auch auf mich persönlich eingeschossen, das ist legitim. Muss man abkönnen. Nur, ich habe zurückgeschossen. Und da war es dann wieder, weißt du: Leute, die großmäulig austeilen und dann anfangen rumzujammern, wenn sie es zurückkriegen. Fürchterlich. Natürlich hatte er auch vom Krieg gesprochen und von unserem angeblichen Versagen bei Chancellorsville. Ich fragte dann, wo er denn gewesen sei, als unser Blut vergossen wurde. Ich fragte, wann er seine Befürwortung der Sklaverei in Ablehnung gewandelt habe. Doch wohl erst, als klar wurde, dass die Union den Krieg gewinnen würde. Mein Gott, alter Freund, was habe ich Applaus bekommen. Das ist und bleibt was Schönes, wenn man Applaus bekommt. Da soll niemand behaupten, es tue ihm nicht gut."

„Immer gerne genommen", sagte Twain.

Carl hielt sein Glas gegen das Licht. Schwimmender Bernstein, flüssiges Gold, Weichheit. Wirklich sehr hübsch, dachte er.

„Es hätte so schön werden können", sagte Carl. „Es ist schön. Ist es wirklich. Die Welt ist ein Schlachthaus, das Leben ist schön. Aus der Misere kommen wir nicht heraus. Vernunft gewinnt nicht gegen Leid, Trauer und Hass."

„Gegen Glück und Seligkeit?"

„Gute Gegenfrage, alter Freund."

Er blieb auf und zeigte den Fenstern den erhobenen Daumen, je mehr Sonnenlicht warm und gelb in die Wohnung schien. Agathe stand stets um sieben Uhr auf und bereitete das Frühstück. Heute würde er das machen. Er würde es versuchen. In der Küche setzte er sich und atmete tief durch. Konzentriere dich, dachte er. Ganz langsam, ganz ruhig. Du schaffst das. Komm schon, Vierauge.

Er schaffte es.

Als Agathe in strengem Kleid und mit hochgestecktem Haar in die Küche kam, sagte sie nur: „Oh." Carl goss ihr eine Tasse Kaffee ein. Sie schwiegen. In Carl juckte ein Schmunzeln.

„Wer ist er, Agathe? Wenn ich fragen darf."

Agathe sah in ihre Tasse.

„Groß, schlank, pfiffig, gebildet. Sehr, sehr hübsch."

„Klingt nach einem guten Mann. Was macht er beruflich?"

„Er ist eine sie, Papa. Eveline. Wir kennen uns seit anderthalb Jahren."

Carl setzte die Brille ab, polierte die kleinen Gläser in der Serviette und setzte sie wieder auf.

„Anderthalb Jahre, Tochter? Und ich weiß nichts davon. Warum denn, Agathe?"

„Eine Frauenliebe? Heute? Hier? Wir dürfen ja nicht einmal wählen in diesem Land."

„In Wyoming und Colorado schon", sagte Carl. „Ihr werdet wählen, bald."

„1838 auf den Pitcairn-Inseln, Papa. Da, wo die Meuterer der Bounty sich früher herumgetrieben haben. Da dürfen Frauen wählen. Irgendwo in den Weiten des Pazifiks."

„Ich möchte sie gerne kennenlernen, Agathe."

„Das geht nicht. Das wollen wir nicht."

„Hör mal ..."

„Entschuldige", unterbrach Agathe, „aber lass das unsere Sache sein."

23

Eine Bank am Potomac
Washington, 1869 und weitere Jahre

Nein, nein, nein. Carl schlug mit der Faust auf den Schreibtisch. Hoffentlich hatte niemand im Vorzimmer seine Schläge gehört. Das wollte er nicht. Er hatte auch keine Ahnung, wer dort schon wieder wartete und mit ihm sprechen wollte.

Er war als Senator von Missouri in Washington. Auswärtiger Ausschuss. Reform des öffentlichen Dienstes. Kleinkram.

Aktenstapel und der Geruch von Papier, Zahlenkolonnen, um den Staatshaushalt zu sanieren. Und Bittbriefe noch und noch. „Ich wäre für einen Posten im Ausland sehr geeignet, wo ist mir herzlich egal." „Wenn Sie mich in den öffentlichen Dienst aufnehmen, versichere ich Ihnen, Herr Senator, dass ich schnell lernen werde ..." Und so weiter und so weiter. Vorher lernen, dachte Carl, wenigsten den Hauch einer Ahnung haben. Posten im Ausland? Wo sei egal? Ach nee, und wie wäre es mit Sprachkenntnissen? „Wieso, Herr Senator, die ganze Welt spricht unsere Sprache."

„Es ist ganz wundervoll, dass das eben nicht so ist."

„Bitte, wenn Sie meinen. Welchen Posten bekomme ich denn jetzt?"

Carl trat ans Fenster und blickte auf die Straße hinab. Arbeiter luden Packen von Pflastersteinen von einem Leiterwagen. Die vier Pferde sahen zu ihm hinauf. Washington war eine Baustelle und wahrscheinlich, dachte Carl, würde das immer so bleiben.

Es klopfte. Der Sekretär des Präsidenten schüttelte Carl die Hand.

„Präsident Grant lässt ausrichten, dass er Ihren heutigen Termin absagen muss, Herr Senator. Er lässt ausrichten, er stimme Ihnen durchaus zu, dass im öffentlichen Dienst vielleicht etwas geändert werden müsse. Für eine wirkliche, für eine große Reform sei das Land jetzt aber nicht bereit."

„Sind die Leute nicht bereit", sagte Carl, „die sich auf Kosten des Staates absichern wollen." Er wies auf die Bittbriefe. „Keinen Schimmer von Politik. Von der Mühsal. Von den Details. Eine Amateurveranstaltung."

„Nun, Senator Schörts, der Präsident wird darauf zurückkommen. Für den Moment bittet er nachdrücklich darum, die Dinge ruhen zu lassen."

„Die Beine hochlegen, ja? Großartig, wirklich. Auch gut fürs Knie."

„Senator, bitte. Ich muss jetzt los." An der Tür blieb der Mann stehen und wandte sich zu Carl um.

„Sie sind ein guter Mann, Mister Schörts. Seien Sie vorsichtig. Da ist etwas in Ihnen …" Der Sekretär wedelte mit dem Zeigefinger als schimpfe er ein Kind aus. „Das sagen auch andere über Sie. Ich bin Ihnen durchaus gesonnen, Präsident Grant ebenfalls. Er weiß sehr genau, was Sie im Wahlkampf für ihn getan haben. Einen guten Tag noch."

Wedel du noch mal mit dem Zeigefinger in meine Richtung, dachte Carl. Er sah aus dem Fenster, die Pferde guckten ihn nicht mehr an. Na dann, dachte er. Er setzte sich an den Schreibtisch und schlitzte einen Briefumschlag auf.

„Wir kennen uns flüchtig aus dem Krieg, Senator Schurz. Ich wäre der geeignete Mann für den Vorsitz der Straßenbaukommission. Es ist so herrlich …“

Das konnte doch nicht wahr sein.

Er verzichtete auf eine Kutsche und ging zu Fuß heim zur 139. Straße. Der Abend war blau und warm. Hin und wieder huschte ein Wind, der die Baumkronen am Straßenrand rascheln ließ. Washington war grün. Es gab breite Alleen vom Kapitol Richtung Osten zum Potomac und weiter zum Weißen Haus. Sie waren dicht gewachsen mit Zedern, Douglasien, Hemlocktannen, Eiben, Erlen und Ahorn, Ahorn noch und noch, stämmig, hoch, dickblättrig. Wunderbar. Hätte er mit Margarethe und den Kindern in einem Boot über den Fluss gesetzt, er hätte nicht lange gebraucht, um mit der Familie in den Wäldern zu verschwinden.

Als er vor den Stufen zum Haus stand, zündete er sich einen Zigarillo an und betrachtete die gelb erleuchteten Fenster. Er konnte das Klavierspiel bis hier draußen hören. Seit einigen Wochen waren Margarethe und die Kinder zurück aus Deutschland. Carl wusste kaum, wie seine Frau das geschafft hatte, so schnell einen Ort für Freunde und Bekannte zu etablieren. Zeitungsleute, Politiker, Musiker, Schauspieler. Margarethes Seele war so düster und zäh gewesen, als sie abgereist war. Jetzt in der Hauptstadt blühte sie. So schien es. Sie spazierte oft lange durch die Stadt, saß im Schatten auf dem großen Platz in Front des Kapitols, besuchte das National Museum oder brachte mit den Kindern Briefe zum General Post Office.

„Ich war im Theater“, hatte sie erzählt. „In der Pause habe ich mich mit so reizenden Menschen unterhalten. Die kommen demnächst zum Essen.“

„Heute habe ich mit einem Mann von der Zeitung gesprochen. Wegen der Kindergärten. Seine Gattin war dabei. Die war so begeistert. Die beiden kommen demnächst zum Essen zu uns.“

„Nach dem Konzert gestern wollten zwei Musiker mit mir unbedingt über deutsche Komponisten sprechen. Die kommen mit ihren Frauen demnächst zum Essen. Kochst du, Charly?“

Sie schwärmte von der Größe und Schönheit der Gebäude. „Mein Senator“, sagte sie oft. Und beim Frühstück grüßten seine Töchter ihn stets mit einem gekicherten „Guten Morgen, Herr Senator. Haben Sie wohl geruht, Herr Senator?“

Sein Heim, seine Zuflucht, der Ort, an dem er gerne Ruhe gefunden hätte. Aber da brodelte noch zu viel in ihm, immer wieder, immer aufs Neue. Er wollte so viel.

Und jetzt, dachte er, willst du zu Frau und Kindern.

Als er die Haustür aufzog, wehte ihm Zigarrenrauch und Stimmen entgegen und er musste sofort daran denken, wie er Margarethe in London in einem ähnlichen Gedränge im Hause Ronge kennengelernt hatte. Er grüßte einige Leute, die im Flur standen und tranken und wollte sich in den Salon zwängen, um Margarethe zu küssen. Jemand griff hart nach seinem Arm. Es war ein Zeitungsmann hier aus Washington, der Name war Carl entfallen.

„Haben Sie von New York gehört, Herr Schurz? Die gesamte Stadtverwaltung ist eine einzige Mischpoke, die sich die Taschen vollmacht. Und Grant? Grant, dieser versoffene Kriegsheld, versorgt seine gesamte Sippe bis ins letzte Glied mit Posten."

„Schrecklich, ja. Aber ich vertrete Missouri. Und ich möchte jetzt zu meiner Frau."

„Ja, natürlich, aber hören Sie, Schurz, die Rekonstruktion des Südens ist doch eine Farce." Carl klebte im Flur fest. Wenn er sich vorbeugte, konnte er durch die Tür Margarethes Rücken und Haar sehen. Sie stand am Klavier.

„Ihre Reformpläne werden abgeschmettert werden, Schurz. Sie werden bei Grant nicht damit durchkommen."

„Das wird sich zeigen", sagte Carl. Marge, bitte, trete doch einen Schritt zurück. Ich möchte dich sehen.

„Sie wären der richtige Mann, eine eigene Partei zu gründen, Schurz. Ich bin an Ihrer Seite."

„Ah ja, gute Idee", sagte Carl. Margarethe trug ein hellblaues Kleid. Ihr dickes Haar wurde von dem Licht der Leuchter vergoldet. Carl hörte sie durch die chopinschen Klavierklänge hindurch lachen.

„Ich habe auch im Krieg gekämpft, Schurz. Ich war dabei. Und ich sage Ihnen, dieses Land geht zugrunde. Wissen Sie folgendes …"

Warum ging er jetzt nicht einfach? Was hielt ihn hier im warmen Flur mit dem Rauch und dem Duft von Drinks und dem Durcheinander von Stimmen? Biss ihn jetzt schon wieder die Wut auf all die Ungerechtigkeiten, nur weil dieser Kerl ihm Dinge erzählte, die er ohnehin wusste?

Er sah nach Margarethe. Sie war fort, musste weiter ins Zimmer gegangen sein. Irgendetwas in ihm drehte seinen Kopf dem Gesprächsaufdränger zu.

„Eine eigene Partei, meinen Sie?“, fragte Carl.

„Das wäre doch etwas. Das Schicksal dieses Landes hängt an einem seidenen Faden, Schurz. Da reiten Killer mit Masken auf dem Kopf durch den Süden.“

Carl und Sullivan ritten in der Mittagshitze an einem Farmhaus vorbei. Die eine Hälfte richtete schwarze verkohlte Balken in die Luft, vernarbt wie Elefantenhaut. Eine junge Frau saß an einem Tisch vor dem Haus und nähte. Große Ballen grauen Stoffs lagen neben ihr auf dem hitzebraunen Gras. Carl und Sullivan grüßten.

Die Frau sah sie an. Ihre Locken waren staubbraun und trocken.

„Yankees?“

„Amerikaner“, sagte Carl.

„Kaffee?“, fragte die Frau.

„Bei der Hitze?“, fragte Carl.

„Kaffee geht immer. Also?“

„Für mich nicht, danke“, sagte Sullivan.

Die Frau legte ihr Nähzeug ab und verschwand in der Hütte. Die Menge an Stoff erschien Carl absurd für eine einzelne Frau. Er stieg vom Pferd und nahm die Blechtasse entgegen.

„Danke sehr. Was nähen Sie da, wenn ich fragen darf?“

Die Frau legte den Kopf schief, sie erinnerte ihn an Margot Werner.

„Gewänder", sagte sie. „Kapuzen."

„Ein Volksfest?", fragte Carl. Die Frau lachte. Ihr fehlte ein Zahn.

„Kann man vielleicht sagen. Es wird jedenfalls ein Fest."

„Danke für den Kaffee", sagte Carl und stieg wieder aufs Pferd. Die Frau stemmte die Hände in die Hüften und blinzelte ihn und Sullivan gegen die Sonne an.

„Schönen Gruß an General Sherman und seine Bande", sagte sie.

„Der Krieg ist vorbei, gnädige Frau", sagte Carl.

„Ich habe Ihnen in die Tasse gespuckt."

Carl hörte, wie Sullivan sich neben ihm im Sattel aufrichtete, das Leder quietschte. Etwas kribbelte in Carls Hals. Er schluckte.

„Ihr kriegt uns nicht klein", sagte die Frau. „Und jetzt verschwindet von meinem Land."

„Widerliches Miststück", sagte Sullivan. Carl wollte auch etwas sagen, aber er wusste nicht, was. Er trieb sein Pferd an und sah sich noch einmal nach der Spuckerin um. Sie hielt ein dreieckiges Stück Stoff mit zwei runden Löchern gegen das Licht.

„Herr Schurz? Herr Schurz?" Der Zeitungsmann legte ihm eine Hand auf die Schulter. Er lachte. „Wo waren Sie denn mit Ihren Gedanken?"

„Ich habe es nicht erkannt", sagte Carl. „Ich meine, ich habe damals nicht erkannt, was die Frau da genäht hat."

„Genäht? Frau? Welche Frau? Wovon reden Sie?"

„Entschuldigen Sie mich jetzt bitte. Ich will Margarethe begrüßen."

Carl drängte durch den Flur. Jemand, den er nicht kannte, drückte ihm ein kühles Glas Bowle in die Hand. Erdbeeren schwammen.

„Sehr aufmerksam", sagte Carl.

Er betrat den Salon. Meine Güte, was war denn hier los? Gab es etwas zu feiern, das er vergessen hatte? Oder hatten die sich alle selbst eingeladen? Er sah Margarethe am anderen Ende des Zimmers mit zwei Frauen lachen. Eine von ihnen wies auf Carl. Margarethe wandte ihm das Gesicht zu. Wie schön sie war. Seine Frau. Sie winkte ihm.

Zwei Männer stellten sich ihm in den Weg. Einer von ihnen sein geschätzter Kollege Sumner, mit den traurigen Mundwinkeln.

„Carl, wir müssen noch einmal über die Rekonstruktion reden. Und unbedingt über diese Santo Domingo Sache."

Als er Stunden später den letzten Gast zur Tür brachte, war Margarethe verschwunden. Er hatte nicht ein Wort mit ihr geredet.

„Ich muss kotzen, Schörts", sagte der Mann. Er war ein Captain aus dem Kriegsministerium. Carl kannte ihn noch aus der Zeit, als er Truppen in Knoxville ausgebildet hatte.

„Bitte in den Vorgarten der Nachbarn, Henry. Gute Nacht."

Er schloss die Tür. Er wusste nicht, ob Henry es bis zum vorgegebenen Ziel schaffen würde.

Er räumte ein wenig Geschirr und Gläser auf ein Tablett, als er aus der Küche Wasser rauschen hörte. Eine große Frau mit einem Sektglas in der Hand kam in den Salon.

„Ich fasse es nicht. Frau Anneke."

„Carl Schurz, alter Revolutionär." Frau Anneke lallte. „Auch noch einen?"

„Klar", sagte Carl. Frau Anneke schwankte in die Küche zurück und kehrte mit einer Flasche und einem Glas wieder. Sie ließ sich in einen Sessel fallen und streckte die Beine aus.

„Ihnen geht es gut, ja?", fragte Carl.

„I am on the top, wie man hier in Amerika sagen würde."

„Ich habe Ihren Mann im Krieg getroffen. Er sagte mir, Sie arbeiten journalistisch und …"

„Fall erledigt."

„Ich verstehe nicht."

„Der hat sich erschossen. Ehe. Monogamie. Frau im Schlepptau des Mannes. Das stimmt doch alles nicht."

Anneke mit den stets gehobenen Augenbrauen hatte sich getötet.

„War alles nix für den, hier in Amerika. Gibt Leute, die kommen damit nich klar."

„Tut mir leid", sagte Carl.

„Ach kommen Sie. Man geht dann zur Beerdigung, sagt adieu und das war's. Wir müssen da nicht immer so ein aufgedunsenes Theater machen. Zwang zur Betroffenheit. Und so."

Frau Anneke leerte ihr Sektglas. Carl goss ihr nach.

„Ich weiß nicht so recht, wie ich heimkommen soll."

„Sie können hier nächtigen, wenn Sie möchten."

„Mein Mann hat mir erzählt, dass er Sie mal so richtig zusammengestaucht hat. Damals in good old Germany."

„Hat er das, ja? Nun, im Bürgerkrieg …"

„Carl, lassen Sie doch. Sie müssen doch jetzt nicht vor mir Ihre Sandkastenspiele wiederholen. Mir is schon klar, dass Sie 'ne andere Nummer sind, als mein Mann es war. Obwohl", sie wedelte mit den Fingern, „gute Ansätze. Wirklich."

„Ich hole Ihnen Bettzeug."

„Das wäre sehr freundlich von Ihnen."

Carl ging mit einer Kerze in der Hand ins Zimmer seiner Töchter. Er küsste vorsichtig ihre Wangen.

Margarethe lag auf der Seite, sie hatte seiner Betthälfte den Rücken zugekehrt und er hörte sie atmen. Die dünne Decke hatte sie bis auf die Füße hinabgestrampelt. Die Luft war warm und stand, ein Fenster zur Straße war geöffnet.

Carl zog sich aus und wischte sich mit dem Unterhemd den Schweiß vom Körper, wie er es im Krieg oft getan hatte.

„Mein Senator?", flüsterte Margarethe.

„Ich wollte dich nicht wecken, entschuldige."

„Schlaf gut, Charly. Schlaf ganz schön und gut."

„Geht es dir gut, Marge?"

„Oh ja, mir geht es gut."

„Zwischen Grant und mir steht es nicht so gut."

„Oh Carl. Du bist Senator. Der erste deutsche Senator hier. Irgendwann muss auch mal gut sein."

Er hoffte, sie würde sich umdrehen und ihm in der Dunkelheit ins Gesicht sehen, aber sie blieb bewegungslos.

„Frau Anneke schnarcht unten auf dem Sofa. Ihr Mann hat sich umgebracht."

„Dummkopf."

Sie streckte die Hand nach hinten aus. Er nahm sie.

Margarethe drehte sich zu ihm um und richtete sich auf. Das Haar floss über ihre Schultern und Brüste.

Er wollte die Bänder an ihrem Nachthemd öffnen.

„Jetzt nicht, Liebster. Wir müssen schlafen."

Er knabberte an ihrem Hals. Ihre Haut schmeckte nach Schweiß. Carl mochte das.

„Ich verführe dich", flüsterte er.

„Tust du nicht."

„Hör mal, ich bin ein freier Mann."

„Nenne mich Freifrau Meyer-Schurz. Gute Nacht."

Die Matratze bewegte sich, als Margarethe sich wieder hinlegte und mit angewinkeltem Arm das Haar unter ihrem Kopf wegzog.

„Gib mir einen Versuch, Marge."

„Charly, beruhige dich."

„Du warst nicht dabei, als ich vereidigt worden bin."

„Oh Carl, hör auf damit. Beim nächsten Mal bin ich dabei."

Beim Frühstück mit Agathe, die zu seiner Herzensfreude doch nicht ungeküsst geblieben war, erinnerte er sich, dass Marge „beim nächsten Mal" auch nicht dabei war. Er würde eine Rede halten. „Das wird eine heiße Debatte", hatte er gesagt. „Welch eine Freude.“ All die Männer, die ihm vor dem riesigen Portal des Kapitols auf die Schultern klopften, setzten Hoffnungen und Kampfgeist in ihn.

„Zeigen Sie es Ihnen, Carl. Machen Sie sie fertig.“

Das Gedränge vor dem Kuppelbau roch nach Damenparfüm und Herrenschweiß, Carl fühlte sich von allen Seiten angefasst. Er hielt Margarethes Hand umklammert, als drohe die Frau einen Berg hinabzustürzen. In ihren dunklen Augen las er Begeisterung, Fragen und Unwohlsein. In dieser Frau war immer so viel.

„Carl. Carl.“ Sumner drängte sich zu ihm durch. „Auf ein Wort“, sagte er und kam Carls Gesicht so nahe als wolle er ihn küssen.

„Ein wenig Zurückhaltung, Carl. Wir müssen im Rennen bleiben. Sie verstehen, was ich meine.“

„Aber ja, aber ja“, sagte Carl, war sich allerdings nicht so sicher. Leute riefen nach ihm, andere zeigten auf ihn und malten mit den Fingern Kreuze in die Luft. Der Himmel war grau, nur hier und da stach ein Sonnenstrahl auf Stein, Schultern, Hüte oder Ahornblätter. Wie Fingerzeige, dachte Carl.

Marge drückte sich an ihn. „Ich bin zu aufgeregt, Charly. Ich bin einfach zu aufgeregt.“

„Brauchst du nicht, Liebste. Komm einfach mit.“

„Ich kann nicht. Wirklich. Ohjeohje.“ Sie lachte.

Immer war da einer in ihm, der sich über Margarethes Psyche ärgerte, immer ein anderer, der sagte, nimm es, wie es ist. So ist deine Frau, beschädigt sind wir alle. Nimm es einfach. Margarethes Druck ließ nach und ehe er sich versah, trieb sie ins Gedränge zurück. Er sah sie den grünen Hut abnehmen, sah ihr schwarzes Haar und sein Herz schrie, als einige Leute sie anrempelten. Aber da wurde er schon fortgetragen in den jetzt schon überhitzten Saal, ganz gefangen in der Masse Mensch. Er starrte auf das Rednerpult. Immer diese lächerlichen Papiergirlanden. Was sollte dieser Unfug? Von allen Seiten wurde auf ihn eingeredet. Irgendwer sagte ihm: „Sie stoppen uns nicht, Schörts. Sie nicht."

Er fand sich erst wieder, nachdem er die ersten Sätze gesprochen hatte. Diese Sätze lernte er stets auswendig, weil er wusste, dass er in Reden immer erst ankommen musste. Das Auswendiglernen war wie das Laden des Revolvers vor der Schlacht.

„... da soll also Santo Domingo quasi gekauft werden", rief er. „Da soll uns ein Staat vor den Toren Amerikas einverleibt werden, damit Geschäftsleute sich an ihm gütlich tun können. Wir hier, fast jeder von uns, hat für die Freiheit gekämpft. Die Vereinigten Staaten von Amerika können ein leuchtendes Vorbild sein für die ganze Welt. Eine gerechte, freie Demokratie. Das von vielen Herren vorgeschlagene Santo Domingo Unternehmen ist eine Farce, meine Damen und Herren ..."

Buhhh-Rufe drangen seitlich in ihn, irritierten ihn kurz, bevor er seinen Geist verschloss. Immer wieder gellten Zwischenrufe. Er wischte sie mit der Hand weg, Freunde und Bekannte von ihm schrien die Zwischenrufer an. Gerumpel und Geschiebe störten ihn – die obere Galerie war nun doch geöffnet worden und mehr und mehr Zuhörer strömten in den Saal. Amerikanische Flaggen hingen von der Decke, bewegungslos tot.

Er schlug auf das Pult. „Was soll das für eine Nation sein, die Freiheit exportieren will wie einen Sack Kartoffeln? Freiheit exportieren, oder vorgibt das zu wollen, obwohl es ausschließlich um kapitalistische Zwecke geht? Nein, meine Damen und Herren, so etwas wird mit meinem Amerika, mit unserem Amerika nicht passieren. So etwas wird es nie geben."

Irgendwo rechts schrie jemand, er solle nach Deutschland zurückgehen und den Mund halten.

„Meine Damen und Herren, für all die, die es nicht wissen und jetzt hier sinnlos herumreden – das Santo-Domingo-Vorhaben stellte auch einen Bruch mit unserer Verfassung dar. Das geht überhaupt nicht.

Ahnungslosigkeit macht sich in Teilen des Regierungsapparats breit. Ahnungslosigkeit unter Leuten, die hohe Ämter bekleiden und sich die Taschen vollmachen.

Zur Verfassung der Vereinigten Staaten von Amerika – ratifiziert übrigens 1788, für all die Schreihälse, die das nicht wissen – zu dieser würdigen Verfassung gibt es eine Präambel. Und das zentrale Wort in dieser Präambel lautet Freiheit. Und es ist ganz simpel, meine Damen und Herren, ganz simpel: Freiheit ist nur dann etwas wert, wenn sie für alle Menschen gilt."

Er fand Margarethe auf einer Bank am Ufer des Potomac. Sie trafen sich ab und an dort, wenn sie allein sein wollten und die Kinder gut behütet wussten von der Kinderfrau. Margarethe lachte ihn an, als sie ihn kommen sah. Sie konnte so herzhaft lachen. Carl liebte das. Er musste dann immer an ihre Überfahrt nach Amerika denken.

„Setz dich, mein Lieber." Sie klopfte auf die Bank. „Mister Sumner hat mir erzählt, das sei eine deiner besten Reden gewesen."

Carl war erschöpft, er sah auf das Wasser und nahm Margarethes Hand.

„Könnte sein, dass ich ein klein wenig zu weit gegangen bin", sagte er. „Hast du was in deiner Tasche, Marge?"

„Natürlich." Sie zog eine in Papier geschlagene Whiskyflasche aus ihrer Handtasche.

„Du zuerst", sagte Carl. „Vielleicht wird es ja auch nicht so schlimm."

„Bisher hast du doch alles immer geschafft."

„Finanziell ist es manchmal arg knapp. Das tut mir leid, Marge."

„Wir kriegen das hin."

Sie legte ihm eine Hand auf die Schulter. „Ich bereue es doch, nicht mitgekommen zu sein."

„Ist schon gut. Wir sitzen jetzt hier. Du und ich. Ein paar hundert Meter rechts ist das Weiße Haus."

Sie saßen eine Zeit da und schwiegen. Carl spürte, dass Margarethe etwas sagen wollte. Sie waren sehr oft getrennt gewesen, häufig lang und er wusste, dass Margarethe das schwerer gefallen war als ihm. Er war immer so besessen. In ihm rannte immerzu etwas. Er wusste nicht, warum das so war. Von Musikern, die bei ihnen verkehren, hatte er ab und an gehört, dass die nicht wussten, warum sie taten, was sie taten und bereit waren dafür vieles zu opfern.

„Deutschland ist ein wenig überschaubarer“, sagte Margarethe.

„Wer will schon nach Deutschland?“

Seine Antwort war zu schroff geraten, das hatte er nicht gewollt.

„Entschuldige, Marge. Aber Deutschland? Auch nach der Einigung, auch mit Bismarck, der plötzlich hin und wieder recht vernünftige Dinge ins Leben ruft. Es gab Zeiten, da wollte der mich umbringen.“

Er sah Margarethe an, wie sie still auf den Fluss schaute.

„Willst du zurück, Liebe? Endgültig?“

„Nicht ohne dich.“ Sie legte sich eine Hand vor die Augen und lachte leise. „Verstehe mich bloß nicht falsch“, sagte sie. „Das klang jetzt so ein wenig nach der Frau, die sich ganz dem Manne unterordnet. Ich komme aus einer modernen Familie, wie du weißt. Ich bin gebildet. Ich habe den ersten Kindergarten in Amerika gegründet. Nein, was ich meine ist Liebe, Charly. Liebe. Du warst im Krieg. Du hast mir völlig aufgelöst von deiner Reise in den Süden erzählt und was du da alles gesehen hast. Manchmal habe ich Angst um dich.“

Solltest du, dachte er, solltest du. Geht mir auch so.

„Es tut mir leid, Marge. Dass ich so eingebunden bin, dass ich dich so oft allein gelassen habe. Es tut mir wirklich leid.“

Wenige Tage später kam er abends nach einem verwüsteten Tag in seinem Senatorenbüro nach Hause zu Frau und

Kindern und sagte Margarethe, dass der Präsident nicht bereit sei, noch einmal mit ihm zu sprechen.

„Aber warum das denn, Liebster?"

„Wegen meiner Santo Domingo-Rede."

Margarethe legte die Hände an die Wangen. „Ich dachte, die sei so gut gewesen. Eine deiner besten sogar."

„Daran wird es gelegen haben. Ich hätte mir zu viel rausgenommen, wird behauptet. Die Frage ist – woraus?

Wonach riecht es hier eigentlich?"

„Die Kinder üben sich im Kochen."

Margarethe umarmte ihn. „Grant ist doof", murmelte sie.

Carl und Sullivan saßen in einem Zeltsaloon. Die Außenwände bewegten sich in Windbrisen, die die Hitze vor sich hertrieben. Der Boden war hart und trocken und Grasreste waren niedergetreten und hatten die Farbe von Zündhölzern. An einer Längsseite des großen Zeltes war ein langer Tresen aufgebaut, dahinter ein Regal voller Flaschen und kleiner Fässer. Es waren beinahe ausschließlich Männer hier, alle trugen Waffen. Nur eine einzelne Frau stand ganz am Rande der Theke. Sie hatte einen Koffer neben ihren verstaubten Schnürstiefeln, Jacke und Bluse waren durchgeschwitzt und aus ihrem hochgesteckten Haar hatten sich Strähnen gelöst. Sie wirkte auf Carl einsam und selbstbewusst.

Er trank von seinem Bier.

„Weißt du noch im Krieg", sagte Carl, „als wir uns gegenseitig in Stücke geschossen haben? Da wusste ich noch, wo ich bin. Meistens. Verstehst du? Jetzt, in diesem Schnapsladen aus Zeltleinwand ... weiß ich es irgendwie nicht mehr."

Sullivan sah sich um. Carl merkte, dass sein Blick kurz an der Frau hängen blieb.

„Na ja", sagte Sullivan, „dieses stinkende Zelt hier könnte überall auf der Welt in einer Stunde aufgeschlagen werden. Wer weiß, wo wir sein werden, wenn wir wieder rausgehen."

Irgendwo in der Ferne krachte ein Schuss. Einige Leute sahen kurz auf, widmeten sich dann wieder ihrem Drink oder dem Gesprächspartner. Sullivan hatte einmal kurz die Brauen gehoben.

Die Frau hatte sich ein Bier bestellt. Sie streifte ihre verdreckten Stoffhandschuhe ab und trank in großen Schlucken. Ihr Hals war gierig. Der Schankwirt beugte sich ihr über den Tresen entgegen und sagte etwas. Die Frau griff in ihre rüschenbesetzte Handtasche und richtete eine silberne, einschüssige Pistole auf das Gesicht des Mannes. Der Mann ging. Die Frau legte die Pistole neben das halbvolle Bierglas.

Großartig, dachte Carl. Wohin bist du unterwegs, gute Frau? Wartet jemand auf dich? Was wirst du tun in diesem Land? Wer bist du?

24

Wonderör
New York City, 1901

Mark Twain hatte mit Carl ausgehen wollen, Drinks nehmen, die wunderbare Stadt genießen und ein bisschen Frauen gucken. „Nur gucken, Carl. Also meine Frau hat nichts dagegen, ehrlich." Carl sagte, seine Knie schmerzten. Also war Twain zu ihm gekommen, wie so oft. Carl hatte ihm die Anspannung angemerkt. „Ich muss einen Roman schreiben", sagte Twain. Schriftsteller redeten über nichts so gerne wie über das Schreiben. Sie saßen noch mit glasigen Augen zusammen, als der Tag die Stadt New York längst durch Millionen Aktivitäten schickte, zu Wasser, zu Lande, in dunklen Winkeln und auf warmen Plätzen.

Carl fühlte sich oft überfordert von dieser Stadt, aber er liebte sie. Ging es gar nicht mehr, zog er sich in sein Landhaus am Lake George zurück – auch nicht wirklich von ihm selbst bezahlt. Er kümmerte sich dann darum, dass die Kinder bei ihm waren, entweder alle gemeinsam oder wenigstens immer eines von ihnen.

„Schreiben?", fragte er. „Ich wollte der zweite Shakespeare werden. Warte mal einen Moment. Wenn ich mich richtig erinnere an meine Erinnerungen und an all diese Panikzettel hier … dann ist da einer …"

Der Packen glitt ihm aus der Hand und verteilte sich über

den Schreibtisch. Einige Zettel blieben in Federschmuck von Indianern hängen.

„Ich finde den schon. Augenblick, Mark."

Margarethe, Senator, Zeitung, zwei Kugeln gleichzeitig im Kopf, Reservat, Betrug, Sullivan – Carl suchte.

„Da ist er", sagte er. „Ich wusste es. Ich habe es gewusst. Hier."

Twain kniff die Augen zusammen und hielt den Zettel mit ausgestreckten Armen von seinem Gesicht fort.

„R. Wonderör?"

„Der hieß nicht Wonderör. Der hieß Wanderer."

„Und den kanntest du?"

„Ich habe ihn erfunden."

Carl konnte nachts oft nicht schlafen und jetzt überschwemmte ihn eine tonnenschwere Müdigkeit. Er ging in die Küche. Als er Frühstück für Agathe gemacht hatte, war ihm das schon schwergefallen, ein Akt größter Anstrengung. Und jetzt? Er wollte einen Kaffee kochen. Seine Hände zitterten. Wie ging das noch? Herrgott. Komm schon. Was soll denn das? Du weißt doch, wie man das macht. Er hantierte mit einer Kanne, einem Kessel, mit Filter und Löffeln, bekam das aber nicht in die richtige Reihenfolge. Töpfe, Pfannen, Keramik gefüllt mit Gewürzen, Schranktüren. Er stützte sich auf dem Tisch ab und ließ den Kopf hängen.

„Ich mach das schon", sagte Twain. Carl hatte ihn nicht kommen hören.

„Das kommt wohl phasenweise vor, wenn jemand so ein wenig neben sich steht, wie du im Moment", sagte Twain. „Mach dir nichts daraus."

Carl wischte sich über die Augen.

„Setz dich. Ich koche uns einen schönen Kaffee. Eier im Haus? Dann brat ich uns welche und …“

„Natürlich haben wir Eier im Haus, Mark.“ Agathe stand in der Tür, sie trug einen Morgenmantel und hatte das Haar zu einem Zopf gebunden.

„Ich staune“, sagte Twain.

„Kannst du ruhig. Setz du dich auch – ich koche euch Kaffee und brate Eier zum Frühstück für die schlaflosen Taugenichtse.“

Carl zögerte keine Sekunde, ging zu seiner Tochter und umarmte sie.

„Sag mal, Aga, kennst du einen R. Won… Wan - der - er?“, fragte Twain.

„Wen?“

25

Erst Liebe, dann Politik
Bonn, 1846

Die junge Frau stand am Wegesrand. Hinter ihr floss der Rhein, Sonnenlicht wellte sich auf dem Wasser und die Ufer waren flach und unbewachsen. Carl hatte ein Stück spazieren wollen, sich auf eine Rheinaue legen und lesen. Es war immer ein gutes Gefühl, einen Stapel Bücher unterm Arm und das schwarz-rot-goldene Emblem der Burschenschaft an der Hemdbrust zu tragen.

Er sah sie aus etwa 30 Metern Entfernung. Sie tauchte plötzlich auf, sie musste am Ufer gewesen sein, hatte sich vielleicht einen Moment die Füße gekühlt oder einen dieser verloren freien Blicke geworfen, zu denen Wasser einlud. Eine zierliche Gestalt mit Kleid, Schürze und Haube, eine Magd wahrscheinlich. Carl überlegte, umzudrehen.

Nein, nein, nein. Weitergehen. Geh einfach.

Als er auf ihrer Höhe anlangte, trat er zur Seite, um sie auf dem Pfad passieren zu lassen. Sie sah ihm in die Augen. Er blickte zu Boden und kniff sich ein Grinsen ins Gesicht.

Sag was, sag was, dachte er. Irgendetwas Nettes. Höflich, charmant, männlich, entgegenkommend, nicht aufdringlich aber mit einer respektvollen Offensive darin. Mehr nicht. Aber was?

Als er seine Gedanken halbwegs geordnet hatte, war die junge Frau 20 Schritte von ihm entfernt.

Er saß allein in seiner Studentenbude, nur mit einem Hemd bekleidet. Seine Füße schabten über die Dielen. Er hielt eine Schreibfeder in der Hand.

Warum hatte er sie nicht angesprochen? Mein Gott, war die hübsch gewesen. Und angesehen hatte sie ihn auch. Er war groß, hatte dichtes Haar, er glaubte von sich sagen zu können, dass sein Gesicht etwas Markantes hatte. Das war alles gar nicht so schlecht. Und mit Worten umgehen konnte er auch. Sie hatten gebrannt auf Lippen und Zunge, die Worte. Sein Blick hatte gebrannt. Andere Körperteile hatten gebrannt.

Und er hatte kein Wort gesagt.

Also schrieb er sein erstes überwältigendes Theaterstück. Richard Wanderer. Ein schüchterner, junger Mann, der die Liebe suchte und am Ende seines Weges finden würde. Großartig. Richard Wanderer würde wie er selbst ein beglückend beglückter Liebhaber werden.

Später bei einem Humpen Bier im gelben Licht des Wirtshauses beschrieb er seinem Freund Ahlhaus das Mädchen.

„Ich glaube, die kenne ich", sagte Ahlhaus. „Trink aus und komm mit, Carl. Ich denke, ich kann dir weiterhelfen."

Ahlhaus führte ihn durch die Gassen zum Platz am Kölntor. Sie versteckten sich an der lackierten Flanke einer Kutsche und Ahlhaus zeigte auf das Gasthaus. Ein niedrigumheckter Vorgarten bot den Übernachtungsgästen Tische und Bänke.

„Wenn ich Recht habe, arbeitet deine Maid hier, Carl."

Carl fühlte sich mutig in seinem Versteck hinter der Kutsche. Als er den Kopf vorstreckte, um sich den Vorgarten und die Eingangstür einzuprägen, drehte eines der Pferde das Haupt, schnaubte und sah ihm in die Augen.

„Was macht ihr denn hier?“ Ludwig Meyer stemmte die Hände in die Hüften und sah auf die beiden geduckten Gestalten hinab. „Da mache ich einen Gang durch die Stadt und finde euch hier in voller Deckung. Was soll denn das werden?“

„Ah, Ludwig“, sagte Carl. „Wir, äh …“

„Arbeitet sie dort?“

„Wer jetzt?“

„Na komm, Schurz, du schaust doch nach einem Mädchen, oder?“

„Du bist ein Besserwisser, Meyer“, sagte Carl. „Warum hast du ein blaues Auge?“

„Ich studiere die menschliche Psyche. Das gefällt so manchem nicht. Niemand erkennt, wie eingesperrt er ist. Niemand.“

„Eingesperrt? Blödsinn.“

„Warte es nur ab, Schurz.“

Carl sah sie in den nächsten Tagen häufig. Sie trug Körbe voller Lebensmittel, Eimer mit Flaschen darin, sie fegte den Weg und manchmal bediente sie Gäste an den Tischen vor dem Gasthaus. Beim Bedienen trug sie ein anderes Kleid und einen schneeweißen Kragen.

Er sprach sie nie an. Das ist auch gut so, dachte er, das braucht genaue Vorbereitung. Du wirst das schon machen.

Dann wurde sie eines Abends von einem jungen Mann abgeholt. Der hatte Blumen für sie dabei. Und Worte. Sie lächelte und zupfte an einer Locke im Nacken. In gebührendem Abstand zum Gasthaus hakte sie sich bei ihm unter und nestelte am Kragen des Kleides.

Er zerriss „Wanderer“ und ließ die Schnipsel in den Papierkorb fallen. Ulrich von Hutten, der große Reformator. Es ging um Politik, um Demokratie, Auflehnung und Freiheit. Der Kampf gegen das Monarchentum in Deutschland musste intensiviert werden. Hutten war eine gute Metapher dafür. Das war sein Thema, das würde sein Theaterstück.

Als er sich nach Monaten der Schreibarbeit dem Höhepunkt seines Dramas näherte, stürmte Ahlhaus mit offenem Hemd in sein Zimmer.

„Die Franzosen, Carl, die Franzosen haben ihren König verjagt. Das ist die Revolution. Das ist der Beginn des Aufstandes. Wir müssen jetzt sofort los.“

Carl schob von Hutten zu einem Stapel zusammen, stellte das Tintenfass auf die Blätter und legte die Feder schräg darauf. Er blies die Kerze aus.

„Deutschland wird aufstehen, Ahlhaus. Und wir, wir sind daran beteiligt. Jetzt, alter Freund, ist keine Zeit für Romanzen.“

Wie konnte man nur so lügen?

26

Siege, Niederlagen
New York City, 1901

Er sah die große Lady durchs Fernglas an. Kürzlich noch hatte er gemeint, sie habe sich bewegt, jetzt stand sie still da vor dem hellblauen Himmel und blickte in die Ferne.

Carl setzte den Strohhut ab und drehte ihn in den Händen. Dass der Versuch, einen Kaffee zu kochen ihm so entglitten war, hatte ihn tief getroffen. Und dann die Erinnerungen an das Mädchen in Bonn, an sein Versteck hinter der Kutsche. Oder seine Versuche als Dichter mit Richard Wanderer und seinem Drama über Ulrich von Hutten. Mein Gott, wie ernst ihm das gewesen war. Und dann stürzte der atemlose Ahlhaus ins Zimmer – Ahlhaus, der auch irgendwann nach Amerika gegangen war, soweit Carl wusste.

Nach seiner Rede im Senat damals, als er der Regierung Grant wegen des Versuches der Inbesitznahme Santo Domingos Verfassungsbruch vorwarf, hatte Grant ihm jedes weitere Gespräch verweigert.

Carl hatte einen neuen Ast der Republikanischen Partei gegründet, die Liberalen Republikaner und war damit gescheitert. Er machte anschließend Wahlkampf für jemand anderen, der Name wollte gerade nicht kommen. Auch das führte nicht zum Erfolg. Grant wurde wiedergewählt. Die Korruption wucherte und Carl verließ erneut die Politik und konzentrierte sich ganz auf den Journalismus.

„Worte sind gute Waffen gegen eine schlechte Regierung“, sagte er seinen Reportern. „Sie sind gute Waffen für eine gute Regierung. Lassen Sie die Druckerpressen rattern, bis sie qualmen.“ Es waren verschiedene Zeitungen gewesen, für die er gearbeitet hatte, bei denen er manchmal sogar Herausgeber gewesen war. Die Namen taten nichts zur Sache. Er hatte es nie lange ausgehalten. Er wusste auch nicht mehr, wie oft er seine Familie zum Wohnsitzwechsel gezwungen hatte.

Und dann gebar Margarethe ihnen einen weiteren Sohn und starb.

Er setzte den Hut wieder auf, beschattete seinen Blick. Sein Sohn Herbert, der letztes Jahr in London gestorben war, hatte sein Leben lang unter dem Gedanken gelitten, seine Mutter getötet zu haben. Margarethe war vier Tage nach seiner Geburt am Kindbettfieber gestorben. Carl hatte dem Jungen so oft gesagt, er solle sich von diesem Gedanken frei machen. Intellektuell hatte Herbert das vielleicht geschafft, aber das Gefühl war nie aus seinem Herzen verschwunden, bis zuletzt nicht. Sei frei, sagte Carl ihm. Niemand ist frei, Daddy, sagte Herbert.

Intellektuelle Freiheit, emotionale Freiheit. Es gab sie tausendfach, es gab sie gar nicht. Sie war alles. Sie war nichts.

An die Wochen nach Margarethes Tod erinnerte Carl sich nur diffus. Er hörte noch die Schreie seiner Kinder, als Margarethe ganz weiß und still im Bett lag und nicht mehr atmete. Es war die Hölle gewesen. Er hatte gesoffen und geheult. Völlig haltlos. Wenn er es jetzt bedachte, war er in gewisser Weise vollkommen frei gewesen. Es hätte sein Tod sein können. Disziplinlosigkeit führte ins Dunkle. Unangekettete Freiheit war ein Monstrum. Das schlimmste Monstrum von allen.

Er sah wieder zur Lady. „Man müsste dich anketten", sagte er.

„Wen denn?" Fanny setzte sich an seine linke, Marianne an die rechte Seite. Beide sahen ihn an, von zwei Seiten wie bei Chancellorsville.

„Sie da", sagte er. Er zeigte auf die Lady.

„Du willst eine Frau anketten?", fragte Fanny. „Das sind ja ganz neue Sitten."

„Also ich bin dafür auch nicht zu haben", sagte Marianne.

„Ihr versteht mich nicht", brummte Carl.

„Oh je", sagte Fanny.

„Ach Gott, ach Gott ", sagte Marianne.

So sehr er es versuchte, er konnte sich nicht an Margarethes totes Gesicht erinnern. Vielleicht wollte er es auch nicht, das wusste er nicht genau. In der Autobiografie, die er geschrieben hatte und die ihm in den letzten Tagen so fremd geworden war, stand nicht viel über Margarethes Tod. Eigentlich gar nichts. Margarethes Familie hatte wenige Jahre nach ihrem Tod dafür gesorgt, dass der Leichnam nach Hamburg gebracht wurde. Diese Familie hatte ihn nie akzeptiert. Er wollte gar nicht wissen, was in Hamburg geredet worden war, wenn Margarethe während ihrer langen Aufenthalte in der Hansestadt wieder nach Geld gefragt hatte. Es war ihm eine Genugtuung als er später Amerika-Vertreter der Hapag wurde und regelmäßig einen schönen Scheck aus Hamburg bekam.

In der Autobiografie hatte er sich sofort nach Margarethes Tod in den Wahlkampf für Hayes gestürzt. Hayes hatte mit seiner Hilfe gewonnen. Bald darauf folgte sein größter Karriereschritt: Carl Schurz wurde Innenminister der Vereinigten Staaten von Amerika. 1877, das Jahr kannte er. In Zeitungen auf der ganzen Welt lasen Menschen von ihm und seinem Erfolg. Unter Hayes setzte er endlich die Reform des öffentlichen Dienstes durch.

„Wir machen das, Mister Schörts“, sagte Hayes im Präsidentenbüro.

„Keine aalglatten Schwätzer mehr, Mister President? Sondern Leute, die was können?“

„Muss ja, oder, guter Mister Schörts?“

Hayes, wie hatte der eigentlich ausgesehen? Carl zuckte die Achseln. Er erinnerte sich an Hayes als einen bescheidenen Mann. Das war für einen Präsidenten immer gut. Großmäuler hatten in diesem Amt nichts zu suchen. Rhetoriker gehörten dorthin, Menschen mit Sprachverstand. So wie er halt. Menschen, die felsenfest an Demokratie und Freiheit glaubten und an die Rechte von Minderheiten und gegen Ausbeutung waren und tausende andere unds. Carl war häufig mit seinen Kindern von der First Lady ins Weiße Haus eingeladen worden, zum Essen, zu Musikabenden. Die First Lady hatte ihn immer wieder nach Deutschland gefragt, wie es sei, dieses Land? Klein, hatte Carl gesagt, und eng.

„Lasst uns am Wochenende zum Lake George fahren", sagte Carl. „Ins Landhaus. Und da lassen wir es uns dann richtig gutgehen. Das würde mir sehr gefallen."

„Agathe und Fanny in einem Haus?", fragte Marianne.

„Ich rede mit Agathe. Das geht schon. Sie hat übrigens …"

„Was denn, Daddy?"

„Ach nichts, das wird sie dir schon selbst erzählen. Ah, da kommt mein Sohn."

Carl Lincoln schwenkte einen Beutel. „Truthahnsandwiches", sagte er. „Ich habe nicht viel Zeit. Übrigens, falls ihr es noch nicht gehört habt: Der Präsident … er ist tot."

„Herrgott", sagte Carl. Er sah auf seine Schuhe hinab. Lincoln hatte ihm eine Anekdote über einen Schuster erzählt, irgendwann, irgendwo.

„Lincolns Tod habe ich auch ohne eure Mutter erlebt", sagte er. Fanny zog ihre Hand weg. Carl holte sie sich wieder und drückte sie.

„Ich war in einem Heerlager, in den Südstaaten. Als sich die Nachricht verbreitete, mussten wir höllisch aufpassen, dass es nicht zu Übergriffen auf die Gefangenen kommt. Der Tod dieses Mannes hat wirklich kollektiv gewirkt. Schon erstaunlich."

„Was hast du getan, als du von seiner Ermordung erfahren hast?", fragte Carl Lincoln.

„Ich bin in den Wald geritten."

„Darauf wäre ich jede Wette eingegangen", sagte Fanny. „Und jetzt wird es tatsächlich Roosevelt."

„Ich habe Steven Crane einmal getroffen", sagte Carl.

„Der war als Berichterstatter auf Kuba, während die Vereinigten Staaten Krieg gegen Spanien führten. Einen rechtswidrigen, überflüssigen Krieg. Crane hat Roosevelt dort gesehen. Crane meinte, der habe sich sauwohl gefühlt in dieser Rolle." Carl lachte. „Meine Güte, habe ich gewettert gegen den aufkommenden amerikanischen Imperialismus. Während der Agitation dagegen habe ich Carnegie kennengelernt. Hat mir eine Wohnstatt am Central Park eingebracht.

Es waren Männer wie Fiske und Mahan und ein paar andere, deren Namen mir entfallen sind, die wollten Imperialismus um jeden Preis. Midway, Hawaii und Samoa hatte sich dieses einst verheißungsvolle Land schon einverleibt. Die wollten mehr. Immer mehr. Tja, dann gab es den Krieg gegen Spanien. Und noch jetzt, Leute, hier und jetzt kämpfen amerikanische Soldaten auf den Philippinen. Ich meine, das müsst ihr euch jetzt mal vorstellen: Da unterstützt die amerikanische Regierung Partisanen, die gegen die kolonialen spanischen Herrscher auf den Philippinen kämpfen. Die Spanier werden besiegt, Amerika will dann einfach so übernehmen. Und eben die von Amerika bewaffneten Partisanen kämpfen jetzt gegen amerikanische Soldaten, weil die Partisanen verdammt noch mal die Philippinen als originäre Bewohner dieser Inseln für sich haben wollen. Ist ja wohl auch klar. Und ihr gutes Recht. Wie kann man so dermaßen unsinnige Politik machen?"

Er spürte Fannys Hand auf der Schulter. Wenn er so redete, war es manchmal wieder da, das alte Feuer, sein Eifer, seine Wut, sein Kampfgeist. Er geriet dann mehr und mehr in Rage. Er hätte jetzt aufspringen und stundenlang von seiner Bank herab auf die Passanten einreden wollen. Mein Gott, wie viele Reden hatte er in seinem Leben gehalten? Wie oft hatte er die Bücher der von ihm so geliebten römischen Rhetoriker studiert? Welche Energie hatte er aus sich herausgeschleudert? Margarethe hatte einmal gesagt, er sei wie ein Vulkan gewesen.

Booker T. Washington, ein schwarzafrikanischer Anwalt und Bürgerrechtler hatte ihm Briefe zukommen lassen von amerikanischen, schwarzen Soldaten, die von den Gräueltaten auf den Philippinen berichteten.

„Mein Vater", schrieb einer, „hat im Bürgerkrieg in einem der ersten schwarzen Regimenter gekämpft. Er ist schwer verwundet worden. Aber er kam heim zu uns. Er hatte für die Freiheit gekämpft, für unser aller Freiheit. Und jetzt vernichtet mich hier der Dschungel mit seinen Krankheiten und ich kämpfe für nichts. Für gar nichts."

Carl kannte das alles nur zu gut. Er hatte in seinem Arbeitszimmer Fäuste und Augen zusammengepresst, um nicht Gläser und Tassen an die Wände zu schmeißen, als er diesen von Booker übermittelten Brief gelesen hatte.

Er musste nicht mehr auf Schlachtfelder reisen, musste nicht zum Wounded Knee, wo die Sioux zermetzelt worden waren, er musste nicht auf die Philippinen. Vielleicht wollte er es hin und wieder, aber er musste sich eingestehen, dass dazu die Kraft nicht mehr da war. Das mussten Jüngere übernehmen. Seinen Kindern aber wünschte er ein Leben abseits von Blut und Menschenfetzen und erbarmungswürdiger Trauer, auch wenn die nie weit entfernt war.

27

Wirtschaftskrieg und Trommlerjungen
Washington, 1877 und folgende

„Ah, Mister Schörts." Chandler kam ihm entgegen und schüttelte ihm die Hand. „Das wird Ihr neues Büro als Innenminister sein. Vereidigt sind Sie. Ich weiche. Und ich muss Ihnen sagen, ich tue es frohen Mutes. Es wird anstrengend, Mister Schörts. Machen Sie sich auf etwas gefasst."

Ohne zu fragen setzte Carl sich hinter den Schreibtisch. Chandler zögerte kurz und nahm im Besuchersessel Platz. An der linken Wand hing ein großes Porträt Washingtons. Niemanden sah Carl so oft in den Ministerien der Hauptstadt abgebildet wie diesen Mann.

„Nun, Mister Schörts, noch einmal zusammenfassend, auch wenn Sie das sicher alles bereits wissen. Das Patentamt mit 90 Leuten und 400 Sekretären – etwa 20 000 Anträge pro Jahr. Die Pensionskasse unter besonderer Berücksichtigung ehemaliger Soldaten …"

„Beider Seiten", sagte Carl

„Natürlich, beider Seiten. Das Länderamt mit fast 200 Leuten und 100 Außenstellen. Die Abteilung für die Indianerangelegenheiten und …" Chandler trat an den Schreibtisch, rollte eine Landkarte aus und tippte auf die riesigen Gebiete im Westen der Staaten. „Der noch zu besiedelnde Teil des Landes. All die Trecks, die dorthin unterwegs sind, auch all die, die nie ankommen. Marodierende

Gangsterbanden, Wilde, Naturkatastrophen. Das alles unterliegt jetzt Ihnen."

„Gut", sagte Carl. „Sehr gut. Wie viele von den Leuten, die im Ministerium arbeiten, sind aufgrund persönlicher Beziehungen hier, Mister Chandler?"

Chandler schmunzelte.

„Wie Sie sehen, habe ich meine Sachen bereits wegräumen lassen. Mister Schörts, viel Glück als Innenminister."

„Ich danke Ihnen, Mister Chandler. Leben Sie wohl."

Er saß allein im Büro. Er war zurückgeholt worden in die Politik. Vor vielen Jahren war Sumner bei ihm auf der Terrasse erschienen, dieses Mal war es ein Sekretär von Hayes, der in Carls verglastes Redaktionsbüro getreten war. Ein schlichter Mann mit schlichten Worten.

„Mister Schörts, wenn Mister Hayes bald sein neues Amt antritt, braucht er Sie in Washington. Unser zukünftiger Präsident lässt fragen ..."

„Ich komme."

Er war Innenminister. Ach Marge, dachte er. Was hättest du gesagt, könntest du mich hier sehen? Und was sagen die Leute aus deiner Familie, wenn Sie jetzt lesen, dass dein Mann Innenminister der Vereinigten Staaten von Amerika ist? Er sah auf seine Taschenuhr. In einer Stunde würde es die erste Sitzung des neuen Kabinetts im Präsidentenbüro geben. Im Weißen Haus. Carl spürte sein Blut pulsieren. Er war wieder in Washington. Er hörte seine Schritte wieder auf den Fluren. Man hatte ihn verdrängt und jetzt war er mit größerer Macht zurückgekehrt. Ihm war als sprühten seine Gedanken. Er sah auf das wandfüllende Aktenregal zu seiner linken. Womit beginnen? Die Rekonstruktion des Südens war bei weitem noch nicht so vorangeschritten wie sie hätte sein sollen. Das und die Reform des öffentlichen Dienstes, Umweltschutz und endlich ein verantwortungsvolles Eintreten für die Indianer. Das war sein Programm. So viel Macht hatte er nie gehabt. Das war seine größte Chance, das Land auf den richtigen Weg zu bringen.

Es klopfte. Sein neuer Sekretär, Warren, kam herein. Er trug eine Kiste in den Händen.

„Die Dinge, die Sie für Ihr Büro haben wollten, Herr Innenminister."

„Danke, Warren."

„Ich hoffe, Sie werden mit meiner Arbeit zufrieden sein."

„Kennen Sie die Verfassung der Vereinigten Staaten, Warren?"

„Auswendig, Sir. Natürlich."

Carl sah den jungen Mann an. Warum verdammt noch mal schnürrten sie alle sich eigentlich immer den Hals so dermaßen mit ihren Bindern zu?

„Nennen Sie eine Paragraphennummer, Herr Minister, und ich zitiere."

„Es ist schon gut, Warren. Ist gut. Wenn Sie es sagen, dann glaube ich Ihnen, ist doch klar."

„Ich bin immer da, Sir. Wenn es sein muss, rund um die Uhr. Für Sie, Sir, für Amerika."

„Für die Freiheit, junger Mann?"

„Das ist eine komplexe Angelegenheit."

„Da haben Sie Recht."

Carl sortierte die gerahmten Bilder aus der Kiste. Margarethe, die Kinder, seine Eltern – mittlerweile beide verstorben – Professor Kinkel und sein alter Freund Charles Sumner. Asche zu Asche. So viele waren nicht mehr. Sumner, der gute alte Charles. Er war vor Ewigkeiten nach Watertown gekommen, jenem ersten Wohnsitz von Carl und Margarethe. Er war es gewesen, der Carl überzeugt hatte, in die Politik zu gehen. Sumner war einst, nachdem er eine Rede gegen die Sklaverei gehalten hatte, zusammengeschlagen worden und hatte wochenlang im Krankenhaus gelegen. In seinen letzten Lebensjahren hatte Sumner immer wieder gesagt, Carl sei naiv.

„Wie kommen Sie denn darauf?"

„Na gut, Carl, dann sage ich es anders. Sie sind zu idealistisch. Das ist ein Fehler."

„Meinen Sie?"

Sumner lachte. „Sie haben sich so etwas Jugendliches bewahrt, Carl. Das ist charmant. Aber Sie waren im Krieg. Sie haben diese Reise in den Süden gemacht, nur um dann Ihre Berichte direkt in den Papierkorb im Büro des Präsidenten flattern zu sehen. Sie wissen doch, was hier los ist. Sie kennen doch die Härte von dem hier." Sumner zog eine Schreibtischschublade auf und legte einen Revolver auf den Tisch. „Sie wissen doch, wie hart das ist."

Bei der Kabinettssitzung saß Carl dem Präsidenten gegenüber. Sie waren zu acht, sie rauchten Zigarren. Carl redete über die Rekonstruktion des Südens und darüber, dass es falsch sei, die Schutztruppen in die Kasernen zurückzurufen, statt sie weiter gegen die Umtriebe des Ku-Klux-Klans vorgehen zu lassen. Die Sicherheitslage sei …

„Das hat Zeit, Mister Schörts", sagte der Wirtschaftsminister. „Die Ökonomie muss stimmen. Wir haben Finanzprobleme. Seit der Depression 73 gibt es Streiks, im gesamten Industriegebiet. Und die Industrie, die ist bei uns in den Nordstaaten. Wir brauchen Regierungstruppen, um die Arbeiter in Schach zu halten. Das Kapital muss fließen. All Ihre ehrenwerten Bemühungen für den Süden bringen nichts, Kollege Schörts, wenn kein Geld da ist."

„Wir können die befreiten Schwarzen in den Südstaaten nicht der Gewalt überlassen. Wir haben für diese Menschen das Wahlrecht erkämpft."

„Das Wahlrecht gilt aber nicht für Analphabeten, Schörts. Die meisten der Schwarzen sind genau das. Deshalb hält man sie von den Urnen fern. Können wir jetzt bitte zur Sache kommen …"

„Können Sie aufhören, mich ständig zu unterbrechen?"

„Aber sicher. Jetzt zu folgendem, meine Herren. Wenn Sie erlauben, Mister President …"

Mit zusammengepressten Lippen hörte er sich den Vortrag zur Finanz- und Wirtschaftspolitik an und gestand sich im Stillen ein – nicht zum ersten Mal in seinem Leben – dass er davon keine Ahnung hatte und ihn das alles herzlich wenig interessierte. Margarethe hatte einst scherzhaft zu ihm gesagt, wenn man ihm zehn Dollar in die Hand gebe, sei es, als werfe man sie in den Ofen. Außerdem fragte er sich, ob bei der gewaltsamen Niederschlagung der Streiks vielleicht Soldaten auf Arbeiter geschossen hatten, die einst unter seinem Kommando standen. Der Wirtschaftsminister schien ihm seine innere Abwesenheit anzusehen.

„Der Krieg, General Schörts“, sagte er, „der Krieg war ein Wirtschaftskrieg.“

Der kleine Trommlerjunge starrte in den stinkenden Himmel über Gettysburg.

„Unsinn“, sagte Carl.

„Es ging um Ökonomie. Darum geht es in erster Linie immer.“

Carl griff ins Jackett warf seine Brieftasche auf den Tisch. „Bitte“, sagte er, „nehmen Sie sich meine Dollars, wenn es immer nur darum geht.“

„Gott, Schörts, ich habe mehr Geld, als Sie je verdienen werden“, sagte der Wirtschaftsminister. „Sie sind doch so ein glühender Verehrer von Abraham Lincoln, nicht wahr? Lincoln hat 38 Dakota-Indianer hängen lassen, wegen angeblicher Übergriffe auf Siedler. Ist nie bewiesen worden. Nach dem Krieg allerdings hing nicht ein Südstaatler am Galgen, außer dem Kommandanten von Andersonville. Lincoln war auch lange kein Gegner der Sklaverei. Erst als Sie ihm eingebläut haben, dass er dadurch Vorteile erlangen kann, schwenkte er um. Krieg macht Leute reich, Schörts.“

„Was sind Sie für ein …“, begann Carl.

„Meine Herren“, unterbrach Präsident Hayes, „bitte. Das hier ist unsere erste Sitzung. Ich möchte das so nicht.“ Er sah einen der Männer nach dem anderen an. „Ich will das so nicht“, sagte er.

Als Carl abends gelangweilt aus dem Theater kam – er hatte das Stück eines amerikanischen Schreiberlings gesehen, dem es gut getan hätte mehr deutsche und englische Literatur zu lesen – stand eine Frau allein auf dem Gehweg. Sie schien ein wenig unschlüssig und schaute, wenn Carl das richtig sah, in den dunkelblauen Himmel oder auf die im Laternenlicht hellgelben Blätter der Ahornbäume am Straßenrand.

„Guten Abend, gnädige Frau. Ich bin Innenminister Schurz."

„Carl Schurz? In der Tat? Hm, mit einem Ministeramt sollte man allerdings nicht hausieren gehen."

„Was halten Sie davon, wenn dieser Innenminister Sie zum Essen einlädt?"

„Sie sind von der schnellen Truppe?"

„Ich war bei der Infanterie, nicht Kavallerie."

Die Frau schmunzelte.

„Das wird teuer für Sie, Herr Innenminister. Ich bin so schlank, weil ich regelmäßig viel esse."

„Dito. Also?"

Die Frau legte den Kopf schief. Eine ihrer Augenbrauen stand höher in der Stirn als die andere.

„Wie heißen Sie, wenn ich fragen darf?"

„Fanny Chapman."

„Fanny? Welch schöner Name. Ein ehemaliger Freund von mir, ein Psychiater in Deutschland, ist ganz fürchterlich verliebt in eine Frau namens Fanny, falls ich seine manchmal etwas komplizierten Briefe richtig deute."

„Und sie waren sicher nicht bei der Kavallerie?"

„Ich gehe gerne zu Fuß. Was nicht heißt, dass ich im Krieg kein Pferd hatte."

Die Frau lachte.

„Nun, Mister Schurz ... ist das so richtig ausgesprochen?"

„Perfekt. Sie zählen zu der kleinen Gruppe amerikanischer Menschen, die ein richtiges deutsches U aussprechen können. Wie in Utopie."

„Utopie? Aha. Na, das scheint mir ja alles recht interessant zu werden. Zücken Sie also Ihre Börse, Herr Innenminister und führen Sie mich aus. Groß aus."

„Gerne. Dieser Freund aus Deutschland übrigens, er hat mich kürzlich gebeten, ihm einen Revolver zu schicken. Er hat mir einen langen Brief geschrieben über die Freiheit von Geisteskranken. Das war ziemlich interessant und auch verwirrend für mich. Und dann wollte er unbedingt einen Revolver haben. Ich habe ihn während der Revolution in Deutschland kennengelernt. Ich wurde damals steckbrieflich gesucht."

Jetzt lachte die schöne Frau herzhaft und hakte sich bei ihm unter.

„Sie kennen obskure Leute und sind ein Angeber, Herr Carl Schurz."

„Nicht wirklich, oder?"

„Wussten Sie, dass gemunkelt wurde, Lincolns Frau sei geisteskrank?"

„Sind wir das nicht alle? Irgendwie?"

„Sie überraschen mich, Mister Schurz. Was ich bisher über und von Ihnen in den Zeitungen gelesen habe, klang immer so klar."

„Klar? Oh."

Er sah auf die Frau hinab. Klarheit, dachte er, das wäre mal etwas. Erst jetzt bemerkte er, dass diese Fanny hier an seiner Seite erheblich jünger sein musste als er. Er blieb mit ihr unter einer Erle stehen. Das Licht einer nahen Gaslaterne färbte die Blätter grün und gelb. Carl legte eine Hand an den Stamm, er fühlte sich trocken und hart und gut an.

„Überall in den Staaten werden rücksichtlos Bäume gefällt. Goldsucher, Eisenbahner, Siedler, Holzdiebe. All die schönen Wälder. In mein Ressort fällt jetzt auch der Umweltschutz. Dafür werde ich kämpfen, für jeden einzelnen Baum. Manchmal fühlt es sich fast an, als sei der Kampf für die Pflanzen besser als der für Menschen."

„Höre ich da eine gewisse Resignation?"

„Ich weiß es nicht."

„Wenn ich irgendwie helfen kann wegen der Bäume und Sträucher und Blumen, sagen Sie es mir. Ich wäre gerne dabei. Und jetzt sollten wir essen gehen."

Sie fuhren in einer Droschke zum Ufer des Potomac. Carl kannte dort ein Restaurant, in dem es Fisch gab, manchmal gar Hummer von der Nordküste.

„Der Weißwein, den die ausschenken, ist auch gut", sagte er.

Als er mit Fanny durch die Tür trat, eilte ihm der Oberkellner entgegen und fragte, ob der Herr Innenminister gerne wieder auf der Terrasse direkt am Wasser sitzen möge. So ging das in Carls Leben jetzt. Es war ihm manchmal unangenehm. Er solle sich nichts daraus machen und es einfach genießen, hatte die First Lady ihm gesagt.

„Das ist ja schön hier", sagte Fanny. Sie saß mit Carl draußen im Kerzenschein und lächelte über den Fluss hinweg.

Carl sah ihr Profil an. Die Frau hatte eine schnurgerade Nase. Wenn sie tief einatmete, zeichneten sich ihre Nasenflügel deutlich ab – und sie atmete oft tief ein, so als wolle sie viel aufnehmen von der Welt.

„Ich hänge", sagte sie.

„Aha", sagte Carl.

„Reiche Eltern, sehr reich. Großes Haus in einem kleinen, öden Ort. Gute Bildung. Aber irgendwie … Ich hab's noch nicht gefunden, Mister Schurz."

„Sie wirken sehr zufrieden, Miss Chapman."

„Das bin ich auch. Komisch, oder?"

„Nein, gar nicht."

Sie zeigte in sein Gesicht. „Ein Mann aus Deutschland. Ich habe eine Reise durch Europa gemacht. Zuerst war ich in Spanien …"

„Da gibt es Gespenster", sagte Carl.

„Wie bitte?"

„Ach, schon gut. Erzählen Sie weiter."

„Ich war auch in Ihrer Heimat. Habe Moselwein getrunken. In Bayern habe ich eine – wie nennt man das? Vom Schwein? So ein dickes Ding?" Sie formte die Hände als halte sie einen eiförmigen Ball.

„Schweinshaxe?", fragte Carl.

„Ja, genau, eine Schweinshaxe habe ich gegessen. Abgeschlossen habe ich die Reise in Hamburg. Das ist eine sehr schöne Stadt."

„Wohl wahr. Sagen Sie, Miss Chapman, was ist Freiheit für Sie?"

„Dass in diesem Moment der Ober kommt und wir bestellen müssen. Dadurch habe ich ein wenig Zeit, über eine Antwort nachzudenken."

„Freiheit durch Störung?"

„Du lieber Himmel, wird es jetzt philosophisch?"

„Ich empfehle mit Nachdruck den Hummer", sagte Carl.

Spät in der Nacht fuhren sie mit der Droschke zu seiner Wohnung. Fanny sagte, sie habe einen kleinen Schwips.

„Macht nichts", sagte Carl.

In seinem Arbeitszimmer rollte er ein halbes Dutzend Amerikakarten aus. Die Waldgebiete hatte er grün schraffiert.

„Da wird kein Baum mehr gefällt, wenn ich mich durchsetze", sagte er.

Miss Fanny Chapman krabbelte auf allen Vieren über die Karten. „Mordswälder", sagte sie. „Es scheint, Colorado, Idaho und Montana sind diesbezüglich privilegiert?"

„Ich könnte dort leben", sagte Carl.

„Alleine im Wald?"

„Sie könnten mich hin und wieder besuchen kommen."

„Hin und wieder? Wegen der Freiheit, Mister Schurz? Sie fragten, was ich darunter verstehe. In meinem Leben. In meinem etwas unbestimmten Leben. Es ist die Fähigkeit, sich über eine Tasse Kaffee freuen zu können. Über

Sonnenschein, einen Drink, ein gutes Buch, Freunde. Eine Summe von … Kleinigkeiten."

Sie setzte sich neben ihn auf das Sofa.

„Zu wenig für Sie, Mister Schurz?"

„Nein, gar nicht."

„Für mich schon, irgendwie."

„Leben Sie hier in Washington, Miss Chapman?"

„Ich? Nein. Ich bin eigentlich immer unterwegs."

„Papa?"

„Oh", sagte Carl. „Es scheint, die Kinder sind wach geworden. Sie verzeihen einen Augenblick."

„Sie haben Kinder?"

„Vier."

„Dann eilen Sie."

Als er zurück in sein Arbeitszimmer kam, war Fanny verschwunden. Auf seinem Schreibtisch hatte sie einen Zettel hinterlassen: Wir sehen uns bald.

Er faltete das Papier zusammen und sah aus dem Fenster. Es wäre schön, dachte er, wenn wir uns bald sehen würden. Er setzte sich und sah das goldgerahmte Foto Margarethes an. Darf ich, Marge? Ist es in Ordnung für dich?

Fanny musste das Foto gesehen haben, als sie den Zettel auf den Tisch legte.

Am nächsten Vormittag klopfte sein Sekretär Warren an. Carl schrieb gerade einen Brief an einige Herren im Auswärtigen Ausschuss.

„Was gibt es denn, Warren?"

Der junge Mann schmunzelte. „Sie haben Besuch, Sir."

„Senator Corby wegen dieser Agrarsache im Westen?“

„Nein, Sir, eine Ähnlichkeit zwischen Senator Corby und Ihrem Besuch lässt sich nicht feststellen.“

„Warren?“

„Sir?“

„Warum grinsen Sie so, junger Mann?“

Carl ahnte es. Er musste lächeln.

„Ich lasse dann eintreten, Sir?“

„Bitte.“

Fanny trug einen großen Hut mit einer Schleife daran und ein türkisfarbenes Kleid. Ihre Augen waren hellblau. Das war Carl bei ihren abendlichen Treffen nicht in dieser Klarheit aufgefallen. Blau wie ein Sommerhimmel.

„Herr Innenminister.“

„Miss Chapman.“

Warren schloss die Tür.

„Das ist also Ihr Büro? Schön haben Sie es. Landschaftsbilder. Bücher. Eine kleine Bar. Doch ja, das gefällt mir.“

Sie setzten sich an den Besprechungstisch. Carl fragte, ob Fanny etwas trinken wolle. Er habe Whisky und Wasser da, könne aber auch einen Kaffee besorgen.

„Ein klitzekleiner Whisky geht schon“, sagte Fanny.

Von der Bar aus sah er ihren Rücken an. Ein schmaler Rücken, die Taille eng geschnürrt. Als Fanny einmal zur Seite schaute, konnte er ihr Profil betrachten. Sie war zu ihm gekommen.

„Lassen Sie uns gleich rausgehen, Miss Chapman. Hier im Büro …“

„Keine Ruhe?“

„Kann man so sagen."

Er setzte sich zu ihr. „Ich freue mich sehr, Sie zu sehen. Über Ihre Nachricht habe ich mich auch gefreut."

„Die Frau auf dem Bild?"

„Margarethe. Meine verstorbene Gattin."

Fanny sah ihn an, selbstbewusst, fragend.

„Ich glaube, ich werde niemals heiraten", sagte sie. „Ist irgendwie nichts für mich, vermute ich mal. Obwohl, man weiß es ja nie."

„Sie benutzen das Wort ‚irgendwie' recht häufig."

„Ist das so? Hm. Mein Leben ist so ein klein wenig ein…" Sie wackelte mit den Fingern in der Luft. „Ein Irgendwie."

„Darauf einen Drink. Und dann gehen wir? Was meinen Sie?"

„Sehr gerne."

Als er mit Fanny in Warrens Büro trat, sah er genau, dass der junge Mann ein Grinsen unterdrückte.

„Alles in Ordnung, Warren?"

„In bester Ordnung, Sir."

„Miss Chapman und ich gehen ein wenig hinaus."

„Was soll ich Senator Corby sagen, Sir? Ihr Termin?"

Fanny sah zwischen Carl und Warren hin und her.

„Ein dringend einberufenes Treffen beim Präsidenten, Sir? Völlig unerwartet und nicht absagbar?"

Fanny wies mit beiden Händen auf Carls Sekretär. „Klingt doch gut", sagte sie. Carl stammelte. Einen Termin absagen? Mit einem Senator? Carl wurde die Tragweite seines Vorschlags, mit Fanny in die Stadt zu gehen, erst jetzt klar. Er rieb sich den Bart. Fanny und Warren lächelten sich an.

„Gut, ja“, sagte Carl. „Ähm, diese Angelegenheit … könnte die unter uns bleiben, Warren?“

„Das wird sie, Sir.“

„Sie sind ja ein netter junger Mann“, sagte Fanny.

„Jetzt hören Sie bitte auf, meinem Sekretär Komplimente zu machen“, sagte Carl.

„Er hat sie verdient“, sagte Fanny.

„Ich habe sie verdient“, sagte Warren.

„Wir gehen jetzt“, sagte Carl.

Sie gingen weit durch Washington bis zur Bridge über den Eastern Branch. Fanny bemerkte einmal, Carl sei wohl ziemlich gut zu Fuß und er bot ihr an, sie zu tragen. Er sei weitaus kräftiger als seine lange Figur vermuten lasse. „Ich komme schon mit“, sagte Fanny. Auf der südlichen Flussseite breitete Carl seinen Sommermantel als Decke aus.

„Macht es Ihnen etwas, dass der Mantel Flecken haben wird?“, fragte Fanny.

„Ich wäre schön blöd, würde ich mich um solche Sachen kümmern.“

Er hatte auf dem Weg Brot, Käse, Schinken und Wein gekauft.

Fanny streifte ihre Schuhe ab. Ihre Füße waren schmal.

„Ich hätte noch einen Bottich kaufen sollen, dann könnten Sie jetzt ein Fußbad nehmen“, sagte Carl.

„Es ist alles sehr schön so, wie es ist“, sagte Fanny.

Sie sahen über den Fluss auf die weiß-grüne Silhouette der Stadt.

„Sie haben etwas zu sagen, Carl. Ich flirre durch die Gegend und lebe vom Geld der ach so reichen Familie.“

„Passt doch“, sagte Carl. „Warum nicht? Es ist, wie es ist. Und es könnte deutlich schlimmer sein, hm?“

„Ein so engagierter Mann wie Sie akzeptiert das einfach so?“

Carl entkorkte die Weinflasche und schnitt Käse und Schinken auf.

„Gläser haben wir nicht“, sagte er.

„Dann trinken wir aus der Flasche“, sagte Fanny. „Aber … meine Frage?“

„Bezüglich der Akzeptanz? Ich war Revolutionär in Deutschland, ich war mit Lincoln befreundet, ich war Generalmajor im Bürgerkrieg, ich habe eine entsetzliche Reise in die Südstaaten gemacht. Ich habe Menschen zu Grabe getragen. Ich bin Vater. Akzeptanz? Aber voll und ganz liebe Fanny. Natürlich.“

„Ich meine, ich mach ja vieles. Eine Theatergruppe, manchmal eine Konzertorganisation und … und …“

„Ohne Bücher, Theater, Musik und Malerei wären wir ganz am Ende“, sagte Carl. „Ich wollte mal Schriftsteller werden.“

„Ach. Na, dafür ist doch noch Zeit.“

„Dafür ist vielleicht immer noch Zeit, ja. Es sei denn, ein Zeiträuber käme vorbei – einer außerhalb des Büros, meine ich.“

Fanny setzte die Flasche an und trank. Sie aß Käse, ihre linke Wange beulte sich aus.

„Dieser Zeiträuber, trägt der ein türkisfarbenes Kleid?"

„Es ist eine Räuberin."

„Die wird nicht ständig bei dir sein."

„Einverstanden."

„Gott, sind wir modern."

Carl lachte. Er aß Schinken, Käse, Brot und trank von dem Wein. Im eingekesselten Rastatt hatte es einen Moment gegeben, in dem er auch alles zusammen im Mund gehabt hatte und die Empfindung war intensiv gewesen. Und sein Sekretär Warren erinnerte ihn manchmal an seinen Burschen Hans im Krieg, obwohl Warren vollkommen anders aussah.

„Nächstes Wochenende sind die Kinder bei meinen Schwestern", sagte er. „Für eine längere Zeit." Er wusste nicht warum er das sagte – er wusste es sehr genau.

„Aha", sagte Fanny.

Am nächsten Wochenende kam sie zu ihm. Er ließ sie eintreten und drückte mit auf dem Rücken verschränkten Händen die Tür zu. Fanny nahm ihren Hut ab und schüttelte das Haar aus.

„Ich bin so alleine", sagte sie.

„Jetzt nicht mehr", sagte Carl.

28

Eingesperrte Freiheit
New York City, 1901

Viele der Erinnerungen, die ihm seit dem Vorfall mit William Burton und dessen Frau Mary im Battery Park durch den Kopf zogen, erschienen ihm seltsam gelb. Wie einer dieser heißen, glühenden Tage im zerstörten Süden, als er mit Captain Sullivan durch das Grauen gezogen war. Als er vor einigen Tagen angetrieben vom Duft nach Gemüse ins Deutschland des Jahres 1849 katapultiert worden war, waren ihm Ortsnamen und Daten klar gewesen, so glaubte er jedenfalls. Sicher war er sich nicht. Dann aber verwischten Details immer mehr, bis Einzelheiten auftauchten, die einen Sinn ergeben mussten, der ihm noch nicht klar war. Vor zwei, drei Tagen hatte er Fanny gefragt, ob sie sich im Theater kennengelernt hatten, mittlerweile meinte er sich sogar auf ihr erstes Gespräch zurückbesinnen zu können, an seine Hand am Baumstamm und Fannys Lachen und ihr Hilfsangebot und an seine bemalten Landkarten.

Sein Entschluss, ins Sommerhaus am Lake George zu gehen, stand jetzt fest. Er musste raus aus der Stadt, ab ins Grüne, Musik machen, lesen, den Blick über den See und die verlockenden Waldufer schweifen lassen. Er hatte auch keine Lust auf all die Veranstaltungen und den Trubel, der jetzt kommen würde wegen Roosevelts Vereidigung. Hätte er, wie er es immer wieder vorgehabt hatte, eine Geschichte der Vereinigten Staaten von Amerika geschrieben, wäre er gezwungen gewesen, die letzten Jahre unter die Überschrift Imperialismus zu setzen. Es widerte ihn an. Und er hatte gewettert, in donnernden Reden.

„Wie können Sie es wagen, Schurz?"

„Ein solcher Patriot wie Sie. Und jetzt das?"

„Wieso sollen wir nicht das, wofür auch Sie ihr Blut gegeben haben, Schörts, zum Wohle der Welt verbreiten?"

„Ich stand immer auf Ihrer Seite, Schörts, aber jetzt? Nein, ich will mit Ihnen nichts mehr zu tun haben."

Dreckskerle, dachte er.

Von Sullivan, zu dem er immer Briefkontakt gehalten hatte, war ein Schreiben gekommen. Sullivan hatte in einer Carl wohlgesonnen Zeitung eine seiner Anti-Imperialismus-Reden gelesen. Er schrieb ihm, dass auch er ihn nicht verstehe. Ausgerechnet Sullivan. Der Captain hatte nicht böse geklungen, er hatte ihn nicht angegriffen, dennoch war Carl mit dem Brief in die Küche gegangen und hatte ihn in den Ofen geschmissen.

Die Frau hatte sich ein weiteres Glas Bier bestellt. Mit lang ausgestrecktem Arm hatte der Mann hinter dem Tresen es ihr hingestellt. Die Zeltbahnen um diesen seltsamen Saloon bewegten sich in einem leichten, heißen Wind und die Menschen hier erschienen Carl sehr blass. Das durch den Stoff gedämpfte Licht hatte etwas Totes.

An der Längsseite wurde die Plane zurückgeschoben. Ein Marschall kam herein und führte einen Gefangenen bei sich. Hände und Füße des Mannes waren mit rostigen Ketten verbunden, sie knirschten und der Mann konnte nur kleine Schritte machen. Der Marschall drückte ihn unweit der Frau an den Tresen und bestellte zwei Bier. Er blickte die Frau an, dann ihre kleine Pistole, dann wieder die Frau.

Der angekettete Mann drehte sich um, sah auf die Bänke und Tische und rieb sich mit dem Unterarm über den im Bart verschwundenen Mund.

„Ich bin ein freier Mann", rief er. Der Marschall zog seinen Revolver und rammte ihm dem Mann in den Magen. Die Ketten klirrten, der Mann sackte zusammen.

„Mein Bruder", sagte Sullivan zu Carl, „war in Andersonville."

„In diesem furchtbaren Gefangenenlager? Um Himmels Willen."

„Das zerfrisst ihn. Ich hoffe, er wird darüber hinwegkommen. Muss die Hölle gewesen sein. Nur, was unseren freien Mann hier an der Bar betrifft: Mein Bruder erzählte, in Andersonville habe er auch eine ganze Menge deutsche Einwanderer getroffen, die für uns gekämpft haben. Und einer sei dabei gewesen, ein ganz verrückter Kerl wohl, der darauf beharrt habe, ein freier Mann zu sein. Der habe mehrmals am Tag rumgeschrien, wie frei er doch sei. Hat wohl eine Menge Prügel bezogen, ganz schlimm. Aber er soll angeblich nicht aufgehört haben."

„Was ist aus ihm geworden?"

Sullivan zuckte die Achseln. „Mein Bruder sagt, eines Tages war er nicht mehr da."

Carl nahm den Hut ab und fuhr sich durchs Haar. Es war nass von Schweiß und staubverklebt.

„Ein freier Gefangener", sagte er. „Ist doch ein ganz interessanter Gedanke."

„Carl, mach mal halblang."

Carl griff nach seinem Bierglas. Es war mittlerweile ganz warm. Er schüttete die Neige auf den Boden, tat mit Sullivans Glas das Gleiche und sagte, er hole ihnen noch zwei.

Er stellte sich zwischen den Marschall und die Frau an den Tresen. Der Gefangene stank, bei der Frau kämpfte ein Hauch Parfüm gegen Schweiß, Staub und zu lange getragene Kleider.

„Wohin geht es, gnädige Frau?", fragte er. Sie sah ihn an. Sie hatte kleine Schweißperlen auf der Nase.

„Das weiß ich noch nicht."

Das hatte diese Frau damals gesagt. Sie wisse es noch nicht.

„Ich gehe ein wenig ans Wasser", sagte Carl.

„Ja, tu das, Lieber", sagte Fanny. Sie, Marianne und Carl Lincoln redeten über den Tod von McKinley und spekulierten über Amerikas politische Zukunft. Carl überquerte die Promenade. Ein indianischer Mann ging an ihm vorbei. Er trug einen Anzug, Hemd, Taschenuhr, aber sein Haar hing lang und schwarz auf seinen Rücken hinab.

„Verzeihen Sie mir", sagte Carl. Der Mann blieb stehen und sah sich um.

„Es tut mir leid, was ich damals gesagt habe."

„Reden Sie mit mir?"

Carl nickte. „Sagen Sie doch bitte einfach nur, dass Sie mir verzeihen."

„Ich weiß zwar nicht, wovon Sie reden. Aber wenn es Ihnen hilft, bitte: Ich verzeihe Ihnen. Einen schönen Tag noch."

„Ihnen auch. Danke."

Carls Hüfte knackte, als er über die niedrige Balustrade stieg. Er stakste über die angeschütteten Steine und hörte das Wasser schwappen. Möwen schrien und segelten und es mutete halsbrecherisch an. Wie mochte es wohl sein, fliegen zu können? Irgendwer hatte es schon in den 90ern versucht. Ein Mann, dessen Name etwas mit Blumen zu tun hatte. Stünde mir noch ein Leben bevor, dachte Carl, vielleicht würde ich versuchen zu fliegen.

Er setzte sich auf einen Felsblock und nahm das Fernglas vor die Augen. Ein Lastkahn hatte am Sockel der Lady angelegt. Er sah Männer Bretter und Metallstangen ausladen und zum Kopf der großen Frau hinaufsehen. War da etwas kaputtgegangen? Bauten die ein Gerüst für die Lady auf?

„Hey, Schörts!"

Er sah sich um. Seine beiden Lieblingsgockel. Obwohl, nein, er irrte sich. Da stand nur Mister Klein.

„Nehmen Sie einen schönen schweren Stein und gehen Sie einfach immer weiter geradeaus. Das Wasser ist bestimmt nicht kalt", sagte der Kleine.

„Wo ist Ihr großer Stockschwinger, Mister Little?"

„Mit Roosevelt", rief der Kleine, „haben wir einen starken Mann an der Spitze."

„Wo ist Ihr Kollege?"

Carl war sich nicht sicher, meinte aber, der kleine Mann ließe für einen Moment die Schultern hängen. Mister Little schaute zu Boden und schüttelte den Kopf. Carl setzte die Brille ab. Etwas Schwarzes war ihm trocken und weich über die Augen gestrichen.

Der kleine Mann steckte die Hände in die Hosentaschen und ging die Promenade Richtung Aquarium hinab.

Carl Lincoln, Marianne und Fanny standen auf. Agathe kam auf sie zu, ohne Hut. Sie hatte ihre Mähne nur locker hochgesteckt. Agathe küsste Marianne auf die Wangen, drückte Carl Lincoln die Schulter und stand dann vor Fanny. Carl wusste genau, dass Fanny keine Frau war, die sich leicht beeindrucken oder gar vereinnahmen ließ. In ihrem „hängenden" Leben, wie sie es ab und zu immer noch nannte, war sie selbstbewusst und voller Energie und Wohlwollen dem Alltag, anderen Menschen und sich selbst gegenüber. Die beiden Frauen sahen sich an. Fanny legte den Kopf ein wenig in den Nacken. Wahrscheinlich atmet sie jetzt tief durch die Nase, dachte Carl. Agathe streckte langsam die Hand aus. Erst zögerte Fanny, dann griff sie zu und schüttelte Agathes Hand. Carl schmunzelte. Wie ein Bierkutscher, dachte er. Worte wurden gewechselt. Carl sah Fanny lachen und Agathe auf die Schulter klopfen. Sie wandte sich ihm zu und legte die Hände um den Mund.

„Lake George", rief sie. „Wir alle. Viel und gut essen, in die Wälder gehen und schwimmen."

Carl winkte ihr mit dem Strohhut.

Bald also an den See, dachte er, mit all meinen Lieben. Wie schön. Er sah wieder nach Lady Liberty. Es schien tatsächlich so, dass Bauarbeiten ausgeführt wurden. Würde sie weinen, so wie er es getan und nie aufgeschrieben hatte?

Im Detail hatte er sich mit den Anliegen der Indianer erst beschäftigt, als er Innenminister geworden war. Zuvor war er vom Entsetzen über all das erschüttert, was man immer wieder zu hören gezwungen war. Margarethe hatte schon in ihrer frühen Zeit in Amerika über die Indianer geredet und gesagt, wie schrecklich das alles sei und dass das so nicht weitergehen könne. Mit Lincoln hatte Carl kaum über dieses Thema gesprochen. Dass während des Bürgerkriegs gleichzeitig Indianerkriege wüteten, war nie tief genug in seine Gedanken vorgedrungen. Carl vermutete, dass Lincoln nicht klar gewesen war, was er mit dem im Krachen des Krieges unterzeichneten Gesetz des Homestead verursacht hatte. Freie Hand und ein Versprechen von über 60 Hektar Land für jeden Siedler, der in den Westen zog. Aber wer dachte an die Indianer, die dort seit Ewigkeiten lebten? Lincoln hatte Carl immer verschwiegen, eine Massenhinrichtung von Dakota-Indianern angeordnet zu haben.

Es war ein Riesendurcheinander gewesen, in dem Carl als Minister versuchte, Friede und Ordnung zu schaffen. Sehr schnell und schmerzhaft, so erinnerte er sich, wurde ihm klar, dass das alles nur zu bewältigen war durch den klaren und enormen Entzug von Freiheit. Es gab Gemetzel auf allen Seiten. Überfallene Siedlungen, Rachefeldzüge. Man hatte ihm Bilder gezeigt von skalpierten Menschen, Weiße, Indianer. Blutige Schädelknochen mit Adern darauf. Traurige Menschen wurden wütend, aus Wut wurde Hass.

Hass machte einen Menschen zum Gefangenen und zum Mörder. Immer. Beim Himmel, was war da zerhackt und gehäutet und verbrannt worden. Es war unfassbar. Und er mittendrin, als Verantwortlicher. Er hatte geschrien, wenn er allein war. Er hatte auf seinen Schreibtisch gehämmert, wenn er allein war. „Ich bin dorthin gereist", murmelte er Lady Liberty entgegen. „Ich war bei den Sioux, bei den Ute, bei den Poncas. Manchmal kamen Delegationen von ihnen zu mir nach Washington."

Auf einer seiner Reisen zu den Indianern hatten Marianne und Agathe ihn begleitet und er wusste noch genau, dass Marianne von einem jungen Indianer vom Stamm der Sioux sehr angetan gewesen war und mit Agathe kicherte. Er wusste auch noch, dass er – ungerechterweise – gedacht hatte: Nur das nicht. Bitte, Tochter, nicht das.

Die Ute dorthin, die Sioux dahin, die Poncas wieder woandershin. Die Gebiete überschnitten sich. Die Eisenbahner und Goldgräber kamen und denen waren Gesetze völlig gleich. Die Morde in … in? Wo war das noch? Irgendein Fort. Eine Indianerdelegation war eingeladen worden, es gab einen Disput und am Ende lagen sie alle tot und sterbend im Dreck und Messer wurden gezogen. Skalps waren ein Wirtschaftszweig. Offiziell waren Kinderskalps weniger wert als die von erwachsenen Männern und Frauen. Müsse man dann nur großzügiger abschneiden, habe ein Skalphändler gesagt, berichtete ein Außenagent.

„Das ist verboten", sagte Carl.

„Glauben Sie ernsthaft, dadurch würde auch nur ein Mensch weniger skalpiert?"

Er wollte die Indianer nicht in seinem Büro empfangen. Er hatte einen Raum im Nordtrakt des Kapitols freihalten lassen und konnte aus dem Fenster auf den großen Vorplatz mit der Treppe und dem Säulenportal sehen.

„Sind Sie sicher, dass ich Ihr Gespräch nicht protokollieren soll, Sir?“, fragte sein Sekretär Warren.

„Ich mache das allein, Robert. Ich werde Ihnen anschließend alles Wesentliche diktieren.“

„Sie möchten mich wirklich nicht dabeihaben, Sir?“

„Ist nichts Persönliches. Gehen Sie nur. Die Sonne scheint, die Bäume rufen. Bitte, Robert. Ich wäre Ihnen sehr dankbar.“

„Sir, wenn ich fragen darf, was ist denn mit Ihnen?“

„Nichts, Robert, nichts. Es ist schon … tun Sie mir den Gefallen, junger Mann. Bitte.“

„Natürlich. Grüßen Sie bitte Miss Chapman von mir.“

„Das mache ich.“

Als sein Sekretär fort war, setzte Carl sich auf die breite Fensterbank, zündete sich eine Zigarre an und zog den Flachmann aus der Innentasche.

„Verdammt, verdammt, verdammt“, murmelte er. Auf dem meterlangen Konferenztisch lagen die Verträge, weiße Rechtecke auf poliertem Holz, glatt wie eine Eislaufbahn.

Was hätte seine verstorbene Frau gesagt, würde sie ihn jetzt hier sehen?

Er nahm einen großen Schluck. Trinkst dir Mut an wie im Krieg, dachte er.

Er sah die drei Männer über den Platz kommen. Ein Infanterieoffizier ritt vor ihnen, vier Soldaten mit geschulterten Musketen folgten den Indianern. Was sollte dieser Mist jetzt wieder? Welcher Hohlkopf hatte das angeordnet?

Vor der Treppe wies der Offizier den Indianern den Weg. Er sah ihnen hinterher, wandte sich dann an seine Leute und zuckte die Achseln.

Es war ein Teil von Carls Leben, Schritte auf den harten Böden von Washingtons Regierungsgebäuden zu hören. Er mochte das, hatte er immer.

Die Indianer hörte er nicht.

Es klopfte. Er nahm noch einen Schluck.

„Gehen Sie dorthin", sagte Carl.

Die drei Ponca-Indianer saßen ihm gegenüber. Der alte Häuptling mit seinem Bruder und ein junger Mann, der ihm als Sohn des Häuptlings vorgestellt worden war.

„Gehen Sie in dieses Reservat. Dort gibt es Wasser, fruchtbaren Boden. Wälder. Es ist ... es ist schön da. Glauben Sie mir. Ich war dort."

Die Sonne schien auf Carls Rücken. Hemd, Weste, Jackett, Binder. Er schwitzte. Sein Nacken war feucht. Sein Schatten lag über den Vertragspapieren.

„Das sind über 300 Meilen, Vierauge", sagte der Häuptling. „Wir haben jetzt schon viele Kranke und Alte. Wie sollen wir das machen? Es ist weit fort von unserer Heimat."

„Ich bitte Sie, Häuptling. Der Staat, mein Ministerium, stellt Geld zur Verfügung. Recht viel Geld. Ich werde Sie unterstützen, wo ich nur kann. Nur gehen Sie dorthin."

Er hatte Fanny gesagt, sie möge heute bitte, bitte nahe des Weißen Hauses auf ihn warten. Da wo der Potomac so eine kleine Bucht in die Stadt mache. Da stehe eine hübsche, grüne Holzbank.

Ob es so schlimm werde?

Ja, hatte er gesagt.

„Du bist Vierauge", sagte der Häuptlingssohn. „Wir wissen von dir. Du hast in einem Land namens Deutschland für die Freiheit gekämpft. Du hast hier im großen Krieg gekämpft. Um Sklaven zu befreien. Und jetzt willst du uns sagen, wohin wir gehen und wie wir unser Leben führen sollen? Ich werde nicht in diesem Reservat bleiben. Lässt du dich verschicken, Vierauge?"

Nein, dachte Carl, habe ich nie. Mehr oder weniger. Etwas drückte in ihm. Es war Weigerung. Er griff sich in den Nacken, seine Hand wurde nass.

„Ich will kein weiteres Blutvergießen", sagte er.

„Wenn es um eure Angelegenheiten ging, war Blutvergießen gut", sagte der Häuptling.

„Gut war das nie, Häuptling. Niemals."

„Das denkt Vierauge heute", sagte der Häuptlingssohn.

Verdammte Sonne, dachte Carl. Sein ganzer Rücken kribbelte.

„Der weiße Mann bildet sich ein, Amerika zu sein", sagte der Häuptlingssohn.

„Ich mir nicht", sagte Carl.

„Du bist ein weißer Mann. Du bist Minister."

„Und ich halte Ihnen das Kriegsministerium vom Hals. Da gibt es einen Mann, der sagt, nur ein toter Indianer sei ein guter Indianer."

„Wir kennen diesen Mann", sagte der Häuptling. „Ihr,

Vierauge, würdet so etwas nicht sagen. Aber ihr schickt uns von einem Gefängnis in das andere."

„Ein Reservat, Häuptling. Gutes Land."

„Büffel?", fragte der Häuptlingssohn. Carl schwieg.

„Willst du dort leben?"

Carl wollte jetzt etwas trinken, aber Indianer verdauten Alkohol anders als Menschen europäischer Abstammung und „Feuerwasser" war nicht gut für sie. Er bot Zigarren an. Die drei Männer griffen zu und ließen sich von ihm Feuer geben.

Der Häuptling sah ihn an.

„Euch geht es nicht gut, Vierauge. Ihr tut etwas, das ihr nicht tun wollt. Das sollte ein Mann nicht."

„Ich will Ihnen eine Chance geben. In der Welt, wie sie ist."

„Du weißt, wie die Welt ist?", fragte der Häuptlingssohn.

„Ihr sollt leben", sagte Carl. „Alle sollen leben, bis sie eines natürlichen Todes sterben und in die ewigen Jagdgründe eingehen."

„Ihr habt viel für uns und unsere Brüder getan, Vierauge", sagte der Häuptling.

„Nicht genug", sagte Carl. Er streckte die Arme nach hinten, der Schweiß auf seinem Rücken machte ihn verrückt.

Der Bruder des Häuptlings hatte bisher kein Wort gesagt. Er griff neben sich und hob einen Lederbeutel an.

„Geschenke für euch, Vierauge", sagte der Häuptling. Sein Bruder reichte Carl eine Kette aus bunten Holzkugeln. Er zog Schmuck aus großen, von farbigen Bändern durchzogenen Federn hervor. Solch riesige Federn hatte Carl noch nie gesehen. Als letztes schob der Mann ihm eine zusammengerollte Lederhose über den Tisch. Carl bedankte sich, stand auf und ließ die Hose ausrollen. Das Leder fühlte sich weich und glatt an, war aber stabil und dick, die Nähte vierfach. Lang und schmal war die Hose, so wie Carl eben war. Als hätte ein Schneider sie angepasst.

„Noch einmal vielen herzlichen Dank", sagte er.

„Ich werde nicht dorthin gehen, Vierauge", sagte der Häuptlingssohn.

„Gehen Sie dahin. Ich bitte Sie. Alles wird gut werden."

„Ich sterbe lieber als freier Mann", sagte der Häuptlingssohn. „Du verstehst das, Vierauge."

„Sie sterben dann aber nicht alleine. Andere sterben auch. Vielleicht viele. Sie können auch … Sie können auch in einem Reservat frei sein."

„Weint ihr, Vierauge? Hinter euren Gläsern?", fragte der Häuptling.

„Ich habe etwas ins Auge gekriegt", sagte Carl.

Ja, dachte er, ich habe etwas ins Auge gekriegt. Er sah durchs Fernglas. Er setzte ab, atmete durch und hob es wieder vor die Augen.

Lady Liberty drehte ihm das Gesicht zu. Ganz langsam. Erst schaute sie über ihn hinweg und zog die Brauen zusammen, als sei sie unzufrieden. Dann fand ihr Blick seinen.

„Hallo", sagte Carl.

Die Mundwinkel der großen Frau hoben sich. Sie bekam Grübchen, ihre Augen wurden etwas kleiner und dann lachte sie ihn an. Ihr Gesicht wurde ganz hell und freundlich, sie hatte schöne Zähne und eine Strähne löste sich aus ihrem Haar. Ihr Haar war schwarz. Lady Libertys Lächeln war umwerfend.

29

Schwarz vor Augen

Während der Überfahrt nach Amerika, es ist lange her

Das Schwarze schlug ihm wieder vor die Augen. Es war weich und roch gut.

Die Wellen rannten blaugrün gegen den Schiffsrumpf. Der Wind pfiff und krachte in Segeln und Takelage und schickte kalte Böen durch die warme Luft. Ein Durcheinander an Temperaturen wirbelte. Das Deck stellte sich hoch oder seitlich oder alles zugleich. Gischt stob über die Reling, ein Glas rollte über die Planken.

Margarethe lachte. Sie beugte sich vor und sah ihn voller Begeisterung an. Ihr Lachen kam von ganz tief und schallte voller Freude und Glück. Sie hatte die Haarbänder weggerissen. Ihr schwarzes Haar schlug ihm ins Gesicht, direkt vor die Augen. Sie schrie. Das war ein Klang vollkommener, seliger Hingabe. Sie schlug sich auf die Schenkel. Eine Welle preschte über die Reling, rauschte über sie, floss zurück, polierte Holz und Margarethes Kleid war völlig durchnässt und klebte an ihrem Körper. Ihr Haar war jetzt schwer von Wasser.

Sie umarmte ihn.

Meinen Dank für Gespräche, Anregungen, Kritik und Unterstützung:

Heidi.
Lily und Ben.
Günther Butkus, Mareike Fietz, David Gray, Marina Heib, Professor Wolfgang Hochbruck, Walter Keßler, Lars Schultze Kossack, Lucien Leitess, Nora Luttmer, Carl-Schurz-Haus, Freiburg – ein Geistesblitz hier, eine gute Formulierung dort. Auch wer namentlich nicht auftaucht: Ich danke euch.

Pendragon Verlag
gegründet 1981
www.pendragon.de

Originalausgabe
Veröffentlicht im Pendragon Verlag
Günther Butkus, Bielefeld 2019

Lektorat: Günther Butkus, Mareike Fietz
Umschlag und Herstellung: Uta Zeißler, Bielefeld
Umschlagfoto: Luke Stackpoole
Satz: Pendragon Verlag auf Macintosh
Gesetzt aus der Adobe Garamond
ISBN 978-3-86532-642-3
Gedruckt in Deutschland